無人逝去

ND THEN
NEVER DIE.
yuki Shirai

白井智之

目次

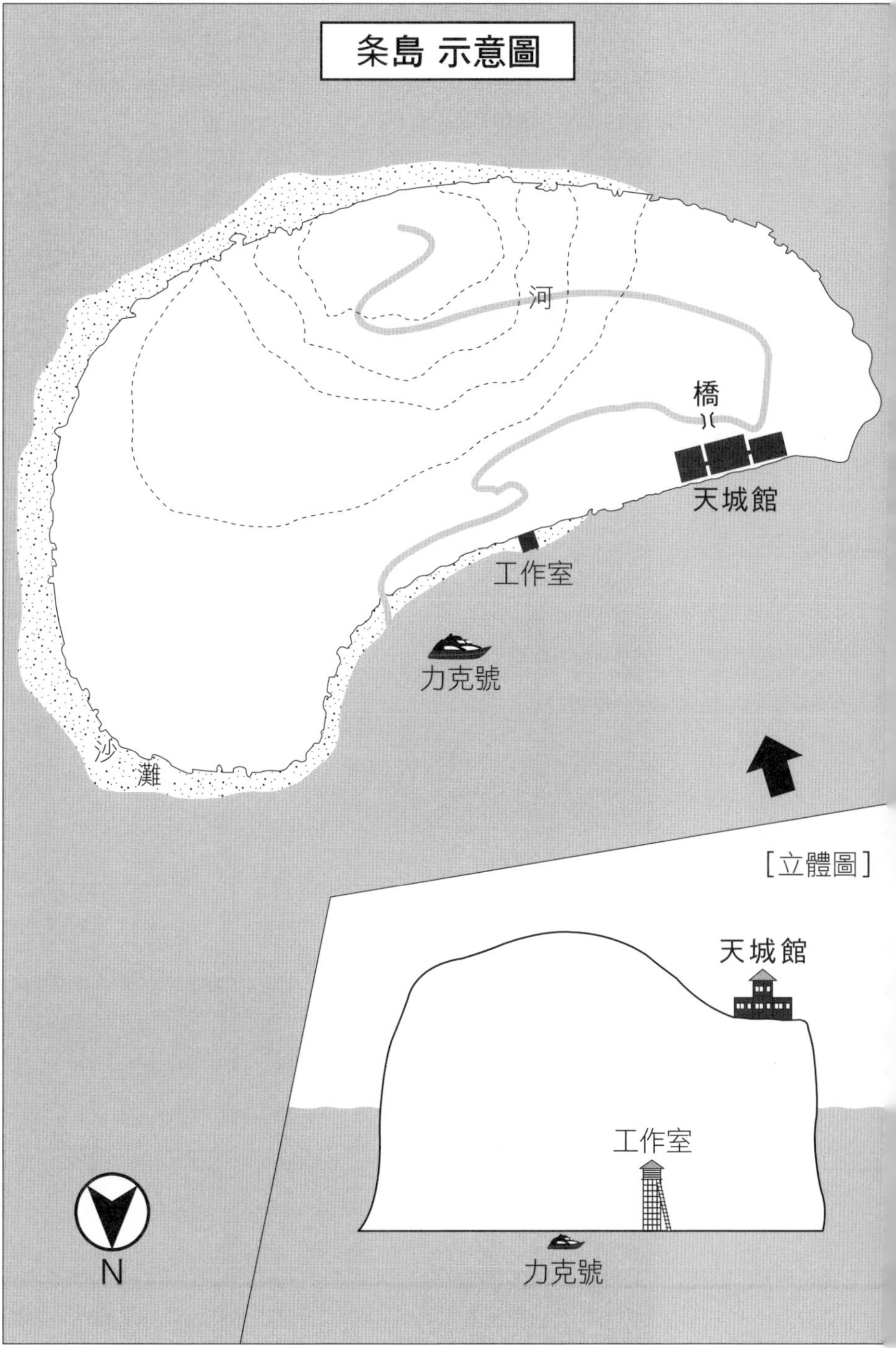
条島 示意圖
河
橋
天城館
工作室
力克號
沙
灘
[立體圖]
天城館
工作室
力克號
N

封面插圖
平林貴宏

圖版製作
REPLAY

沒有任何景色、沒有聲音，也沒有味道。空無一物的世界無限延伸。

如果這就是死後的世界，那也未免太空虛了吧。所以，這有可能是生與死之間的狹小縫隙。

突然之間，身體裡的細胞好像全部都爆裂了一般，強烈的衝擊襲來。

世界崩毀了，一切變得破爛不堪。身體從裡到外開始碎裂。

就在這時候，可怕的情景浮現。

有一隻像昆蟲般硬邦邦的手腕，從嘴巴裡慢慢地伸出來。

我知道自己已然崩毀。

再也不可能恢復原狀了。

從母親的子宮出生以來的三十一年間，我從未曾有過如此可怕的感受。

開端

1

「——文章寫好了嗎？」

按下手機的通話鍵，立刻傳來賀茂川書店的茂木說話的聲音。

大亦牛男坐在自稱專做野生料理的平價居酒屋「大醉一場」店內，吃著烏鴉的側腹部位，以及蟾蜍刺身（生吃），喝著微溫的啤酒，同時眼睛盯著兩個看起來像女大生的女孩，她們大概是誤把這間店當成一般的居酒屋了，所以進門之後兩人看起來都整個臉色鐵青。

在城裡，「大醉一場」的酒比其他店都要便宜，而且還有不知道從哪弄來的蛙類、烏鴉、小龍蝦等等的料理。感覺總有一天店家會端出奇怪的蟲子來，不過無論如何，都比沒酒喝造成精神病發作致死要來得強。畢竟有得必有失嘛。

竹籤上的烏鴉肉不管怎麼咬都剝不下來，於是決定放棄，轉而將蟾蜍的刺身塞進嘴裡，就在這時候，手機鈴聲響了。上一秒還開開心心地喝酒呢，結果立刻被拉回現實。

「文章？吵死了。我現在只要跟女大生說話。」

「老師，你是喝醉了吧？」

大亦的腦中浮現出茂木眉毛下垂、一臉苦笑的表情。從大學畢業之後，茂木就一直是推理作家的編輯，經驗非常老道；去年開始，他跟一位一心想登上南青山雜誌成為小說家的年輕女性同居，總之整體來說是個很麻煩的人物。

「我個人以及廣大的讀者們，全都真心地期待著大亦老師的作品。」

「你這個詐騙集團，給我閉嘴。為什麼我非得為了你們的旅館住宿費而工作啊？這麼想要出書的話，你們自己寫寫作文不就好了。」

「讀者們都在期待大亦牛汁的新作啊。況且，大亦老師啊，你的儲蓄也差不多要見底了不是嗎？」

茂木說著，語調絲毫沒有改變。牛汁就是牛男的筆名，他有個壞習慣，喝了酒之後就會把自己的生活大小事都掏出來講，也正因為如此，所以酒力特別強的茂木才會藉此掌握了不少個人情報。當然，對於牛男特別喜歡女大生背景的應召女郎，大手筆將著作的版稅全都砸下去的逸事，他也知之甚詳。

「我是個光吃青蛙也能活下來的男人，不需要你如此擔心。」

牛男用筷子往蟾蜍的肚子一戳，粉色的舌頭就從蟾蜍那半開的嘴衝了出來，並且黏住了停留在盤子上的蒼蠅，接著一口吞掉。明明都已經開膛剖肚、取出腸子了，天生的野性還是如此旺盛。

「我知道了，截稿日接近時我會再打過來的。今天倒是有別的事情想跟你討論。」

「怎麼？想知道透過應召站找來的是不是真的女大生嗎？」

一說出口，大亦就對自己的口無遮攔感到後悔。茂木一旦開始說好聽話的時候，就要特別注意了，要是被捧得團團轉，後續往往會有無解的難題緊接而來。

「大亦老師，你認識摩訶大學的秋山教授嗎？」

「不認識。」

「他聯繫了編輯部，說想要跟《奔拇島慘劇》的作者聊一聊。這人似乎相當知名，是研究大洋洲的第一把交椅。」

「沒聽過。」

牛男加強了語氣。他對大洋洲文化一點興趣都沒有。

「我們公司明年春天打算要成立一個新的人文系列叢書，所以對編輯部來說，若是錯過這個交流的機會就太可惜了。就麻煩大亦老師去會會對方了。」

「什麼？」

牛男一吼，對面正想吃油炸蝌蚪的女大生全都露出了怯色，眼神還不約而同刻意飄向他處。

「不用擔心，我會跟著一起去的，請大亦老師務必配合。」

「你傻了嗎？我沒有那個閒工夫啦。」

「你又沒有工作，應該很閒吧。所有花費我們公司會負責，請不用擔心。」

「為了美酒跟青蛙之類的下酒菜，我勉為其難問一下好了，那傢伙為什麼想見我啊？」

「我沒有細問，不過應該對你所描寫的奔拇族有什麼不滿吧？畢竟那位先生寫了非常多本關於奔拇族的書。日期跟時間敲定了之後我會再跟你聯繫，那就麻煩你了。」

通話結束了，耳邊只剩下嘟嘟嘟的電子音。應該又把電話往廚房丟了吧，這傢伙到現在依舊還是那麼任性妄為。

牛男在半年前左右所發表的推理小說《奔拇島慘劇》，描述的是發生在密克羅尼西亞其中一座小島上的一起殺人事件，島上住的全是原住民。相關的專家若是看到這本書，應該會有很多想「批評指教」的地方。

這下可麻煩了。要是被問起關於作品的事情，牛男可是一題都答不上來啊。從出生到現在，牛男根本連一行小說都沒寫過。

牛男的生父錫木帖，徹頭徹尾就是個糟糕的男人。

錫木帖的本職是「文化人類學者」，專門研究東南亞及大洋洲的少數民族，包含他們的生活概況、社會與家庭的結構等等，他很常到當地進行田野調查。十年前左右，他曾登上電視新聞，所以算是人們茶餘飯後偶爾會提起的人物。

不過，錫木帖還有另外一面。除了學生時代就在一起的元配之外，他還會在世界各地的紅燈區買下貧窮的女孩，並且還會幫她們取得工作簽證，直接帶回日本。根據錫木帖死後的週刊報導內容，他在市區的一處廉價公寓裡囚禁了超過二十八位女性。

牛男是錫木帖從馬來西亞帶回來的妓女所生，他排行老二。母親在生第三個孩子的時候，因為難產所以沒能保住孩子，所以隔沒多久她就在牛男出門參加小學遠足活動時，吞下大量的安眠藥自盡了。牛男的哥哥是當地的小混混團體成員，在裡面當跟班的小嘍囉；牛男上國中之後，某次校外旅行在外面過夜，當晚哥哥就騎著摩托車摔下山谷死了。所以從此之後牛男就非常討厭旅行。

在兒童養護機構照顧下長大的牛男，直到十五歲才得知生父是誰，當時他在整理哥哥的遺物，從中發現一張錫木帖抱著小孩的照片。其實從電視節目裡，牛男也看過幾次錫木帖的長相，不過全都是腦栓塞惡化之後的樣子，意氣風發的狀態已不復見。

五年後，牛男每天靠著打零工勉強度日，這時他收到一封由律師寄來的信，信的內容幾乎都是很難懂的字眼，所以他看完之後也只懂了一半，總之就是律師要告知他，錫木帖已經去世了；兩年前錫木帖與妻子離婚；雖然牛男為非嫡生子女，但也能享有繼承權……大致上就是說了這些。

居然能從一個如此沒用的父親手上拿到遺產，還真是令人感到欣慰。牛男喜不自禁，還自顧自吹起了口哨，然而等他接著看完遺產分配協議的內容之後，心情就整個降到了冰點。以錫木帖的非嫡生子女身分條列其中的，共有三十四位。就算遺產有一千萬日圓，平均分配給三十四人之後每個人就只剩下三十萬日圓了。

根據信中所提的條件，如果沒有回信就視同委由代理人協助處理，但少根筋的牛男看完之後想都沒想就把整封信丟進垃圾桶了。

半年後，律師寄來了十四個紙箱，每一箱都塞滿了牛男從沒見過的厚重書本以及學術雜誌，紙箱一打開，塵埃立刻飛散，而且房間也瀰漫著臭味。遺產協議的結果，似乎是由牛男繼承這些書。他的心情非常低落，感覺就像是家人丟了狗屎過來一樣。

更重要的是，只有四坪半的小房間裡，再塞進十四個紙箱就根本沒有生活空間了。把書重新塞進紙箱，準備搬去垃圾場丟掉的時候，牛男突然想起了榎本桶。

榎本是個只要一有空就會捧著書看的知識份子，當年跟牛男一起在養護機構長大。牛男原本認為榎本在離開養護機構之後，應該會成為書店的店員，結果沒想到他在歷經了幾個打工的工作之後，兩年前以《MYSON》一書正式出道成為推理小說家。那本書雖然牛男只看了一頁，但在書店堆成一座小山的畫面倒是讓他留下深刻印象。在那之後，榎本就以每年都會出版兩到三本書，並且還在網路上經營二手書店賺錢。半年前聽說他搬進白峰市的公寓，新家所在地是當地知名的高級住宅區，所以看來應該是發展得很不錯。

「學術類的書我不是很熟，不過就先查看看再說。你會把書名整理好之後再送過來嗎？」

牛男透過電話描述事情原委之後，榎本以事務性的口氣回應，聽來似乎並沒有要到牛男住處取書的意思。

別無他法的牛男只好把書從紙箱裡搬出來，排列在地板上，然後用手機製作書名的名單。才剛開始牛男就發現到有些書是使用陌生的語言寫成的，還有幾本怎麼翻找也找不到書名。整體看來幾乎都是學術類書籍，不過倒是有不少本老舊的推理小說藏在裡面。

打開第三個紙箱時，牛男在箱底發現了一封厚厚的信，拿起來感覺很重，像是把鐵板都包進去了似的。打開一看，裡頭是一疊A4的紙張。

「這傢伙到底在搞什麼啊？」

封面上寫著「奔拇島慘劇　錫木帖」，看來是錫木帖所寫的小說。

牛男隨手翻了幾頁，怎麼看都是小說情節。

來自日本的民俗學者寶田踏悟朗親身到位於波納佩島西南方七百公里的奔拇島造訪，並且與島上的原住民一起生活。奔拇族是崇尚和平、互相友愛的民族，在過往兩千四百年的歷史之中，從不曾發生過什麼爭端。然而，就在踏悟朗登島隔天，過往的平和宛如瞬間潰堤，一起駭人的殺人事件發生了。一個怪人臉上戴著象徵惡魔的「薩比面具」，以秋風掃落葉的態勢在島上展開瘋狂殺戮，讓奔拇族幾乎陷入滅亡的危機。究竟奔拇島上發生了什麼事呢……

受到接連不斷的殺人事件所吸引，再加上文中處處閃現人類文化的知識底蘊，讓牛男捧著「奔拇島慘劇」直看，連飯都忘了吃。

牛男以前從來不曾聽說過錫木帖是個作家，可能是因為太喜歡推理小說了，所以最終自己也跳下來嘗試撰寫吧。倘若這真是一本出自素人之手的小說，那麼可以讓幾乎不看書的牛男看到廢寢忘食，應該可以算是相當成功了。

牛男壓抑著興奮的情緒，撥了電話給榎本。

「我挖到寶了，是一本還沒發表過的推理小說，內容真是精采絕倫啊！」

「你居然看書了？真難得啊。」

榎本完全搞錯了重點。

「把小說版權賣給你的話，可以賣多少？」

「作者是哪位？」

「我的父親。」

透過話筒可以聽見榎本的嘆息聲。

「你別說了，我為什麼非得買素人的小說作品不可呢。」

「真的很好看，如果你覺得我騙你的話，那你自己拿去看看啊。」

「等等，我想你是誤會了。」榎本的語氣變得強硬，就像是在教訓小孩子。「我經營的是二手書店，沒有印製成書的話我沒有辦法買啊。」

「這麼珍貴的寶物，難道要放著不管嗎？」

「既然你覺得那麼好，就送去正規的出版社試看看，或許真的能出版呢。」

原來還有這個方法啊。牛男將喝完的啤酒空瓶丟進垃圾桶。

「好！我要用一百萬的價格賣給出版社！」

「你想得太美了。雖然就遺產分配協議而言，你是這些東西的繼承人，但說到底那都是屬於你父親的資料。即使你主張小說的著作權屬於你，恐怕其他的家族成員也不可能同意的。到時候真的賣出去了，哪怕只是幾毛錢，人家把你告上法院，你可能也贏不了。」

什麼意思啊！牛男覺得法律的規定就是為了不讓自己獲得最大的利益。

結束通話後，牛男再次翻開那一疊Ａ４文稿。可怕的連續殺人事件，最後的結局相當震撼，他不禁覺得這樣的小說絕對不能被掩沒。

突然，一個邪惡的念頭冒了出來。

他心想，如果錫木帖的小說沒辦法公開發表的話，那麼乾脆當作這是自己寫的不就得了？在送來的時候，這疊紙是壓在紙箱最底層的，所以其他家族成員應該都還沒看過。這種連垃圾都不如的人生，全都是拜錫木帖的性慾所賜，所以盜名發表應該不至於受到什麼懲罰吧。

隔天，牛男到住處不遠的二手商店辦公室將寫著「奔拇島慘劇　大亦牛汁」的檔案列印出來，當作書稿的封面，牛汁就是他根據本名所取的筆名。

根據稹本的說法，賀茂川書店這間出版社願意接受無名的新人作家投稿，所以他換好封面之後，就在信封上寫下賀茂川書店的住址，最後將整份書稿放進郵筒。

過了一個月，就在牛男終於把房間裡的紙箱都清乾淨了之後，他的手機響了。

「我是賀茂川書店的茂木，『奔拇島慘劇』的書稿，您有寄給其他出版社嗎？」

電話那頭的男人聲音聽起來好像挺能幹的。

「沒有。有什麼事嗎？」

「太好了。請務必在我們家出版！」

男人的興奮之情溢於言表。

半年後，《奔拇島慘劇》成為人氣暢銷書，銷售突破三十萬本。

2

摩訶大學的校園裡，有好幾棟像摩天樓般的高樓並列在一起。

大學校園果然彌漫著金錢的味道。穿戴整齊的幾個男學生坐在長椅上互相談笑，可惜都沒看到女大生。

正當牛男在看一張選美比賽的海報時，耳邊傳來男性警衛的聲音。

「兩位請往這裡走。」

他跟茂木被帶到一間看起來像彩券行的小包廂裡。

「我們跟文化人類學系的秋山老師有約。」

茂木用他慣常的語氣說道。警衛從堆積如山的資料下方抽出一個文件夾，結果堆在上面的紙張及資料瞬間崩塌，還因此壓住了一個女孩人偶。

「你看，人偶被壓住了，看來今天的運氣很背，還是回去比較好吧。」

「大亦先生，你先安靜一下。」

茂木一臉冷酷地說。警衛打開手中的資料夾，朝茂木遞過去。資料上可以看到姓名與住址等等的資料欄位，像是花名冊一樣給訪客填寫。

牛男百無聊賴地看著茂木登記資料的時候，正好與被壓在文件夾下面的人偶對到了眼。這個穿著連身裙的女孩人偶，彷彿來自仙境的愛麗絲，眼神看起來就好像嗑了迷幻藥似的。人偶胸口的名牌上寫著「摩訶大學吉祥物——摩訶不思議少女」。不知為何，牛男起了惻隱之心，出手將人偶從資料夾中拉出來，並放在桌子上。

「方便惠賜一張名片嗎？」

寫完住址之後，男性警衛用制式的口吻詢問。茂木立刻拿出一張名片來。

「我是賀茂川書店的茂木。」

牛男也將手探進夾克口袋，摸出洗衣時忘記拿出來的名片，已經黏成一團了。這是《奔拇島慘劇》出版之後，為了去各大書店拜訪才製作的名片。

就在牛男忙著撥開黏在一起的名片時，突然一陣強風來襲，幾張名片被風吹起，往校園各處飛去。

「哎呀，糟糕了。喂喂，茂木，看來我們只能打道回府了。」

「同行的人不用給名片沒關係。文化人類學系在P棟。」

男性警衛一臉傻眼地說。

P棟位於校園的深處，像是是在大樓的陰影處。

「大亦先生，你很適合染金髮耶。」

兩人在校園走著，茂木來了句讚美，很明顯就是在討好。

牛男是在昨天深夜自己用了染髮劑把頭髮染金的，因為他認為大學校園應該會有很多穿著打扮都非常光鮮亮麗的年輕人，如果自己沒有稍微染一下頭髮的話，可能會招來側目。不過，實際走進校園之後，牛男才發現自己真的是想太多了，即使再怎麼不修邊幅、蓬頭垢面，有錢人身上還是會飄出富有的味道。

「我的頭皮好痛，可能是腦出血了，我們還是改天再來吧。」

「你想太多了啦。趕快走吧。」

茂木打開鋁製的大門，先一步走下樓梯；牛男一臉不耐煩地從後面追了上去。

走廊盡頭有一道門，門上掛著寫有「秋山研究室」幾個大字的金屬牌，同時也貼著摩訶不思議少女的貼紙。少女臉上露出詭異的笑容，感覺像是在開運商品的廣告上會看到的那種笑臉，看來這個摩訶不思議少女早已忘記剛剛牛男的好心幫忙。

房間裡的光線從門上的玻璃透出來，茂木舉手敲門，大約十秒鐘左右門就開了，應門的是一個戴著口罩的年輕女性。

「我是賀茂川書店的茂木，這位是小說家大亦牛汁先生。」

「我們正在等兩位，請進。」

年輕女性將兩人帶到接待室，裡頭有兩張相望的沙發，周遭則圍繞著鋼製置物架，各式各樣的面具及人偶排列在置物架上，應該是從世界各地蒐集而來的，跟錫木帖的紙箱一樣，散發著類似的臭味。

等了五分鐘左右，門打開了，一位白髮蒼蒼的老人現身，看起來應該是超過八十歲了。老人的手腳都像木棒一樣細，臉上則覆蓋著許多深深的皺紋。不過，他的腳步非常穩健，而且凹陷的眼窩之中投射出銳利的眼神。

「初次見面，我是賀茂川書店的茂木。」

茂木像是把禮儀老師的招牌表情複製貼上一般，而牛男也慌忙地低頭致意。

「我是秋山雨。理應由我前往拜訪，卻讓兩位跑了一趟，真不好意思。」

老當益壯的秋山在沙發上坐下。

「好厲害的收藏品，全都是老師蒐集的嗎？」

茂木邊看著架上的東西邊說。這個男人的特殊技能就是可以像這樣流暢且自然地說出不經裝飾的肺腑之言。

「都是我的。你應該知道那個是什麼吧？」

秋山指著左手邊架上的一個面具，並看著牛男發問。

那是一張有點嬰兒肥的面具，應該是在凝固的泥土上塗抹了淡茶色的顏料；跟其他面具比起來，這個算是非常細膩地重現了真實人臉，不過，眼睛的數量卻異常地多，鼻子上方的區域布滿了大量的眼球。

「……這是，薩比人偶嗎？」

「沒錯。這是奔拇族在任命領袖的儀式上所使用的道具，名為惡魔面具。成年男子戴上這個面具之後，像野獸一樣倒立著，並穿上蓑衣，就可以成為詛咒這座島的邪靈附身的對象。在你的小說裡，邪靈是附到了殺人犯身上了對吧。這個你應該也認得吧？」

秋山指向下一層，那是一尊全長二十公分左右的泥製人偶，就立在隔板上。泥偶上沒有塗抹任何顏料，黑色的黏土裸露在外，身形看起來比七福神中的布袋神還要臃腫，五官則是五個空空如也的洞，應該是用竹籤戳出來的。

「這也是薩比人偶吧。」

「沒錯。在剛剛提到的儀式之中，這尊人偶被用來當作是巫師召喚邪靈的祭品，在你的小說之中，殺人的現場就擺著一尊對吧。看你的作品真的帶給我很多樂趣呢。」

秋山從公事包裡拿出《奔拇島慘劇》，看來似乎對於這部作品還是有些想釐清的地方。

「老師，今天您找我們來，究竟想聊什麼呢？」

茂木將雙手放在膝蓋上，笑著對秋山說。

「我有問題想問大亦。你，到底是誰？」

秋山的視線筆直射向牛男。

「……我只是一個平凡的作家。」

「我換個方式問。我在過去的五十五年之間，不停研究奔拇族的風俗、傳統以及思想。對於奔拇族，你究竟知道多少？」

「我單純只是看了資料之後把這本書寫出來而已，其他的事情我就不太清楚了。」

這是早就決定好的答案。當然牛男壓根就沒看過什麼資料，但要是不這麼說的話，就前言對不上後語了。

秋山維持著一貫的表情，從公事包裡再拿出一份相當厚的資料，從掀起來的頁面之中可以看到滿滿都是米粒大小的英文字。

「這是密克羅尼西亞的調查團在上個月所發表的調查報告，你應該有看過吧？」

「不好意思，我看不懂英文。」

秋山眉頭皺了一下。

「去年十月，新加坡有一位姓李的研究人員前往奔拇島查訪，結果碰到了驚人的事件。原本應該有兩百人以上的奔拇族，沒想到消失了大半，只剩下四十五個女人以及七個男人，而且存留下來的男人要不就是年近七十的長老，要不就是未免十歲的小孩，可以說奔拇族的存續問題已經相當嚴重。更有甚者，存留下來的女人幾乎都呈現出一種失魂落魄的狀態，連用語言進行交談也做不到。」

接下來的幾秒鐘時間，牛男愣住了，完全無法理解秋山所說的內容。他的書是在去年九月公開發行的，結果一個月後奔拇族就發生了如此異常的狀況，這真的是頭一次聽說。

「看來，你的書對奔拇族的命運做出了預言，所以，我再問你一次，你到底是誰？」

「這是碰巧的，我只是一個作家，而且壓根就沒見過任何一位奔拇族人。」

其實牛男連作家都稱不上，不過即使把話挑明了講，也只是徒然讓事情變得更複雜而已。

「姓李的研究人員為什麼會去奔拇島上查訪呢？」

茂木探出身發問。他心裡想的是，如果能博得秋山的好感，搞不好日後可以請他來寫書。

「奔姆族人稱自己的族長為達達，去年是三年一次的達達遴選儀式。李在很久以前就跟奔姆族來往密切，所以他去島上是為了謁見新任的族長。」

「奔姆族人是突然間消失的嗎？」

「並不是。密克羅尼西亞聯邦的調查團挖開了奔姆族的墓區，結果發現大量剛被埋入的遺體。他們因故失去了生命，但截至目前為止還不知道原因為何。」

「會不會是內戰？」

「不，奔姆族人天性和諧且互相友愛，更重要的是在他們的觀念裡，個人與群體沒有明確界線，所以並不會有以暴力方式解決組織內部紛爭的想法。即使回顧奔姆族兩千四百年的歷史，也從不曾發生過族人之間因為暴力而導致傷亡的案例。」

「那麼會不會是爆發男性容易感染的傳染病呢？」

「根據調查團的報告，遺體中並沒有發現任何高致死率的病原體，雖然無法完全撇除未知傳染病瘋狂肆虐的情況，不過目前來說這樣的想法仍偏向於假設的範疇。不過，在我看到遺體照片的時候，上面有個東西特別讓我感到在意。」

秋山從資料夾中拿出十張左右的照片，可以看到地上有人類的骸骨，就混雜在枯葉及蚯蚓的屍體之中。骸骨的姿勢是下顎內縮、雙手搭在胸前，看來似乎是在向天祈禱。上下顎之間則嵌進了木樁。

「這個木樁是？」

「這是用來固定遺體的木樁，施行土葬時，奔姆族會在遺體的頭部打入木樁，為了防止死者被薩比帶走。這倒不是問題所在，真正有問題的是骨頭。」

秋山指著遺骨的肩膀部位。

「……沒有手臂耶。」

茂木細聲呢喃，臉上露出驚訝的表情。這麼看來，的確每具遺體都少了手臂及腿部的骨頭。

「還有些骨頭上留有動物的齒痕。」

「意思是，奔拇島上的動物襲擊了人類嗎？」

「應該是這樣沒錯。根據李的說法，在他十月抵達島上的時候，只有一位受了重傷的年輕人存活下來。在年輕人的腹部也有一道撕裂傷，看起來是被三指利爪給抓傷的。」

「那位研究人員有問年輕人發生了什麼事嗎？」

「當然問了，不過跟其他的倖存者一樣，年輕人也處於無法正常溝通的狀態，只會一昧地重複著一句話……」秋山的喉結緩慢地上下晃動。「給我水……這樣。」

雞皮疙瘩冒了起來。

「這個年輕人後來怎麼樣了？」

「在調查團抵達的時候，似乎已經下葬了。他們的調查結論也是傾向於野生動物所造成的集體死亡。畢竟奔拇島上有肉食性的野狗及鱷魚，海裡也有鯊魚。達達遴選儀式舉辦之前，男人們大多都會為了展現自己的勇氣而做出違反常理的狩獵行為，對遴選過度重視，使得男人們跨越了應該謹守的分際……這個說法目前來說是相當具說服力的。男人之中只有老人及小孩存活下來，就是因為他們並非達達遴選儀式的候選人，這麼一來就說得過去了。

不過，島民從兩千四百年前就與島上的動物和平共處，大自然也教會了他們守護家園的智慧，所以我實在很難想像單純的達達遴選會造成如此大的傷害。」

「那麼，真正的原因是什麼呢？」

「我沒有資格妄言，不過倒是有想到一個可能性，我在想會不會是外來的凶猛野獸被帶進了奔拇島。」

秋山說到這邊就停了下來，感覺似乎是在等待牛男的回應。

原來如此，牛男可以了解秋山對自己的懷疑，但他壓根就不曾踏出日本國門，對於把一隻凶猛的野獸放到遠方的島上，導致大部分島民都被殺害的敗德行為，也完全沒有興趣。

牛男用求助的眼神望向茂木的側臉，卻發現茂木正一臉嚴肅地看著照片，而且還不停地點頭。真是個沒用的男人啊。

「那個，我反倒有個問題想要請教，秋山先生認為——」

「在《奔拇島慘劇》一書中，有提到奔拇島的領袖可以跟所有住在島上的女性保有性關係，如果犯人的動機跟這個特殊文化有關的話，似乎也能說得過去。」秋山粗魯地把書捲起來。「這個描述是正確的，對奔拇族來說，男女婚前的往來是一大禁忌，然而負責驅趕邪靈的達達是唯一的例外。奔拇語的達達意思是父親，不受禁忌限制的狀況，事實上也間接強化了領袖的權威。

不過，基於保護文化的立場，相關的研究學者們都有心照不宣的默契，那就是不在公開場合談論這個禁忌。至少就我所知，以日文寫成的論文之中，從沒有任何一份提到這件事。你為什麼會知道奔拇族的習俗呢？真的不是因為曾經去過奔拇島嗎？」

「我是蒐集了資料之後，看了英文寫成的論文報告。」

「記得你剛剛才說你看不懂英文啊……」

秋山用手指彈了彈調查報告。完蛋了。再這樣下去，會被當成害奔拇族滅族的犯人。牛男死命地絞盡腦汁。

「我知道了，那我就說實話吧。關於奔拇族的習俗，我是從我的父親那裡聽來的。」

「你的父親是？」

「文化人類學者錫木帖。」

牛男將所有心神都集中在臉部神經上，擺出一副認真的表情。反正錫木帖都已經死了，無論說什麼應該都不會被拆穿。

「原來你是那個男人的孩子啊。錫木的確是一個不遵守規矩，喔不，應該說是一個不會被禁忌所束縛的男人。就像達達一樣。」

秋山說話的速度提升不少，瞳孔也放大了。

「你認識我的父親？」

「錫木是我的學生，不過最後我們可以說是不歡而散的。我跟錫木就像是在天秤的兩端，不過就某種意義上來說，也有可能是我們兩個人有太多相似的點了。」

秋山的話語裡滿是舊日回憶。

「你的意思是？」

「錫木跟這件事沒有任何關係。那個男人在兩年前就已經死了，更何況他是非常熱愛奔拇族的。很抱歉剛剛假裝懷疑你，這個話題就到此為止吧。」

秋山收了收散在桌上的資料，並放進公事包內。

「請稍等一下。我覺得剛剛聊到的事情應該要讓更多人知道才對，您願意撰寫成書然後由我們賀茂川書店來負責出版嗎？」

茂木的發言完全沒有顧及他人感受。

原本以為秋山應該會被惹怒吧，沒想到他卻一臉畏縮地望向茂木。

「不好意思我太忙了，沒辦法滿足你的期待，不過說實在的，你們其實已經拿到我寫的原稿了。」

「……什麼？」

「總有一天你們會知道的。今天就先這樣吧，謝謝你們了。」

秋山自顧自地說完之後，便拎著公事包離開了接待室。

3

工作到一個段落，想在辦公室抽根菸喘口氣的時候，手機鈴聲響起了。

牛男心想，大概又是茂木打來催了吧。帶著厭煩的情緒望向手機螢幕，卻發現打來的是一個陌生的號碼。

「喂……」

「請問是大亦牛汁先生嗎？」

年輕女生的聲音傳來。

「哪位？」

「不好意思冒昧打擾您，我是摩訶大學四年級的綾卷晴夏。」

牛男猛然從椅子上跳了起來。完全沒料想到自己會接到真正的女大生打來的電話。

「有、有什麼事嗎？」

「我是大亦先生的粉絲。其實我是偶然間在學校裡撿到了您的名片，所以才會冒然打電話給您，不好意思。」

牛男從辦公室裡飛奔而出，一路跑到沒有人會看到的樓梯平臺。心跳好快，掌心不斷滲出手汗。女大生是我的粉絲？什麼意思啊！這種生物是真實存在的嗎？

「找我有什麼事嗎？」

「那個，真的很不好意思，但我可以跟您一起吃個飯嗎？放心，我絕對不會說出去的。」

牛男差點沒從樓梯上跌下來。沒道理啊！怎麼會有這麼誇張的事情發生！恐怕是要找人信教的吧，或者是買淨水器之類的推銷。

「跟我吃飯？真的嗎？」

「真的很唐突對吧。對不起。您還是當我沒說好了……」

「不會不會，我剛好也想要找人聊聊看完書之後的心得感想。」

宛如茂木會說的臺詞從牛男嘴裡脫口而出。

「真的嗎？非常感謝！那吃飯的餐廳以及時間我用訊息的方式傳給您。」

女大生慎重地道謝之後掛上了電話。

怎麼回事啊，牛男的人生真的可以這麼幸運嗎？

耳邊還迴盪著女大生的喃喃細語，牛男緊繃的表情不知不覺舒緩下來。

就這樣一路到了大半夜，打完工回到住處之後，牛男還是感到止不住的興奮。很想找個人炫耀一下，可惜打給朋友都沒有人接。第三通打給了榎本，總算打通了。

「三更半夜還在寫稿嗎？真是太辛苦了。住在豪宅區的感覺如何？」

牛男一邊暢飲罐裝啤酒一邊說著。

「畢竟我跟你不一樣啊，我都是靠自己寫稿的。我覺得我的下一本書應該也會很精采喔。」

榎本愉快地回應。真是個率直的男人。

「喂，榎本啊，你的粉絲之中有女大生嗎？」

「什麼？」

「我有喔！而且還很可愛，應該啦。」

牛男把三個小時前的通話內容一五一十地重演了一遍。一開始榎本還以「是喔」、「這樣啊」之類的語肋詞回應，但後來不知怎麼搞的就突然變得像地藏菩薩一樣沉默不語。

「作家這份工作真是太棒了，你也多多加油吧。」

「牛男，其實……啊，算了，還是不說比較好。」

榎本把話說得吞吞吐吐的。

「怎麼啦？你想說那是拉人信教的對嗎？」

「沒有啦，基本上你並不知道那個女生是誰對吧？」

榎本用提醒的語氣發問。的確，除了對方是摩訶大學四年級的學生之外，其他一無所知。不知道為什麼，牛男想像中的晴夏，就跟「摩訶不思議小姐」一樣，穿著淡藍色的圍裙。

「我非常確定她是一個大學生，其他的我並不在乎。」

「我曾經從編輯那邊聽到一個傳言，據說，有個變態女粉絲把推理作家當作狩獵的目標。」

變態女粉絲？這傢伙到底在說什麼啊？

「我知道了，你是在電影裡面看到的吧。嫌犯把作家監禁起來，並將自己的想法告訴作家，脅迫作家照著寫出來。」

「好像有點不一樣。那個人是以假裝成粉絲的方式靠近推理作家們，並跟他們發生肉體關係。好像單純只是為了跟多位作家上床，並不是仙人跳之類的設局詐騙。」

「算是有骨氣的婊子就是了。」

「嗯，可能吧。你聽說過真坂齊加年嗎？」

「什麼跟什麼啦，」牛男做出彈鼻屎的動作。「那是誰？」

「那是一個作家的筆名，他的代表作《腦髓復甦》已經被翻拍成電影了。據說他就是受到狙擊的目標人物之一，都已經結婚且有孩子了，卻整個被搞到意亂情迷，最後與元配離婚收場。」

這樣的女人還真是狠角色。牛男過去也曾遇到誇耀自己跟非常多男藝人上過床的婊子，算是同類型的吧。

「她的名字叫什麼？」

「不知道啊，我也只是聽說而已。」

「真是一點用都沒有。不過我相信我的晴夏絕對不會是婊子，她是貨真價實的粉絲。」

牛男小小聲地喃喃自語，並一把將手裡的空瓶捏扁。

4

那一天，牛男沒有睡好。

感覺都還沒入睡呢，但天一大亮，他便趕緊去把完全不適合自己的一頭金髮染黑，穿上休閒褲來搭配剛買的皮鞋，並且讓自己沉浸在止汗噴霧之中，看起來就像在接受煙燻一樣。最後，他猛力刷著牙齒，一副非得流血才甘心的狀態，刷完才終於踏出家門。

晴夏指定的碰面地點位在兄埼車站的商店街裡頭，距離牛男住的能見市大約二十公里左右，對晴夏的住處來說，這裡也差不多是中間點。牛男提前一個小時出門，沿著高速公路往兄埼市開去。

抵達之後，牛男把中古車停在人煙罕至的巷弄中，拿起一本預先做好記號的《奔拇島慘劇》後，便往約好的書店走去。

兄埼車站前人聲鼎沸，從車站溢出來的人潮一波又一波被商店街吸進去。站在書店前，立刻聞到對面的麵包店傳來的陣陣香甜味。每每有年輕的女性經過，牛男的心跳就會猛然加速。

「那個……」

一個二十多歲的嬌小女孩靠了過來，及肩的黑髮輕輕地左右搖曳，身上穿著深棕色大衣，以及揹了一個差不多覆蓋了整個上半身的雙肩背包。稚嫩的嬰兒肥圓臉擠出了帶有緊張情緒的笑容。

「您、您好。」

牛男抬起頭，卻發現女孩打招呼的對象是站在一旁的金髮眼鏡男。什麼嘛，以為在拍美國的校園喜劇嗎？

有點難為情的牛男，趕緊轉頭往書店裡面看，結果發現收銀機前的桌面擺了成堆的《奔拇島慘劇》。出版迄今已經過了大半年，依舊還是不斷再刷。我可是暢銷作家呢。牛男對自己喊話，心情也稍微放輕鬆了一些。

「不好意思，請問是大亦牛汁先生嗎？」

轉身一看，剛剛那位女孩就站在眼前，質感非常好的香水味撲鼻而來。金髮眼鏡男則牽著另外一個女人往麵包店走去了。

「妳好，我是大亦。」

牛男生硬地回應，並且吞了一大口口水。

牛男與晴夏一起走進車站前的義大利餐廳。之所以會知道這是一間提供義大利料理的餐廳，主要是因為昏暗的店內到處都垂掛著極具代表性的國旗。

即使盯著菜單看，牛男還是看不懂上頭寫了些什麼。最後，晴夏點了「金目鯛魚排佐奶油白醬」，牛男點的則是「咖哩」。真想海扁那個只會到便宜的居酒屋吃蛙類及小龍蝦的自己啊。

「這是今天要送給您的小禮物。我是透過大亦老師的作品給我的感覺去做挑選的。」

晴夏打開雙肩包，拿出一個綁著緞帶的盒子。看起來很像是戲劇中常出現的婚戒盒。

「謝、謝謝妳。」

解下緞帶、打開盒子，裡頭裝的是一支手錶。沒有數字、沒有圖像，錶面上也沒有任何保護遮蓋。不過倒是有表示時間的刻度，以及短針。感覺上這支錶跟小孩子做出來的玩具錶沒什麼兩樣，但因為她身上穿的衣服相當低調奢華，頗具有錢人的派頭，所以牛男推估這支錶應該也是高檔貨。

「那個，請您看看錶面。」

在晴夏的催促下，牛男將目光轉回錶面，發現上面刻有DEAR OMATA UJU（親愛的大亦牛汁）字樣。這麼簡單的英文，牛男還是能看懂的。

「老師，您該不會是左撇子吧？」

晴夏說了個沒頭沒尾的問題。不管慣用手是哪隻，手錶的功能應該也不會有任何改變啊。

「我是右撇子，怎麼了嗎？」

「那就沒問題了。不好意思。」

晴夏深深鞠了個躬，頭頂的髮旋看起來好可愛。

「我會好好收著的。」

牛男簡短回應，接著便把手錶收入盒內。為了不讓晴夏看見，他還偷偷地在膝蓋上將緞帶綁回去。牛男很不會綁蝴蝶結，綁十次大概只會成功一次而已，這次也是一樣，綁好之後看起來一點都不像蝴蝶，反而比較像斷了翅的蜻蜓。他將蜻蜓緞帶的尾端捏成一個皺皺的小球，然後塞進盒子裡頭。

「口渴了，想喝點啤酒。」

牛男看著酒類的菜單喃喃抱怨著，與此同時服務生才終於把料理端了上來。

晴夏開始說起看完《奔拇島慘劇》的感想，語氣中仍帶有一絲緊張。她說，《奔拇島慘劇》巧妙地將特殊風俗及懸疑情節結合在一起，就整個推理小說的範疇而言，說得上是非常創新的作品。牛男聽不太懂晴夏的意思，但感覺得出來她真的很喜歡《奔拇島慘劇》。實在無法想像她會是密謀要找人上床的婊子。

「推理小說到底哪裡好看呢？」

牛男話一說出口就感到後悔了。感覺就像是一個職棒選手問了小朋友：「棒球哪裡好玩呢？」想來晴夏一定會滿臉詫異吧，然而沒想到她竟一臉認真地說道：

「我喜歡的是推理小說的結構，因為會有很多線索，而且一定會在合理的範圍內將事件解決，不是嗎？」

「話雖如此，但終究是編出來的。」

「我的研究內容屬於很難找到答案的類型，即使到了未來也可能都還是找不到。當然，為了找出最後的結果，除了繼續研究之外別無他法，但我還是偶爾會感到不安。每當我感到焦慮不安的時候，就會去看看推理小說，這麼一來我的腦袋就會變得清晰許多，心情也能夠穩定下來。」

晴夏斟酌字句、慢慢回應。看來她喜歡看推理小說的理由是真的挺高尚的。

「你說的研究是什麼？」

「意識。我讀的是心理學系，主要以意識為研究項目。」

「──……是……」

牛男只能像鸚鵡一樣學舌，因為就連觀察牽牛花都做不好的他，根本想像不到那是什麼樣的一個研究主題。

「讀國中的時候，我的母親在長年腦中風的折磨下去世了。在去世之前，她有一年左右呈現植物人的狀態，雖然心臟還在跳動，但完全沒辦法說話。我問醫生以及學校的老師說，母親當時還有意識嗎？他們都回答不知道。所以我才會在上大學時試著研究看看。」

突然之間，錫木帖的臉浮上牛男的腦海。那個男人晚年應該也是因為腦血管梗塞而失去了意識。

「呈現植物人的狀態，不就等於失去意識了嗎？」

「正確的說法是大腦大部分的功能受到了損害。前額葉在大腦中占了一大半，是負責思考及控制情感的部位，也就是這邊……」晴夏用手指在自己的額頭前方轉了轉。

「其他還有位在後半部的枕葉，負責的是處理視覺資訊；左右兩旁負責處理聽覺資訊的是顳葉；位在頭頂的地方，負責統合視覺、觸覺等各項情報的部分則是頂葉。這些大腦部位如果都壞死了，那麼理所當然人就應該沒有意識了，不過卻也有些實驗帶來了不同的結果。」

「意思是，即使成了植物人，也還是能夠思考？」

「是的。有個實驗是對著植物人患者喊『正在打網球』、『正在家裡走來走去』等等會讓人產生畫面的話語，結果顯示患者的大腦受到刺激的部位跟健康的正常人一樣。因此可以斷定患者具有意識，能夠理解話語的含意。」

牛男不禁感到背脊發涼。明明看起來已經沒有思考能力的人，事實上卻還是可能有意識存在。

「那麼，妳的母親也是一直處於有意識的狀態嗎？」

「不，那個實驗應該是特殊案例吧。我認為如果沒有解開意識的由來之謎，那麼就連最基本的問題都沒辦法得到解答的。」

「不是從這裡產生的嗎？」

牛男指著晴夏的額頭。

「不曉得。神經元的訊息傳導單純只是一種物理現象，但為什麼可以藉此產生意識呢？目前並沒有具體的機制可以解釋這個現象。甚至也有人認為意識其實並不存在，一切都只是我們人類自己的錯覺而已。」

「意識不存在？不對吧，應該有啊。妳看……」

牛男用手拿起杯子，杯裡裝著看起來就像腐爛的葡萄一樣的液體，他仰頭一飲而盡，晴夏見狀笑到眼睛都瞇了起來。

「對啊。不過也有個實驗是這樣的，實驗人員讓受測者隨機動動手指，並觀察及記錄前後的大腦變化。受測者決定要動動手指的時間點為一，大腦發出信號的時間點為二，手指實際動了起來的時間點為三。你認為這三個時間點的先後順序會如何排列呢？」

「應該是一、二、三吧。」

「一般來說都會這樣想。不過根據實驗的紀錄，時間點的排序是二、一、三。」

怎麼會？意思是決定要讓手指頭動起來的時候，大腦早就已經發出訊號了？

「等於在人做出決定之前，大腦就已經採取行動了？」

「沒錯。大亦先生在決定要喝酒之前，大腦就已經做好了喝酒的準備。就實驗的結果深入思考一下就能了解到，意識其實只是為我們的種種行動賦予了意義而已，也就是說自由意識並不存在。」

「真的假的啦。」牛男覺得自己像是被詐騙集團騙倒了一樣。「那，打工結束前的現金點算，如果怎麼算都無法合帳的話，問題也不是出在我，而是出在大腦囉？」

「有可能喔。我還聽說過另一件事，曾經有個工程師在電腦上做出了一個小孩的身體，並且將類似人類脊椎處理訊息的迴路程式裝了上去，沒想到那個小孩居然可以像人類一樣做出爬行動作。」

「爬行？就像這樣嗎？」

牛男雙手前後擺動。

「對啊。原本的程式裡當然不可能把寶寶爬行寫進去，所以表示身體及環境等因素都確定了之後，動物的行動就會自動產生。那麼很有可能意識真的只是為我們的行動做出事後的確認而已。」

「妳相信這樣的說法嗎？」

「我不知道。我只是很想了解事情的真相而已。」

晴夏低下了頭。牛男對於自己語帶責難感到有些後悔，看來晴夏也不知道自己想要找出什麼樣的答案。

「妳的心情我能理解，因為我的父親也是死於腦中風。雖然我知道的不多，但大腦一旦受到損傷，應該就無法恢復了對嗎？」

「可以這麼說。正確的說法是，大腦的神經細胞目前有些研究單位是可以做出來的，但由於大腦受損的細胞沒有辦法移走，所以那些已經受損的部位所負責的機能就無法恢復了。」

「不像身體受傷了之後會結成硬硬的痂對吧？」

「大腦再生的研究如果繼續進行下去的話，還是有可能可以找出新的治療方法。」

晴夏望向窗外的人潮說著。街上到處都是相貌堂堂的人，但那一顆顆的腦袋裡，裝的都是同樣的大腦。從這個角度來看，真的有點不可思議。

兩人就這樣有一搭沒一搭地聊了一個小時左右，晴夏感嘆現在的大學生閱讀量低得可憐，牛男則抱怨著文化人類學者一直在《奔拇島慘劇》這本書裡挑毛病。

直到店家打烊之前，兩人一起走出店外，街上已經空無一人，兩人碰面的書店也已經拉下了鐵門。巷弄角落倒是有一對超過五十歲的男女抱在一起。

站在斑馬線前等待紅綠燈號的時候，晴夏突然間牽起了牛男的手。

「大亦先生，要跟我一起待到早上嗎？」

晴夏的手非常冰冷。

「這是妳的想法嗎？還是大腦擅自做出的決定？」

綠燈了。

「是我的想法。」

晴夏的臉一直望向馬路的另一邊。

5

牛男從兄埼車站前的商店街往住宅區的方向開，前後繞了有三十分鐘。

最後落腳的「兄埼賓館」是在導航上找到的，房間內的床鋪及家具，全都像是從廢墟撿回來的老舊廢物，牆壁上則到處都有茶褐色的汙漬，而且空氣中還飄散著空氣芳香劑以及發霉的混合氣味，形成讓人倒退三尺的臭味。

「這間真的是不及格。」

「沒關係的，我不在意。」

晴夏從浴室走出來，隨手將燈關掉。

脫下晴夏的洋裝，牛男如飢似渴地撫摸著滑嫩的肌膚。晴夏的身體非常冰冷，感覺就好像是抱了個充氣娃娃一樣，而且跟她做愛的感覺實在比不上應召女郎。不過，稚嫩的臉龐及身體，帶來侵犯少女的罪惡感。牛男發現這間賓館提供了一種以前從未見過的保險套，他戴上之後在晴夏體內射精了。

沉浸在幸福滋味裡的牛男，全身赤裸躺在床上。因為突然想抽菸，所以便從脫在一旁的褲子口袋裡掏出香菸來，並用微濕的手點著打火機。

「呼，頭都暈了。」

晴夏用手蓋住了臉。

鏡子裡出現牛男的臉，他想起自己特地去把一頭金髮染黑，不由得感到有些害羞。

「……」

突然間，有個疑惑冒了出來。

在書店前等待會合的時候，晴夏曾當著牛男的面跟那個金髮眼鏡男打招呼。

會認錯初次見面的對象，其實無可厚非，但當時牛男手裡拿著相認的信物，也就是一本《奔拇島慘劇》。為什麼在這樣的情況下，晴夏還會認為一旁的男子是牛男呢？

晴夏說自己是偶然在校園撿到了名片，所以才給牛男打了電話。這分明是在說謊。晴夏一定在更早之前就見過牛男了，那時候，他還是一頭金髮。

牛男是在見秋山教授的前一天晚上去把頭髮染成金色的，在那之後，牛男就不曾再去過摩訶大學附近，所以晴夏要見到頂著金髮的牛男，唯有應邀前去拜訪秋山教授那時候。

那麼，晴夏是在校園的什麼地方見到牛男的呢？應該是在警衛向牛男要名片的時候吧？不過，當時周圍的學生都是男的。

如此一來，只剩下一個可能性。當時有個戴著口罩的年輕女性，領著牛男兩人進到接待室，那應該就是晴夏。

牛男大大地吞了一口口水。明明已經見過面，為什麼晴夏要特地裝作不認識？實情到底是什麼？

——假裝成粉絲的方式靠近推理作家們，並跟他們發生肉體關係。

榎本說過的話言猶在耳。

牛男鬆開打火機，房間再次籠罩在黑暗之中。

「妳應該不是第一次見到我吧？」

一片安靜，彷彿時間都靜止了。

「我知道有婊子會隨機找推理作家上床。妳到底為什麼這麼做？」

毛巾摩擦的聲音持續著，同時也聽得到晴夏嘆了一口氣。

「別再裝了，妳是秋山教授的助理吧？」
「不是，我才不是助理。」髮絲搖晃的聲音伴隨著。「那是我的父親。」
「妳的父親？」牛男反問。
「對啊，我的本名是秋山晴夏。老師，您相信我吧，雖然我真的跟不少作家上過床，但大亦老師是最特別的一個。」
晴夏用冰冷的手指碰了碰牛男。
「妳為什麼要這麼做？」
「沒有為什麼。我只是想做我自己而已。」
「吵死了，少在那邊自己騙自己了。」
牛男狠狠地推了晴夏的肩膀。
令人膽寒的聲音從床的另一頭傳來，聽起來是啤酒杯摔破了。床鋪劇烈上下搖動。
緊接著是維持了五到十秒的沉默。
「……妳，沒事吧？」
牛男下了床，按下門旁的電燈開關。
昏暗的燈光，映照在仰躺著的晴夏身上。
牆壁上的鏡子破了，碎片在地板上四處散落，其中一個宛如冰柱的碎片，深深插進了晴夏的脖子，感覺就快把晴夏的頭砍下來。
牛男的背脊冷汗直流，全身麻痺無法動彈。

「喂，說話啊！」

好不容易擠出聲音來。

「妳說話啊！」

「……唔？」

晴夏眼睛微睜，呢喃了一聲。接著，她撐起上半身，用手撥掉黏在頭髮上的小碎片。牛男非常擔心，不知道她的頭會不會掉下來。

「破掉了，應該得要賠償吧。」

晴夏看著紅色的鏡子框架說道。殘留在框架上的碎片，映照出好幾雙晴夏的眼睛。

「喂，要不要叫救護車？」

「救護車？為什麼？」

晴夏淡淡地笑了，並緩緩地站了起來。鏡子碎片依舊插在脖子上，從傷口汩汩湧出的液體，就像黏稠的膿一樣，從鎖骨慢慢往胸口流動。

「那個，我們再做一次嘛。」

晴夏一邊說著一邊坐在浴巾上。牛男可以感受到她的呼吸傳到了耳邊，但完全搞不懂為什麼她可以好像完全沒事一般。

「妳，不會痛嗎？」

「哪裡？我沒事啊。」

晴夏歪著頭回應。仔細一看，她的屁股上也插著碎片。難不成是因為脖子上的碎片切斷了神經，所以讓她失去了痛覺嗎？只要照一下鏡子，她一定就能發現自己身上的詭異狀態，可惜的是鏡子已經徹底破碎、散落一地。

話說回來，在「大醉一場」喝酒的時候，牛男曾看見過肚破腸流的蟾蜍伸出舌頭捕捉蒼蠅來吃。所以，對於自己已經瀕臨死亡的事實，動物說不定並不會察覺。

為了不讓晴夏發現異狀，牛男用床單擦了擦掌心的手汗。

「跟我碰面的事情，妳還有跟其他人說過嗎？」

「怎麼可能說出去啊。為什麼這麼問？」

晴夏用力地眨了眨眼，看來應該不像在說謊，所以就算她死了，警察應該也不太可能會懷疑到牛男身上。

「我還有事，先回去了。」

牛男從乾涸的喉嚨擠出話來，接著背向晴夏，撿起脫在地上的衣服並一一穿上。

「唔，你要回去了呀？再做一次就好了嘛。」

晴夏像個孩子一樣揮舞著雙手，牛男往晴夏的胸口一推，使得她倒在床上，脖子扭曲變形，濃濃的液體噴出。牛男感覺自己的心臟都快要跳出來了。

「……」

看著晴夏的身體，牛男突然覺得不太對勁。她的下腹部高高隆起，看起來既像孕婦，也像中年大叔的啤酒肚。稍早見面的時候，她的身形就是這樣的嗎？

「這麼想看嗎？」

晴夏張開雙腿，似乎是對牛男的反應有所誤會。

「如果妳在那個世界見到母親，記得叫她告訴妳她當時還有沒有意識。」

牛男把鑰匙留在房間，就這麼離開了。

搭著電梯來到一樓，緊接著狂奔離開櫃檯大廳。反正房錢已經付過了，也沒有用到其他東西，所以應該沒有另外再結帳的必要。

在賓館門口，意外跟一個剛從箱型車走下來的妓女照了個面，牛男低下頭快速從旁通過，緊接著鑽進自己的車子裡，插進鑰匙、踩下油門。

住宅區已經一片漆黑了，在萬籟俱寂之中，昏暗的燈光從公寓大樓的窗戶投射出來。駛出停車場、轉進大馬路，牛男已經開上了兩線道的公路。

在路上奔馳的時候，不安的因素一直不斷冒出來。房門的把手，以及燈光的開關，全都留有牛男的指紋，而且裝滿精液的保險套，也丟在垃圾桶裡，只要有一個線索讓警方懷疑到牛男，那他就在劫難逃了。

況且，晴夏也有可能會報警。雖然她的脖子都快被切斷了，應該活不了太久，但還是有可能在救護車趕到的時候，有機會讓她對救護隊員供出牛男的名字。

牛男的腦海中浮現出週刊雜誌上斗大標題寫著「女大生慘遭推理作家殺害」的畫面。

猛然間，牛男抬頭看到交通號誌是紅燈，趕緊在停止線前踩下煞車。一個滿臉通紅的中年男子睜大眼睛盯著車裡的牛男看，剛剛差點就要撞到了，真驚險。

雙手鬆開方向盤，牛男大大地做了個深呼吸。反正人都是會死的，只是晴夏的運氣比較差而已。況且提出邀約的是她，沒道理由牛男來扛責任。總之，多想無益。

在公路上開了五分鐘左右，就看到了高速公路的交流道，開上去就能離開兄埼市了，牛男踩下油門。

來到收費站的小亭子邊，有個身材微胖的男人正在裡面打盹。應該是因為會在深夜開上高速公路的人實在不多吧。牛男先是一陣駝背彎腰，盡可能不讓自己的臉被對方看到，然後才敲了敲收費亭的窗戶。

「大哥，我要去能見……」

中年男子抬起了頭。

牛男把手伸進庫子口袋，打算拿出錢包，結果一瞬間感到氣血凝結。

錢包不在口袋裡。往座位底下望去，也只看到沾滿泥巴的腳踏墊而已。看來應該是掉在賓館的地板上了吧。

錢包裡有身分證，完蛋了。

「一千四百圓，有聽到嗎？」

男子一臉不耐煩地看著牛男。

「我忘記帶錢包了。」

縮著肩膀說完這句話之後，牛男倒車離開收費亭，並且重新返回剛剛的來時路，朝著「兄埼賓館」前進。此時的他突然覺得，並排而立的高樓大廈，彷彿都在嘲笑他。

抵達之後，牛男把車停在距離賓館門口十公尺左右的路邊，接著小跑步走進玄關，安安靜靜地通過櫃檯大廳，搭電梯來到三樓，往三〇九號房走去。

在走廊轉彎後，迎面碰上一個年輕男子。那是一個臉色很差的胖子，耳朵及鼻子上插了很多金屬的身體穿環飾品，看起來就像個針包一樣。他穿著一件不太合身的圍裙，還推著一臺推車，上頭放滿了水桶、拖把之類的工具。

「啊，不好意思。」

男子低下頭，看來好像正打算把鑰匙插進客房的門把上。應該是清潔人員吧。

「等一下，我是這個房間的客人。」

「咦？這間的客人已經退房了喔。」清潔人員拿起懸掛在推車上的資料夾，翻看著紙面資料。「您會不會找錯間了呢？」

「錯過最後一班電車的時間了，還是住到明天早上吧。」

「需要跟櫃檯再確認一次嗎？」

「憑什麼啊，住宿費都付清了耶。」

牛男低聲抱怨，清潔隊員聽到之後便低下頭致意，說了句「不好意思」，並且將鑰匙交到牛男手中。看來是一個通情達理的胖子。

等到清潔隊員消失在走廊的轉彎處之後，牛男才用鑰匙把房門打開。

在暖氣的作用下，房間相當乾燥，空氣中瀰漫著芳香劑及霉味混雜的味道。牛男伸手打開門旁的電燈開關。

房間裡空無一人，原本倒在床上的晴夏已經不見了，洋裝、內衣什麼的，也都消失了，地板上散落著鏡子的碎片，床單上則有一大片黃色的汙漬。

晴夏到哪裡去了？脖子都快被切斷了，所以絕不可能獨自回家。如果救護車有來過，那清潔人員應該會記得。應該是有人把晴夏的屍體帶走了吧？

牛男茫然地盯著床單上的汙漬看。

6

一回神，已經過了七天。

終於擄獲女大生粉絲的喜悅，儼然已經變成了深不知底的不安與懊悔。一點也不想去打工，更沒有花錢叫應召女郎的興致，牛男這陣子就在自己家以及「大醉一場」之間往返，每天都是如此。

這一天，低低的雲覆蓋了整片天空。牛男已經沒有錢可以去「大醉一場」喝酒了，所以把車停在便利商店的停車場，並在路邊的水泥塊上坐下來，仰頭大口大口喝著啤酒。

站起身，牛男打算去買一點下酒菜，但卻發現到對面大樓前擠滿了人潮，而且看來都是些貧困的男人，或許是正在舉辦送酒的活動。

從人潮的縫隙中窺看大樓，發現牆上貼了一張粉紅色的海報，看來好像是地下的樓層有個小劇場，這些男人正在等待節目開場。是偶像明星要來表演吧？

海報上寫的是「埃及吸血蟲劇團超強企劃　昆蟲人的人臉串燒秀」，主題文字的下方是一個臉上塗了黑色顏料的女生，正露出呆滯的笑容。她的臉頰上插了一支串燒燒烤的細長竹籤。真是個大打黑色幽默的表演啊。

該不會，晴夏也是因為受過了特殊訓練，所以即使脖子被刺傷了也渾然不覺吧？如此誇張的想法閃過牛男腦海。

帶著頹喪的心情走回停車場，手機鈴聲在此時響起。

難道是晴夏打來的？電話接通的那一瞬間：

「大亦老師，稿子寫得怎麼樣了？」

裝腔作勢的男人聲音打破了牛男的期待，腦中的畫面瞬間由茂木神氣活現的表情取代。

「喂，茂木，我不想當作家了，也幫我跟總編輯說一聲吧。」

「我看你是喝到爛醉了吧。不管你怎麼生氣怒吼，截稿日都不會延長喔。」

「我不是這個意思。跟你說，我真的不行了，禮拜六那天——」

話語無以為繼，變成乾咳的聲音。

我很有可能因為失手刺傷一個女大生的脖子，導致她不幸身亡——這話聽起來更像喝醉之後的胡言亂語。況且最後的結果是「女大生突然之間消失得無影無蹤」。

「——我發生了非常嚴重的事情，而這一切全都是你害的！」

「好吧，那就請你真的確定不繼續寫作的時候，跟我說一聲，我得跟你追討十五萬圓左右的餐飲代墊費用。不過，現在有另外一件事更緊急、更重要，說出來你一定會嚇一跳。」

不知道為什麼，茂木的聲音突然變小，好像是在屋外吧，背景有許多雜音傳來。

「什麼事？昆蟲人對我們發動攻擊了嗎？」

「我陪公司的簽約作家來到白峰市，結果在回程的路上被一件車禍事故吸引了，所以沒有直接回家。」

白峰市，印象中聽過這麼一個地名。

「據說是一輛大卡車在行經住宅區的時候突然暴衝，因而將人輾斃了。警察、救護人員，以及前來採訪的記者，把道路擠得水洩不通。推理小說的編輯不就是很容易會因為這類的事件而興奮起來嗎？總之我就擠到現場看了看，結果就發現了我們共同認識的那位老人。」

「是我媽嗎？」

「是秋山雨教授。」

牛男的腦海裡立即浮現了那張布滿皺紋的臉。

「他開著卡車橫衝直撞嗎？」

「不，遭輾斃而亡的受害者，似乎是秋山教授的女兒。」

手機差點滑落，嘴裡湧出苦澀的味道。

秋山教授的女兒，也就是——晴夏？

「你……你再說一遍。」

「我說，秋山教授的女兒被大卡車輾死了。我聽現場的幾位記者說，死者被卡車拖行了有二十多公尺，肚子以下的部分全都支離破碎，感覺是回天乏術了。」

茂木的語氣聽來有些置身事外。

遭輾斃的就是晴夏了吧。但是，在兄埼市的賓館身受重傷的她，怎麼會出現在白峰市的街道上？令人費解。

「你有看到事故現場嗎？」

「沒有，現在已經用黃色警戒線擋起來了，只能遠遠地看著大卡車。不過有一點很奇怪，引擎蓋明明已經撞得一團糟，但卻沒有留下血跡，只有像膿一樣的液體沾黏在上頭。」

牛男想起賓館房間裡那條沾滿黃色汙漬的床單，果然是晴夏。

「還有一件讓人非常驚訝的事，事故發生之後，她的哀號聲迴盪在四周長達五分鐘左右，但她叫喊的內容卻是——**給我水！**」

一陣寒氣從背脊竄上來。

跟那個臨死前的奔拇族年輕男性說了一樣的臺詞。

可能是因為人在瀕臨死亡的時候，喉嚨會特別乾渴吧。還是說，造成奔拇族人集體死亡的原因，如今也跑來襲擊晴夏了？

「哇，那是什麼!?大亦老師，現場冒出好多像蚯蚓一樣的蟲子，怎麼會這樣？這……大亦老師……」

牛男切斷了電話，茫然地開著車。

小劇場的入口依舊擠滿了人，牛男按了一下喇叭，讓人潮把路空出來，接著猛力踩下油門。

不到五分鐘，牛男回到了住處，強忍著劇烈的頭痛及想吐的感覺，緩緩把門打開，接著蹲在地板上打開電視。

轉了幾臺之後，穿著套裝的記者出現了，字幕寫著「白峰市發生卡車暴衝事件，一位女性當場死亡」。畫面中，住宅區拉出了黃色警戒線，可以看到線內有好幾位搜查員。

「……為了逃離交往對象，秋山晴夏小姐從住處飛奔而出，結果在這個路口遭到大卡車撞擊。」

記者一字一句清楚地說著。

「駕駛大卡車的嫌犯齊藤運也，在撞到秋山小姐之後大受打擊，所以據說是在一夜之間白了頭。另外，秋山小姐的交往對象，也就是因為對秋山小姐施暴而遭到盜捕的榎本桶，也對自己所犯的罪行全部供認不諱。」

榎本？

牛男懷疑起自己的耳朵。

「嫌犯榎本在面對警方的調查時，坦承兩人因為感情問題起了爭執，他還以暴力毆打了秋山小姐的臉及腹部。針對後續的事故詳情，警方現正深入調查中……」

畫面的右下角出現了熟悉的一張臉，榎本桶身穿學生制服，還比了個「耶」的手勢。這張照片牛男他們在養護機構畢業時一起拍攝的。

那傢伙也是推理作家，所以即使跟晴夏有肉體關係也沒什麼好大驚小怪的。提醒牛男要多留意粉絲別有用心的人，也是他。

問題在於晴夏。一個禮拜前，她被牛男從床上推落，在脖子上理應留下了巨大傷口，實在無法想像她在那樣的情況下還能活超過一個禮拜，而且為什麼最後是為了躲避榎本的暴力相向，結果被卡車撞死？

帶著祈禱的心情，牛男撥了電話給榎本，沒想到立刻傳來一陣語音：「您所撥的號碼暫停使用，請確認後再撥……」

牛男抱著滿滿的疑惑，無神地聽著電視傳來的那些令人焦慮的聲響。

招待

1

大亦牛汁老師

天城菖蒲以《水底的蠟像》一書出道以來，已經過了二十年，本次將舉辦二十周年紀念活動。

我之所以能夠持續發表作品，就是因為同時代的推理作家們願意筆耕不輟，二十年來一直用優異的作品在背後推著我前進。

為了向朋友們表達由衷的謝意，我規劃了一場小小的感恩派對。

詳細活動內容放在另外一張紙上，煩請參閱。

請務必前來參加，八月十六日，我在条島恭候大駕。

天城菖蒲

※

站在公寓門口，牛男揉了揉惺忪的雙眼。

郵局送來的傳單散落一地，因為已經到了無法裝作沒看見的程度，所以牛男將眾多傳單收攏起來，其中包含有按摩的廣告單、水管修理的廣告單等等，另外有一個奶油色的高級信封混在這一堆傳單裡頭。從郵戳來看，已經寄達一個月以上了。

撕開信封之後，看到宛如結婚喜帖的邀請函，紙質非常高級。看了兩次內容之後，好不容易覺得好像終於弄懂，再看第三次卻又更加糊塗了。

十年前，牛男曾出版了一本推理小說，名為《奔拇島慘劇》，但時至今日應該沒有人記得這本書了，就算是推理宅恐怕也是如此。反正這本書本來就不是牛男寫的，所以他一點也沒有放在心上。不過，寄出這封邀請函的人似乎仍將牛男認定為作家。大概是因為很喜歡《奔拇島慘劇》這本書吧。可惜的是，牛男對於天城菖蒲這個名字一點印象都沒有。

從信封中拿出另外一張紙的時候，手機鈴聲正好響起。

「店長，時間快來不及了。」

耳邊傳來愛里的聲音，看看手錶，已經超過十點半了，話說回來，這支錶也是九年前那個自稱是粉絲的女生送的。

「店長，有聽到嗎？」

嚴肅的聲音將牛男拉回到現實。現在可不是沉浸在感傷裡的好時機，今天同樣從十一點就有預約的客人會上門。

「知道啦，再等我一下。」

牛男將邀請函收進口袋，並朝著備有等候室的那間公寓前進。

「店長，你又變胖了呢。」

愛里坐進副駕駛座後語帶嫌棄地說著。

牛男的體重超過八十五公斤，外表看起來就像退休後的相撲選手一樣回不去了。年過三十歲之後，收入漸漸趨於穩定，所以在飲食上也就變得更加寬裕，不再像以前不得已需要節制。

「畢竟我從事的是得要用命去拚的工作，累積了很多壓力才會這樣。」

牛男一邊把肚子的一圈肉擠進去褲子裡一邊說道。

「你不就是把女孩子送到客人那邊去而已嗎？況且，遇到奧客也有老闆會負責處理。說起來，我們才真的叫做用命去拚呢。」

愛里一邊說著刺耳的言論，一邊拿餅乾塞滿嘴巴。手腕上的手環搖搖晃晃的。

「小心一點啊，妳要是太鬆懈的話，很快也會變成豬的。」

「我？我才不會。別拿我跟你相提並論。」

愛里對著後照鏡整理瀏海。說起來，她算是不錯的女生，長得非常可愛，簡直可以媲美偶像明星，左上顎的一顆銀牙，正好凸顯出她的孩子氣，往往能夠充分誘發客人的色慾。難怪她會有那麼多回頭客，這半年來也都穩占客人指名次數的第一名，是公司的紅牌。

「妳的手環真不錯，很適合妳。是老客人送妳的嗎？」

為了調回愛里的情緒，牛男輕聲細語地提問。

「這個我已經戴了差不多有十年了，面試的時候也有戴啊，店長你真的都沒有再注意我耶。」

愛里把右手放在背後，好像是想把手環藏起來。

「十年前的話，應該是上小學吧。所以是初戀對象送妳的？」

「我今年二十六歲了。」

「哇，是喔！比我想的還要大耶。」

牛男趕緊閉上了嘴巴。原本想讓氣氛緩和一些，沒想到反而自掘墳墓了。如果愛里因此不想接客的話，那牛男一定會被老闆玉島殺了的。

「二十六歲很好啊，集可愛與性感於一身。對了，妳是從什麼時候開始出來接客的？」

「進到公司之後才開始做的。」

「那算挺晚開始的耶，妳為什麼會想來我們公司啊？」

「你確定現在要問？」

愛里的表情看來是發自內心感到厭煩。

「奇怪耶，妳是不是把妳的體貼放在包包裡忘記拿出來了啊？」

「也沒什麼特別的理由啦。硬要說的話，就是來學習的，喔不，是來做研究的。」

愛里沒頭沒尾地說完之後，又塞了一片餅乾到嘴裡。

把愛里送到能見市郊外的賓館之後，直到接她為止都是空閒時間。由於接下來並沒有新的預約進來，所以回去事務所待命也是有點麻煩，因此牛男把休旅車停到便利商店的停車場，並將座椅放倒後開始抽起菸來。

事實上，現在的牛男相當疲憊，兩條腿像是鉛塊一樣重，而且喉嚨也沙啞了，眼睛還腫了起來。

擔任「慾轉學園」應召站的店長已經有三年的時間，在「兩人工作室」的基礎下辛苦營運至今，然而兩週前情況突然出現變化，擔任司機的三紀夫在原因不明的情況下受到襲擊，並且還受了重傷。

當時三紀夫全身是血，倒在慾轉學園及等候室所在的那棟公寓一樓，他把人氣相當高的三葉送到賓館之後，就在回辦公室的路上遭受偷襲。從頭蓋骨一直到脛骨，總共有十七處骨折，右眼球破裂，肝臟甚至一百八十度大翻轉。根據傷口上所採檢到的塗料，顯示犯人是拿著大量生產的金屬球棒對三紀夫一陣猛打。直到目前為止，犯人都還沒有抓到，三紀夫也還在能見醫院住院中。在進入「慾轉學園」工作之前，三紀夫是在詐騙集團內部工作的，所以這次的事件也有可能是當時因為細故招人憤恨了。

就一般的職場環境而言，發生這種事公司應該會直接暫停營業，但玉島老闆卻不允許「慾轉學園」停擺，可能是為了避免常客流失，或是業績下滑吧。拜此之賜，牛男在這兩週的時間就必須得要自己一個人扛起接電話、接送、面試等等的工作。

早上的接送任務幾乎都是十一點就開始了，一路要到晚上十二點以後才會結束，中間過程除了得更新接送地點之外，還必須跟女孩子們談心，可以說是忙到連休息的時間都沒有。唯一能夠稍微鬆口氣的時間點，就是接送中間的空檔。

牛男到便利商店買了週刊雜誌，回到車裡的駕駛席開始翻看目錄，什麼明星偶像的暴力疑雲啦、沒有競爭力的候選人陷入了醜聞風暴等等，都是一些了無新意的標題。有一則報導寫到知名醫師在海上航行的時候撞上了鯨魚，似乎因而導致脖子骨折。這倒是有趣。

啪啦啪啦翻動雜誌頁面的時候，牛男突然被一張熟悉的照片吸引了目光，那是一個老人坐在車子座椅上的剪影照片，標題是「秋山雨教授持續追蹤大批島民相繼死亡的謎團」。

週刊雜誌還是保持著一貫的誇張調調，提及的內容包含「文化人類學者秋山雨在去年十二月因為大腸癌而離世」、「女兒死了之後，秋山教授便一頭栽進奔拇族人大量死亡的事件調查之中」、「在去世的前一天，他都還在翻閱事件相關的資料」……諸如此類。

在摩訶大學校園內碰面時所見到的那一雙彷彿能夠看穿人心的眼神，感覺又再次重現了。在那之後大概過了兩年，媒體報導了秋山家遭到可疑人士入侵的一則新聞，犯人既沒有拿錢包，也沒有拿存摺，只有翻亂了書房及倉庫，看起來似乎是在尋找些什麼。當時的秋山應該還挺硬朗的，然而現在這本週刊雜誌所揭露的秋山晚年照片，卻儼然像是個老妖怪一樣，頭髮掉光了，駝背也很嚴重。

根據報導，奔拇族人大量死亡的事件，似乎還沒有水落石出，內戰、細菌感染、集體恐慌等等的說法都有人支持，甚至就連邪靈入侵、巨大生物襲擊之類屬於惡趣味的論調，也有被提出來，可以說是臆測滿天飛。秋山家遭到入侵的新聞被報導出來之後，懷疑大國的情報單位或環境保護團體可能有介入的陰謀論也悄悄發酵。

九年前的回憶像一串葡萄般在牛男的腦海裡甦醒，疑似對晴夏施暴因而被逮捕的疑犯榎本桶，現在不知流落何方。照道理講，他應該已經服完刑期了，但卻音訊全無。

安靜的住宅區竟會發生大卡車失控衝撞的意外，而且整起事故的起因還牽扯到一位年輕的推理作家，這樣的元素當然會煽動群眾的好奇心，因此當時這起事件在報章媒體上真的非常轟動。從榎本在網路上經營的二手書店營業額，到他與晴夏時常進出的賓館房間有什麼特色，諸如此類與案件沒有任何關聯的事情，也都煞有其事地被當成重大線索揭露出來。牛男還記得，後續在開庭的時候，兩人之間的關係成為攻防重點，赤裸裸的話題甚至搬到電視節目上，著實熱鬧了好一陣子。

那段時間，牛男感覺自己的生活完全被惡夢所籠罩，沒想到一晃眼，已經過了九年。現在的他，以應召站店長的身分勉強過活，完全就是自我放棄的人生。

沉浸在感傷氛圍之中，不知不覺已經快到結束的時間了，牛男開車駛離停車場，並在賓館前停妥熄火。

過了五分鐘左右，入口大門打開了，愛里牽著一個四十多歲的男人走出來。男人戴著太陽眼鏡，身上穿了一件看起來相當高級的外套，不過由於他頂上無毛且啤酒肚相當大，所以讓人格外覺得糟蹋了那些好東西。做了這份工作之後，像這種類型的客人幾乎每天都可以見到。牛男還發現這個男人的牛仔褲內側沾到了深色的汗漬。

愛里揚起笑臉、揮舞雙手，一直做出道別的動作，等於已經是明示「該說再見了」，然而男人卻還開心地叨叨絮絮說個不停。真是個遲鈍的傢伙。直到愛里坐上休旅車的副駕駛座，男人還是站在賓館前不肯離去。

「那位客人是不是失禁了？」

牛男一邊轉動方向盤一邊詢問。愛里的笑容在關上車門之後立刻消失無蹤，並拿起還沒吃完的餅乾啃了起來。

「不是啦，那是沾到化妝水而已。」

「這是個新客，姓佐藤，但應該是假名吧。妳覺得如何？」

「嗯，感覺是挺喜歡我的，可惜是個變態。」

「看起來似乎不怎麼聰明。」

「是有一點。」愛里露出像是咬到舌頭的痛苦表情。「不知道啦，反正就是覺得他怪怪的。啊，對了，他帶了好多支手機。」
「為什麼啊？難不成是黑市手機的賣家？」
「不知道。啊，店長，我想去一下便利商店。」
愛里指著招牌說道。那正是十分鐘前牛男休息的那間便利商店。
把休旅車開進停車場停好之後，愛里立刻就走出副駕駛座並飛奔而去。
女生有什麼任性的要求，無論如何答應就對了，這是做這一行的金科玉律。即使是老闆玉島，在愛里這個紅牌面前也是唯唯諾諾的。
牛男也下了車，呼吸一下新鮮空氣。甘甜的氣味從便利商店飄散出來，太陽光亮得刺眼。
「——」
在馬路上流竄的摩托車聲響，突然之間朝牛男逼近。
接著傳來瀝青摩擦的聲音。
轉身回頭的同時，臉上猛然一陣劇痛，牛男整個人趴到引擎蓋上。眼前忽明忽暗的，一回神已經在腳邊吐了一大口。
抬起頭一看，眼前是一個頭戴安全帽、手裡拿著金屬球棒的男人，而他身後的摩托車應聲倒下。
就在牛男打算轉身逃跑的同時，金屬球棒劃破了眼前的空氣，接著，玻璃碎裂的聲音傳來。駕駛座的車窗破了一個大洞。

很明顯對方是想殺了牛男，襲擊三紀夫的肯定就是這個男人。

「很痛耶！你就這麼恨我們公司嗎……」

「佐藤先生？」

身後傳來愛里說話的聲音。戴著安全帽的男子肩膀抖動了一下。

回頭一看，愛里正站在便利商店前，驚訝得合不攏嘴。她的右手還拿著塑膠袋，裡頭裝著冰棒及口香糖。

「佐藤先生，你在做什麼啊？」

愛里衝著安全帽男大吼大叫。這麼說起來，那個在賓館前跟愛里說話的客人，的確跟安全帽男差不多高，真有幾分相似。特別是那顆碩大的啤酒肚，真的太像了。而且，牛仔褲上也還殘留著宛如失禁的汙漬。

「……啊，那個……」

男人的聲音像小孩子一樣高亢。愛里用棒球投手的姿勢丟出紅豆冰棒，結果直接砸中安全帽，面罩裡頭傳來一聲哀號。

男人轉身準備逃跑，牽起摩托車發動引擎後，立刻離開了停車場。完全摸不著頭緒。牛男打開休旅車的車門，仰頭倒在後座上，鮮血從鼻孔噴湧而出。

「妳真厲害耶，應該早點出來幫忙的啊。」

「不好意思，女英雄總是比較晚登場嘛。」

愛里難得地說了句笑話。她從化妝包中拿出衛生紙，按壓住牛男的臉。衛生紙很快就變得一片血紅。

「金屬球棒直接猛力一揮打在我臉上，真是痛到我都覺得腦汁要流出來了。妳是不是在他面前說了我壞話啊？」

「我才沒有。你覺得是我害的嗎？」

「不然那個男人是怎麼了？天氣太熱燒壞腦袋了嗎？」

「不是的，主要是他很討厭自己的臉被司機記下來。」

愛里以碰觸到髒東西的手勢把牛男的雙腳往座椅上搬。

「什麼意思啊！應召站的司機對客人來說一點都不重要吧。」

「不過，三紀夫跟店長接連受到襲擊，表示佐藤先生真的是把司機設定為襲擊目標了。」

「這麼做到底有什麼意義呢？」

「我想是因為佐藤先生想要假裝自己是新客人。其實他也找過三葉，但今天卻裝作是第一次在我們店消費。他很討厭在招來的小姐面前被發現有叫過其他人，所以他才會辦了那麼多支手機，不同的小姐絕對不會使用同樣的號碼來聯繫。

不過，要是長相被司機記住了，那麼就算是換了手機號碼，也會被拆穿是同一個人，這就表示其他女孩子會發現他花心劈腿。對他來說，結束之後不要同時間離開賓館是最好的方式，但今天應該是玩得太開心了，所以才會想要跟我一起待到最後吧。這才會導致必須毆打司機來解決。」

愛里一邊滔滔不絕地說著，一邊把後座的車門關上。這麼說來一切就說得通了。

「妳真的很厲害，該不會是推理宅吧？」

「我很喜歡懸疑推理題材啊，但並非宅就是了。」

「紅豆冰棒那一招也超精彩。我猜妳一定有參加社團吧，而且一定是棒球社。」

「可惜了，正確答案是壘球。」

愛里的手腕前後轉動，手環搖搖晃晃的。

「那個，店長啊，你的鼻血止住之後就能開車了嗎？」

「當然不行啊，他打得那麼重耶。」

「了解了。那你把手機借給我吧，我來叫老闆過來。」

愛里從副駕駛座伸出手來，一把探進牛男的褲子口袋，結果一陣紙張摩擦的聲音傳來。

「咦？」

愛里發出奇妙的高亢聲調。

抬頭一看，愛里手中正拿著奶油色的信封，那就是寄到公寓信箱的邀請函。

「店長，你是推理作家嗎？」

愛里拿出邀請函，臉上滿是狡猾奸詐的表情。糟糕，露餡了。

「對啊，很了不起吧。」

「奔拇島……哇！是奔拇島慘劇？真的假的啊？」

「真的啊，怎麼？崇拜我嗎？」

愛里打開化妝包，從底部撈出一個奶油色的信封。

「我也有收到。」

2

「你這傢伙，是看不起我嗎!?」

牛男對著高處的大門感應器大聲嘶吼。

醒來的時候就已經有預感今天會是百無聊賴的一天，沒想到才剛要踏進飯店，就遇到這種事。牛男對著監視器鏡頭比了比中指。

飯店的櫃檯人員見狀立刻就來到門口，在感應器附近一下子往前一下子退後，來來回回好幾次才終於讓自動門打開。

海風瞬間吹過來，眼前是一片狀況的太平洋美景。碼頭上人影交錯的漁民們正忙碌著，還有許多看來互不認識的男男女女點綴其中。愛里此時正站在貨櫃旁仰頭看著海鳥。

手錶顯示的時間是六點五十分，距離集合時間還有十分鐘。

由於一大早就得出發，所以邀請函裡頭還附了飯店的票券，提供了前一晚的住宿。有錢人的思維真的非常細膩。

「慾轉學園」從今天開始暫時停業五天，玉島會在這個時間點選擇暫時停業，主要也是因為有非常複雜的原因。如果沒辦法控制佐藤的行為，那麼「臉不想被看到」的戲碼勢必還會持續上演，無奈的是玉島並沒有抓住佐藤的好方法。若是動用到圍事的黑道，損失可能會更加慘重。所以玉島才會想出假裝「被迫停業」的妙招。話雖如此，但一週前就已經預約好紅牌的客人們，可不能就這樣取消，所以牛男昨天紮紮實實地忙到了三更半夜。

「嘿，女英雄，今天起得真早啊。」

牛男戳了一下愛里的背，使得她嚇得跳了起來，連耳環都甩掉了。愛里也一樣工作到深夜，不過氣色看起來卻比平常還要好。看得出來她嘴裡正嚼著口香糖。

「我還以為是變態來偷襲呢。」

愛里露出踩到大便一般的表情。雖然作家身分被牛男得知了，不過愛里還是依然故我，一張嘴就是罵聲連連。似乎是覺得兩人是同類，所以可以肆無忌憚地放肆對待。

「我還真沒想到自己會有跟愛里出來度假的一天。」

「等等，我的名字是金鳳花沙希，絕對不要叫我的花名！」

愛里瞪著牛男並壓低聲音說道。

「為什麼要用筆名啊？聽起來好像老婆婆喔。」

「沒辦法啊，高中的時候覺得這個名字是最棒的。」

愛里，喔不，金鳳花沙希以作家身分出道的時間，距今已是十年前的事情了，出道作品是《春宮鈴子的推理》。就讀瀧城高中二年級的名偵探春宮鈴子，與日本壘球代表隊成員淺野瑠璃互相搭檔，兩人一起解決校園內的種種謎團，就是這樣的一個故事背景。出道時，沙希十六歲，似乎得到了「以校園為舞臺，創作出與現實相符的解謎推理作品」之類的評價。

高中畢業後，沙希仍以一年出版兩到三本「瀧城高中系列書籍」的步調持續創作，然而過了第五年，她就陷入了續集難產的窘境。好不容易在去年，她打破了一年的沉默，發行了「應召女偵探回歸」一書，主角小要是日本最高等級的蘿莉系應召站之中，人氣排行第一的應召女郎，同時她也是個名偵探，而且「用感冒藥水漱口就能發揮前所未有的推理能力」。女子高中生作家突然轉變成大膽外放的風格，一時之間掀起熱議，在推理小說的類別之中高居銷售榜首。

「妳改名叫做慾轉學園子好了，跟妳的作品很搭啊。」

「為什麼我非得要聽一書作家的建議不可啊。」

愛里一張開嘴巴，銀色的牙齒就在嘴脣的一角發光閃爍。

「不好意思，兩位也是要前往条島的客人嗎？」

一個沒聽過的聲音傳來，牛男順應著轉過身去，結果看到一個宛如怪物的男人站在眼前，壯碩程度跟牛男不相上下，臉上可以看得見皮膚的地方幾乎都打上了金屬身體穿環飾品。看起來年紀應該差不多三十五歲以上吧。如果在半夜遇到這種長相的人，應該會馬上想要轉身逃跑，不過仔細一看才發現他其實一臉膽小畏縮的表情。

「好誇張的臉喔，是SM作家嗎？」

牛男的語氣充滿嫌棄，愛里聽到後立刻踩了他一腳。

「我叫金鳳花沙希，這位是大亦牛汁先生，我們都是要去条島的。」

「金鳳花老師跟大亦老師！能遇見你們真是太榮幸了，我的名字是四堂饂飩。」

怪物男帶著怯懦的表情深深鞠了個躬。

「好搞笑的名字喔，老家應該是賣饂飩的吧？」

「不是，我們家是賣鞋子的。」

「四堂老師是搞笑推理的鬼才喔，《銀河系紅鯡魚》就是他賣得最好的一本書，除了把非常特別的世界觀寫得活靈活現之外，過程中還一再推翻讀者的預判，是推理性十分強烈的作品。」

愛里非常明顯是在拍馬屁……

「謝謝妳，我也非常喜歡瀧城高中系列作品，《春宮鈴子的畢業》書中寫到鈴子精彩的虛構推理，結局讓人驚訝不已。而且不光是探求真相，妳把鈴子描寫成充滿矛盾的人，這一點我也非常喜歡。」

在說話的時候，饂飩總是會夾雜一些「哎呀呀」、「嗚呼呼」之類的聲音，聽起來讓人感到有些噁心。

「你跟天城菖蒲有碰過面嗎？」

「沒有沒有，怎麼可能呢。」饂飩搖了搖頭。「從來沒有人看過天城老師的真面目，他可是貨真價實的蒙面作家啊。能接受招待造訪《水底草子》一書中的条島，對我來說已經宛如做夢一般了。」

「水底草子？」

「那是天城老師把日常生活中的小事集結起來的隨筆散文集，最特別的地方是虛構與真實交叉出現，比方說今天還在城裡的酒吧開懷暢飲，隔天卻流連在異國的熱帶雨林。一年之中，老師會有好幾次描寫自己渡海到条島的情況，但由於沒有具體的場所或目的地，所以書迷之間就出現了許多揣測。妳要看看嗎？」

由於齟齬作勢要從後背包裡拿書出來，所以牛男便伸手幫忙拉住拉鍊。

「不用啦，我個人是比較期待条島會像是夏威夷或關島那樣的島嶼。該不會反而是厭世作家們愛的那種吧？」

「条島是無人島喔。以地理位置就位在西之島西南方二十公里處，所以並非那種無業遊民閒晃居住的地方。從東京灣出發，經過父島之後還要再行駛二十八小時才會抵達，即使是包下一艘大船直航而去，至少也需要完整的二十四小時。」

「二十四小時？」

意思是，現在馬上出發的話，也是明天早上才能抵達目的地。

牛男百無聊賴地抽著菸的時候，有個在碼頭晃悠許久的小個子男人走了過來。棒球帽、披肩、開襟針織衫、褲子、行李箱，從上到下看起來都充滿貧窮的氣味，胸前還掛著像兵籍牌一樣的項鍊，整體風格就像個國高中生，而且還刻意地點起菸抽著。年輕的嫖客之間，經常會出現這種類型的人。
「早安，大家都是推理作家吧？我是自殺幻象作家阿良良木肋，請大家多多指教。」
小個子男人一臉陽光地說著，並輪流跟三個人握手，牛男只能跟著配合。
「又來一個奇怪的傢伙，自殺幻象？那是什麼意思啊？」
「你不曉得嗎？這在心理學領域有不同的解讀，不過對我來說，自殺未遂的人徘徊在生死之間所浮現的幻象，就是自殺幻象，比方說進入一片漆黑的隧道裡，或是在花田間散步等等，有很多很多不同的場景。我會去採訪那些曾經自殺未遂的人，以他們講述的幻象為基礎素材，逐步寫成小說作品。我會送你一本我的代表作當禮物。」
「不用啦。為什麼會把不具推理作家身分的人邀請到這裡來呢？」
「其實我有寫一本書叫《最後的餐點》，以一個遭到霸凌的國中生為主角，主要描寫的是這個國中生看到有人喀擦喀擦吃著玻璃的幻象，在推理小說領域之中，這部作品獲得了挺高的評價，而且還拿到了推理作家協會獎。」
「但你應該對推理懸疑沒有太大的興趣吧？」
「沒有這回事，我可是非常喜歡的呢，所以這次才會應邀來參加啊。」
阿良良木肋說話的聲音高了八度，很明顯是一個說起自己的成績就沒完沒了的人。
「啊，真坂齊加年老師。」
醞鈍用手指著飯店門口的方向。
自動門後方有一個人影慢慢靠近，跟牛男不同的是，自動門非常順利地滑開了，出現一位身穿西裝的男人。短短的頭髮三七分邊，粗濃的眉毛下，藏著一雙宛如猛禽般的銳利目光，年紀差不多有四十歲。

「那個人看起來一副就是作家老師的樣子。」

「他的本業是麻醉科醫師，你有看過他的《腦髓復甦》了嗎？利用屍體的自然生理現象來當作解謎關鍵，超好看的。」

愛里用洋洋得意的表情望向牛男。

「看來大家都到了呢。我是真坂齊加年，今天會由我負責將各位送到条島上。」

齊加年用校長致詞的口吻說著，接著用評價的眼光掃了每個人一遍。

「天城老師在哪裡？」

「已經在島上等大家了，事不宜遲，我們立刻出發吧。」

齊加年把同行的四個人帶進貨櫃，並搭上停泊在裡頭的一艘遊艇。

這艘遊艇全長有二十公尺，高五公尺左右，整體造型看起來就像是一顆怪鳥的頭。從閃閃發亮的光澤就可以看出船家很用心在保養。另外，船身側邊寫著「PRINCESS HARUKA TOKYO」。

「PRINCESS HARUKA TOKYO，什麼意思啊？」

「那是遊艇的名字。」

齊加年在棧橋上停下腳步回應，東京的 HARUKA 公主，可能是取自戀人的名字吧。

「如果是我的話，會取名為成金丸號。」

牛男一邊隨口胡謅一邊登上遊艇。

3

晚上七點十五分，太陽落入水平線，夜晚降臨海面。

牛男在甲板上靠著欄杆抽菸。晚餐吃了炭烤串燒，肉串的油臭味沾黏在風衣上。直到剛剛為止，牛男都還在船艙內跟著大家一起吃晚餐，但愛里、肋，還有鰮飩，交談的內容全都是令人感到不快的阿諛奉承，他因為聽不下去，所以就到外頭吹風了。

牛男來參加這趟旅行，原本心裡的期待是「可以暫時從辛苦追趕業績的苦日子裡抽離出來」，但此時此刻他已經感到後悔了。畢竟他本來就不是小說家，對推理小說也沒有太大的興趣，只不過是在十年前偶然得到了一本書的原稿，拿去出版社換點生活費罷了。

當牛男盯著滴落在甲板上的水滴時，艙門打開的聲音傳來。

「哇，原來是店長！」

愛里假裝從樓梯上轉身要離開。

「小心我把妳推到海裡喔。你現在可不是公司的商品，沒有太大的價值。」

「哈哈哈，開玩笑啦。其實我也覺得有點累了。」

愛里也走過來靠著欄杆，並將口香糖吐到海裡。洋裝的袖子被濺起的海浪弄濕了。

「我的旅行運一直以來都很不好，小學遠足當天早上，媽媽去世了；國中修學旅行的第一天，哥哥去世了。我有預感這一趟很有可能會是最慘的一次。」

「別說這麼不吉利的話。」

「沒辦法，因為百發百中，所以讓我想忘也忘不了。話說回來，把我們叫過來的天城菖蒲是很厲害的作家嗎？」

「嗯，應該吧。據說他的粉絲比敬拜幕府將軍的信眾還要多，出道作品《水底的蠟像》也有翻拍成電影，不過年輕的讀者應該都沒聽說過吧，而且近年來他也沒有再推出新作品了。」

愛里好像越說越起勁，興奮地將《水底的蠟像》的故事概要簡單說了一遍。

因為海灘事故而失去女兒的「我」，是一個外科醫師。昭和二十二年的某一天，我前往年邁的私家偵探浪川草一的家拜訪。老偵探住處的地下室，放了好多跟屍體非常相似的精緻蠟像。浪川雖然解決了不少疑難雜症，但卻也陷入深深的罪惡感之中，所以才會製作死者的蠟像，藉此憑弔亡魂。

當天住進「暴風館」的我，因為看到地下室的水槽裡有蠟像沉在底部，所以嚇了一大跳。因為沉在水底的蠟像，跟「我」的女兒長得實在太像了……

「不過，說起賀茂川書店的暢銷書，還是《奔拇島慘劇》最有名。」

「等一下，屍體不是會浮在水面上嗎？但蠟像會沉到水裡去，所以想要在水裡重現屍體的狀態根本是做不到的。」

「喔，關於這一點，」愛里揚起笑聲。「因為這是一部幻想推理類型的作品，所以細節處這樣呈現也沒什麼不好啊。」

「才不好呢。妳肯定想不到《奔拇島慘劇》被指出過多少錯誤。」

「那是因為沒有好好設計謎題吧。我聽說人在溺水的時候會非常驚恐，所以難免會喝下很多水，並且身體裡的空氣也會被排空，因此水裡的屍體會先往下沉，直到腐爛之後產生了氣體，慢慢累積起來才又再次浮上水面。所以說，蠟像所重現的是浮起來之前屍體，對吧？」

「對於水裡的屍體，妳知道的可真多啊。」

「畢竟我也是推理作家。」

愛里從牛男的口袋裡拿出菸盒，趾高氣昂地抽起了菸。

「我知道天城菖蒲寫的都是一些相當高級的小說，但如果天城本人是一個難以取悅的歐巴桑，那我可就應付不來了。」

「不知道啦，人家是蒙面作家，說不定實際上是跟我一樣的年輕女子。」

「出道二十週年了對吧？那不可能啦，說不定都是個老婆婆了。」

「天城老師應該從來沒料到應召站的店長及應召女郎會來到現場。」

愛里邊打哈欠邊笑了笑。

牛男將上半身探到欄杆外面，水花往他的臉上噴濺。

「看起來挺開心的嘛。」

回頭一看，原來是齊加年。他似乎是從輪機室走出來的，手上還戴著黑色的手套。愛里像是一個被老師逮到的學生一樣，把菸藏到自己身後。

「你不去操控這艘船沒關係嗎？如果跟那位知名醫師一樣撞上鯨魚，害得我們全都在海上載浮載沉，我可不會饒了你。」

「這附近並沒有岩礁，所以自動巡航不會有問題的。在過去的十年之間，我每個月都要走一趟這個航線，從沒有間斷過，當然更不曾發生任何事故。」

齊加年冷冰冰地將牛男的挖苦敷衍過去。

「你認識天城老師嗎？」

「不，這次也是第一次碰面。只不過是因為我有遊艇，所以才會擔負起帶領大家過去的角色。這次光是受到邀請，我就已經感到很榮幸了。」

他這番話讓人感受到何謂被貧窮限制了想像力。

「条島還沒到嗎？」

「航程才剛過一半而已，預計明天早上才會抵達。我差不多要來去睡覺了，你們也早點休息吧。」

齊加年說話的樣子越來越像校長了。

回到船艙，燈還亮著，但齷飩跟肋已經睡著了。

愛里壓了壓鼻頭。船艙裡的確充滿油脂及啤酒的臭味，再加上嘔吐物的味道也飄散其中。

「這兩個人是喝到吐了吧?宅宅真的是酒量很差。」

「不對吧，味道不是來自通風口嗎?」

愛里抬頭看著天花板說道。順著她的話語，牛男把臉靠過去通風口，結果有一陣像是公共廁所大便池的渾厚臭味籠罩鼻前，嘔吐的衝動從腹部深處湧現。可能是老鼠死在裡頭了吧?牛男從工具箱之中拿出強力膠帶，並將通風口整個黏封起來。

「外表看起來光鮮亮麗，沒想到內部卻是這副德性。有錢人的派頭都只是裝出來的。」

「是說，我們沒有床可以睡耶。」

愛里噘起嘴巴。船艙的右手邊有一張上下鋪的床，上鋪是肋在睡，下鋪則傳來餛飩的陣陣鼾聲。沒有隔間，也沒有床墊，只有小小的竹蓆上鋪著圓形坐墊，真的是非常樸實無華的床。用毛毯把自己包一包然後睡在地板上說不定還比較好。

「喂，死胖子，挪開點。」

牛男踢了踢餛飩的肚子，但餛飩依舊閉著眼睛，嘴巴還不停動來動去，看起來像是在測試假牙似的。

「你自己不也是胖子嗎?好了啦，把燈關掉吧。」

愛里嫌棄地說完之後，在房間角落用毛毯把自己包了起來。

怎麼偏偏在這種時候，得要跟差不多體型的胖子同床共枕眠呢?牛男心想，運氣真的很差。帶著厭煩不已的情緒，他拉了拉從天花板垂下來的開關拉繩。
彷彿湧出黑墨一般的闃黑，瞬間包圍整個船艙。

「好痛！」
洪量的一聲哀號把牛男從睡夢中吵醒。
慌慌張張地從地板上跳起來，拉開燈光的開關線，燈泡的亮度讓視野變得清晰。
發出哀號的人是饂飩。他一雙眼睛睜得大大的，嘴巴也徹底張開，看起來就像一個哮喘病發作的患者。並且，他按住左耳的手指之間，流出了鮮紅的血液。就連睡在旁邊的牛男，也在手腕上發現了鮮血。
「怎、怎麼了？」
愛里站了起來，不安地看著饂飩的臉，肋跟齊加年也撐起了上半身。
「不、不好意思，我的耳環……」
饂飩的手從耳朵上移開，露出被切割開來的外耳，沾滿血的金屬片則掉落在地板上。他臉上幾乎每一寸都掛了穿環飾品，睡在如此克難的地方，被扯掉一個似乎也是無可厚非。
齊加年衝出船艙，並且飛快地從輪機室將急救箱拿過來。在饂飩的耳朵傷口上噴了消毒水之後，接著用膠帶把紗布固定住。過了五分鐘出血的狀況已經止住。
「只要別蓄膿應該就沒事了。如果還是會擔心的話，之後就去看看整形外科吧。」

齊加年說了一些感覺好像醫生才會說的話。

「不好意思，已經沒事了，真是掀起了一陣騷動啊。」

饂飩誠惶誠恐地說完之後，用毛毯裹住身體，縮回到床鋪角落。

「我還以為要出第一條人命了呢，真可惜。」

「別說這種無聊的話。」

愛里不耐煩地勸阻了牛男不經大腦的言論。

牛男看看手錶，才差不多八點左右。錶面上還留有饂飩的血。一瞬之間血就凝固了，但要是指甲去摳的話，怕是為因此傷到錶面玻璃。所以他只能先解開錶帶，把錶放進口袋裡。

帶著做了一場無聊夢境的心情，牛男拉動電燈開關。

船艙再度被黑暗包圍。

「咚」一聲，有個聲音從船底傳來。

罐裝啤酒滾動到牆壁，發出喀的撞擊聲。身體也有被牆壁吸住的感覺。地板整個傾斜了。

「嗚哇！」

上方傳來哀嚎聲，左手手腕隨之劇烈疼痛，睡在上鋪的肋從床上掉了下來，牛男可以清楚聽到肋的喘息聲，就像是一隻無比亢奮的小狗一樣，慌亂不已。

「這次又是什麼事……」

愛里說話的聲音被警報聲淹沒。不由得產生了一個最糟糕的預感。

很快地，房間亮了起來，是齊加年把燈打開的。牛男身邊的肋一臉皺眉地蹲著，感覺好像痛到都快不能呼吸了。

喀鏘一聲，立鐘發出聲響，時間來到十一點半。愛里的肩膀微微地上下震動著。

「我去外面看看情況。」

牛男跟在齊加年後面，陸續走出船艙，愛里也跟了上去。

爬上階梯一看，甲板呈現傾斜狀態，海平面逼近眼前，船底則持續傳來喀鏘、喀鏘、喀鏘的撞擊聲。

海平面上掀起陣陣浪花，隱約可以看見巨大的魚鰭狀物品。

「是鯨魚！好大啊！」

齊加年雙手扶在地板上嘶吼著。

「所以我就說了，幹麼要來參加啊！」

「我趕快去改變航線，你們幾個拿東西丟過去，別讓那傢伙追上來。」

齊加年慌亂地說完之後，立刻衝向輪機室。

「幹麼拿我們當小孩啊。」

牛男把甲板上散落一地的休閒用品一一往外丟，拿到什麼就丟什麼，釣竿、船槳等東西一個一個噗哧噗哧地消失在海中。

「讓大家看看前壘球隊員的投球威力吧！」

「吵死了，知道了啦！」

愛里從船艙裡拿出工具箱，取出維修用的長釘，對著鯨魚奮力丟去，結果釘子直接刺進了鯨魚的側腹部，牛男下意識做出了振臂高呼的姿勢。

「太厲害了！其實妳是飛鏢社的吧！」

「女英雄還是挺有一套的嘛。」

愛里不斷丟出釘子，差不多有三分之一刺中了鯨魚。

甲板的東西都快丟光的時候，鯨魚終於從遊艇的後方消失了。

「我們會被反捕鯨團體殺掉吧。」

「總比沉船好吧。」

齊加年搖搖晃晃地從輪機室走出來，瀏海亂得一蹋糊塗，名醫的威嚴已經蕩然無存。

「受、受傷的人狀況還好吧？」

聽到這句話才想起蹲在船艙裡的肋。

齊加年走下階梯，打開船艙的門，留在裡頭的兩個男人，把炭烤的火爐、啤酒罐、毛毯等東西弄得一團亂。饂飩坐在地上，肋則哭到眼睛都腫了起來，看來他好像是從床鋪摔下來的時候左腕骨折了。雖然沒有其他外傷，可是手腕卻無力低垂，就像關節壞掉的人偶一樣。

齊加年用夾板及繃帶固定肋的手腕，並讓他吞下止痛藥。

「絕對不可以拆開繃帶，否則骨頭移位的話就非開刀不可了。」

「這是怎麼一回事啊？在拍電視節目嗎？」

齷鈍氣若游絲地說。

「把剛剛的一切拍成影片賣給電視臺的話，應該能拿到不少錢。」

牛男拿出手機，然而卻怎麼按也沒有任何畫面。似乎是被海浪弄濕導致故障了。

「你們是笨蛋嗎？……老師，這個我拿走囉。」

愛里從急救箱裡拿出ＯＫ繃，並將自己的食指包紮起來。看來是在丟釘子的時候弄傷了指腹，看得出來有紅色的痂。

「看吧，還真的成了最糟的假期了。」

牛男諷刺地說。

「吵死了，跟那些頭腦有問題的客人比起來，這還不算什麼呢。」

愛里有氣無力地說著。

立鐘顯示時間為十一點五十分。真教人感到驚訝，要是在平時，現在都還是工作時間呢。牛男邊想邊悻悻然地把燈關掉。

船艙再次被黑暗包圍。

4

下午兩點，遊艇總算開到了条島。

根據原本的預定，應該是要在早上抵達的，但因為撞上鯨魚的關係引擎受損，所以船行速度沒有辦法提升。早上七點過後，一行人聚集在甲板上，好不容易終於能看到海島，盛大的歡呼聲簡直像是發現了金銀財寶一樣。

条島四面都是懸崖，看起來有點像走樣的布丁，只有一個地方像是被湯匙挖過似的，沒有高聳懸崖，取而代之的是一條小小的河川流入大海中。

懸崖頂端可以看到一間類似於教會的西式樓房。大自然的風將鐘聲一併帶了過來。

「那就是天城菖蒲的別墅吧？有錢人真的很愛住在生活機能很差的地方耶。」

「那叫天城館，我可是有看過老師的散文作品。」

饂飩得意洋洋地說。臉頰上的穿環飾品像風鈴一樣搖擺不定。

齊加年一邊往右繞島一圈，一邊尋找可以停泊靠岸的地點。

「奇怪了，怎麼到處都沒看到天城老師的船呢？」

「他應該都是由傭人負責接送吧？有錢人肯定都得要有計程車才願意出門的。」

牛男再次出言諷刺，但齊加年還是維持著嚴肅的表情。

「遊艇怎麼了嗎？」

「因為撞上了鯨魚，所以引擎故障了，雖然操控上沒有什麼問題，但是燃料卻消耗得很快，照這樣下去，回程的燃料應該不夠。」

齊加年說出了令人震驚的事實。

「怎麼不早點說啊。意思是我們離不開這座島了，是嗎？」

「我打算找天城老師商量看看能不能把船借給我們。但如果老師沒有船的話，那就麻煩了。」

「把負責接送的人找來不就好了？」肋拍拍齊加年的肩膀開朗地說。「總之，我們趕快登島吧。」

由於找不到適合停泊的地方，所以齊加年在遊艇停在河流出海口的淺灘位置，並且從前後甲板都放錨下去，藉以固定船體。放下梯子之後，眾人依序下到海中。

腳踩到沙子之後，海水差不多是到腳踝的高度。穿著鞋子下水感覺很不舒服，然而海中飄滿了廢棄的各式材料或金屬片等垃圾，所以沒辦法赤著腳走。

「齊加年老師，這個麻煩你。」

肋把行李傳給齊加年幫忙拿，然後用僅剩的右手爬下梯子。幸好不是慣用手骨折，真是不幸中的大幸。他脖子上那個宛如兵籍牌的項鍊，扣住了開襟針織衫的領口。

齊加年用皮帶將行李固定在背上，像蝸牛一樣慢慢爬下梯子。

五個人全都下船之後，才一起啪嚓啪嚓地踩著海水往沙灘走去。

「島主在那裡嗎？」

肋指著懸崖上的西式樓房說道。正巧在這時候，鐘聲響起了。

「該怎麼去懸崖上面啊？」

「小河的旁邊不是有樓梯嗎？」

「哇！」

餛飩突然往後面一跳，背上的肥肉把肋撞飛，牛男的臉也被海水潑到。

「走、走開！」

餛飩臉色鐵青地大叫，接著轉身作勢要衝回遊艇。站在剛剛餛飩所在的地方往前一看，礁岩表面布滿了紅色的海參。

「海參會怎麼樣嗎？會吃了你不成？」

「對、對不起。我、我受不了。」

「是恐慌症發作了吧。沒關係的，深呼吸讓自己冷靜下來。」

齊加年一邊說著一邊拍拍餛飩的背。餛飩的額頭上冒出斗大的汗滴，讓人不禁覺得「海參該不會是殺過他父母吧」。

「你跟在我後面，如果有海參的話我會先跟你說的，放心吧。」

齊加年相當有耐心地緩緩說完之後，餛飩深深吸了一口氣，並點了點頭。兩人就這麼一前一後走著，就像母鴨帶小鴨一樣。後面的肋則借搭了愛里的手站了起來，溼答答地打了個噴嚏。

「啊，那裡好像有東西。」

愛里在距離沙灘差不多還有十五公尺的地方停下，指著遠方的懸崖說道。右前方大約五公尺高的山坡上，有一間圓木屋。仔細一看，還有許多圓木緊貼著懸崖網上搭建。

「那應該是瞭望臺吧？」

五個人陸陸續續踏上沙灘，並不約而同抬起頭看著晴朗藍天下的小屋。用來支撐主體建築的，是建造瞭望臺會用到的那種細細的圓木，看起來是把圓木塞進懸崖間的狹小縫隙，一點一滴向上組合搭建起來。小屋屋頂用的是鐵皮材質，不過牆壁則像尋常的小木屋一樣，用圓木堆疊而成。地板的四個角落空了四個洞，並且有梯子可以通往小屋。

「喂、喂，有沒有人在啊？」

肋朝著上方呼喊，不過並沒有得到回應。

「上去看看吧。」

「我也要一起去。」

齊加年跟愛里兩人率先自告奮勇，受傷的人和胖子倒是一聲都沒吭。

一開始齊加年攀上一根橫向的圓木，結果木頭互相搭在一起的地方發出了喀嚓喀嚓的聲音，讓人心生不安。齊加年用雙手穩住身體，然後慢慢地踏著梯子往上走。

「這是什麼？工作室嗎？」齊加年把身體擠進木屋地板的小洞之後說道。「有好多架子跟工具。」

二號選手愛里以輕盈的身段攀爬，一瞬間就來到梯子頂端。

「真的耶，有美工刀、雕刻刀、鐵鎚、柴刀、錐子、木刀、鐵釘、繩子、石膏，還有假血漿，就連裝硫酸的瓶子都有。」

「感覺就像激進派的祕密基地。」

「等等，有一尊上色到一半的蠟像。我知道了，這裡是藝術家的工作室吧。」

「啊啊啊！」鰮飩發出奇怪的聲音。「那個蠟像，是不是沒有手、沒有腳，而且還受了傷？」

「答對了，胸口插了一把錐子。」

「果然！天城老師自己也會動手製作蠟像屍體……所以才有辦法寫出《水底的蠟像》這種如此細膩的作品。」

鰮飩雙眼發光，說出非常符合推理宅身分的話來。

根據愛里的解釋，在《水底的蠟像》一書中登場的老偵探，會藉著製作死者的蠟像來為事件的犧牲者祈福。不過，究竟老偵探的行為是作者自身興趣的投射？還是小說人物觸發作者培養出同樣的興趣？這就不得而知了。柴刀、錐子、木刀、鐵釘、繩子、假血漿、硫酸等道具，是為了讓屍體能栩栩如生地重現而準備的吧。

「還有臉部及手腕形狀的石膏模型，應該是把蠟倒進去模型裡頭，就能做出蠟像了吧。」

「蠟像的事情先擺一邊。有看到這座島的地圖嗎？」

「……沒看見耶。」

之後沒有什麼新的發現，所以兩人走下梯子回到沙灘上。

「總之我們先走到小河那邊去吧。」

肋發號司令，五個人魚貫地在沙灘上前進。

走了五分鐘左右，一行人抵達小河的出海口，懸崖在此處被切出一個平緩的斜面。

「我猜對了。」

肋得意地打了一個響指。的確有一座石階沿著小河往前延伸。

齊加年率先踏上石階，由於每一階的面積相當寬廣，所以即使走了好幾階，視野還是沒有變得比較開闊。因為鞋子都還濕濕的，所以石階上留下了五人份的足跡。

十五分鐘後，天城館出現了。小河在建築旁繞了一個く字形的彎，然後才繼續延伸到山丘之上。天城館的玄關正面有一座用圓木搭成的橋。

天城館是由三棟建築物所構成，左右兩棟建築夾著中間的本館，不過只有本館才有西式樓房風格的尖塔及大門，左右兩間則都是鄉下常見的那種平房。本館的玄關門廊是深綠色的，增添了幾分莊嚴的感覺，可惜的是，水泥牆上長了不少黴菌，屋頂的磚瓦也有三分之一已經剝落。還有尖塔下方的大鐘，看起來就像玩具一樣，感覺相當廉價。

「這座館是不是傾斜啊？」

鰮鈍不安地問。站在天城館正面一看，的確可以清楚看到地板有些傾斜。水平線跟地板的角度差不多偏離了五度左右吧。

「應該是因為土石流造成的吧？難不成是把我們叫來體驗一場廢墟之旅？」

「不要說這種不知好歹的話，天城老師招待我們過來，讓他聽到多不好意思。」

齊加年語氣強硬地說道。

「你不是也沒見過他本人嗎？還是你欺騙了大家？」

「傻瓜，怎麼可能。」

齊加年通過玄關門廊，按了大門的門鈴，其他三個人則全都一臉疲倦地望著大門的方向。

一分鐘、兩分鐘……等了好久都沒有回應。

齊加年帶著滿滿的疑惑把手伸向大門，並轉動黃銅製的門把。

「打開了。」

大門居然不費吹灰之力就打開了，齊加年一邊呼喊天城菖蒲的名字，一邊走了進去，牛男等人也跟了上去。

陽光從玄關處沾滿灰塵的彩繪玻璃穿射進來，牆上的掛鐘顯示時間是三點四十分，從天花板垂掛下來的球形燈具有點歪歪的，這應該就是地板傾斜所造成的。齊加年按下牆上的開關，橘色的燈光亮了起來。

正前方出現了一座幅度相當寬的樓梯，左右兩邊則各有一道走廊往深處延伸。

「太好了，有鞋子。」

肋指著靠在右方牆邊的收納櫃說道。打開櫃子的門，才發現裡面堆滿了打掃用的水桶、拖把、抹布、鞋拔、鑷子、麻繩等等的雜物。層架上方則擺了五雙運動鞋，看來似乎是健走專用鞋。

「鞋底是乾淨的，應該是沒有人穿過吧？」

餛飩拿起運動鞋，臉上出現詭異表情。他說老家是賣鞋子的，看來是真有其事。

五人將被海水弄濕的鞋子換下來，對牛男及餛飩的腳來說，鞋子的尺寸都太小了，只好把鞋帶全都鬆開，應穿進去之後再打一個蜻蜓結。

「牛汁老師，你的結打得還真糟。」

鞋店的二代苦笑了起來。牛男平常就是個綁十次鞋帶只會有一次成功的人。

「吵死了，現在的重點是，天城菖蒲到底在哪裡？」

「不知道，在館內的某個地方吧？」

齊加年的聲音充滿焦慮與不安。搭乘遊艇繞島一圈的時候，也沒發現島上有其他建築物，在屋外遊蕩也不太可能。

「到處找找看吧。」

牛男一行五人開始在天城館內搜索。

走上正中間的樓梯之後，迎面而來的是高五公尺的走廊，以及兩道木製的門。由於地板傾斜的關係，像鐘擺一樣搖來晃去的燈感覺會撞到頭。

右手邊的房間是寢室，左手邊的房間看起來似乎是書房，每間房都整理得非常乾淨整潔，感覺像飯店一樣，幾乎沒有生活的痕跡。

書房的書架上有一整排被太陽晒黃了的西洋書籍，而且有陣陣臭味傳來，牛男覺得那氣味就如同十年前律師寄來的那個紙箱一樣臭。

「這是什麼？」

肋在書房裡喃喃發問。沿著牆壁看過去，有一個大約十公尺寬的空間一片空蕩蕩的，也沒有地毯覆蓋，露出了原本的地板。看來應該是有一個巨大的物品被搬走了，因而留下了這個空間。

「有鞋印耶。」鎾鈍說道。

順著他的視線，可以看到地板上顏色較淺的地方有鞋底的痕跡，算一算鞋印共有十四個，倆倆左右對稱，並且都是背著牆壁、腳尖朝著房間中央的方向。

「我知道了，這裡應該是展示自製蠟像的地方吧？」

齊加年臉朝著地板說道。有七尊蠟像背著牆壁而立的畫面油然而生。

「那蠟像到哪裡去了？」

「不知道，會不會搬到其他房間去了？」

齊加年歪著頭走出了書房。

從走廊繼續爬樓梯向上，結果從尖塔冒了出來，塔裡還有一個大鐘。

地板往外延伸，變得像一座陽臺，站在上面可以眺望全島。扣除掉南方的丘陵、北方的沙灘，以及小河流經的區域等等，剩下的就是布滿岩石、苔癬和雜草的空曠景色。除了天城館之外，完全沒有其他建築物。

越過欄杆望著這座島，剛好下午四點的鐘聲在此時響了起來。有一根自主啟動的鐘杵依附在支撐天花板的支柱上，似乎是一個小時鳴鐘一次。

下樓梯回到一樓大廳，接著走進左手邊的走廊，這邊是連接住宿館的路，左右兩邊各有四扇房門。左邊最前面是更衣室及浴室，其他七間則是客房。門上都沒有鎖頭，所以是可以自由進出的房間。同樣地，到處都沒有看到主人的身影。

「好髒啊。」

齷齪在浴室出聲哀號。浴室裡，黑色黴菌繁衍孳生，排水口則傳來陣陣下水道的臭味。看起來應該是把一般的客房重新裝潢成浴室，既沒有對外的換氣循環扇，鋁製的房門也沒有留縫隙。

浴室裡擺著老舊的瓦斯加熱型浴缸，底相當深，種種場景不免讓人困惑地心想：「這是來到鄉下的民宿了嗎？」打開窗戶一看，小河從眼前流過。

跟浴室比起來，客房就像樣多了，不僅有床、梳妝臺、衣櫃等家具，甚至連梳子、電熱水壺、緊急照明手電筒都有。舉目望去，並沒有看到灰塵或黴菌。由於每一間客房裡都有廁所和洗手臺，所以讓人覺得好像來到了飯店。考慮到這裡是太平洋中的一座離島，就覺得已經很棒了。打開衣櫃，發現裡頭放了三天份的寬鬆居家服，感覺是那種住院時的病患服裝。

「天城老師果然不在這裡。」

肋不曉得為什麼語氣裡透露著愉悅。

順著走廊往回走，並往右邊的走廊前進，這裡是像教堂一樣的寬廣空間，似乎是用來作為餐廳的地方，房間的正中央擺了桌子跟椅子。料理臺、廚房、存放食材的櫃子，全都一應俱全，如果只住一個禮拜的話，應該不用煩惱飲食問題了。

「那是什麼?」

餛飩指著餐桌中間的地方。

桌布上有五個泥塑的團塊，表面有用竹籤扎的小洞。乍看之下有點像臉部垮掉的日式埴輪陶俑，總之就是失敗的陶藝作品。

「五個人偶，意思是會輪流把我們五個人殺掉吧?」

肪放聲大叫。

「……那是薩比人偶。」

齊加年用失魂落魄的聲音說道。

一陣寒氣從腳底往上竄，牛男也想起自己曾見到過這樣的人偶。

「這到底，是什麼啊?」餛飩說。

「這是密克羅尼西亞的原住民『奔拇族』使用在儀式中的人偶，薩比是會為奔拇族帶來災難的惡靈，會附身在男性身上，所以他們會用這個人偶來取代男性。」

「為什麼你會知道這種事情?」

「我前女友的爸爸是奔拇族的研究者，因為我也很喜歡，所以多少有點接觸。以奔拇族為背景的推理小說我也有看過……咦?」

齊加年一臉困惑地看著牛男。

「大亦牛汁老師，《奔拇島悲劇》就是你寫的吧?這是你一手策畫的惡作劇嗎?」

「才不是。我不可能拿到薩比人偶啊。」

「但你也不可能沒有做任何調查就寫出那本小說吧？」
「當然有做調查啊，但比起這個，更重要的是你……」
牛男話說到一半就停了下來。肋、饂飩、愛里三個人都露出了狐疑的表情。雖然沒有任何根據，但在這個當下，三個人內心的想法應該是一樣的。
「你剛剛是說，前女友的爸爸是奔拇族的研究者？」
「對啊，怎麼了嗎？」
「那個女人，該不會是……」
秋山晴夏。
文化人類學者秋山雨的女兒。
齊加年跟晴夏該不會也有關係吧？
「我應該也認識那個女人，叫做秋山……」
「秋山晴夏對吧？」
回答的是愛里。其餘三人全都睜大了眼睛。
「為、為什麼妳也知道晴夏？」
「我們交往過啊。簽書會的時候她有來，我們因而認識，直到她死之前，我們都是情侶。這個手環就是晴夏送我的。」
愛里慎重地輕撫著戴在右手上的手環。
「白痴，才不是這樣，那傢伙……」

「我知道啦，晴夏跟很多男人上床，但她愛的只有我一個人。」
「不，妳錯了。」
肋扯開破鑼嗓子大喊。
「什麼？這件事跟你沒關係吧？」
「關係可大了，我直到目前為止都還深深愛著晴夏小姐，妳跟齊加年都只是她過往的情人而已，對吧？在過去的九年，我從來沒有再跟其他女性交往，當然，晴夏給我的手環，我也不曾拿下來。」
肋用誇張的動作打開胸前的兵籍牌項鍊。牛男心想，原來都是一丘之貉啊。
「大家都先等一下好嗎？」饂飩用冷靜的聲音說道。「我想你們應該都被騙了，因為秋山晴夏小姐是我的未婚妻。」
「未婚妻？」一大滴口水噴了出去。「少在那邊胡說八道了。」
「是真的，晴夏把自己戴的戒指當成禮物送給我了。」
「你們看過這個嗎？」
三個人搖了搖頭。饂飩則是眼睛睜得老大。「騙人！」
「你們拿到的禮物是什麼？」
「我的是這個。」饂飩指著臉頰上的穿環飾品。「我會開始在臉上掛這些東西，也是晴夏慫恿的。」
「齊加年，你呢？」

「我拿到的是皮革的錢包，但我並沒有帶出來，而是放在家裡的保險櫃鎖著。」

「原來如此，那我知道真相了。」牛男像打太鼓一樣敲了敲人偶的頭。「晴夏送給情人的禮物，裡頭都藏有訊息，沙希的禮物意思是『仔細一看是個老太婆』；肋的項鍊意思是『俗到都快昏倒了』；饂飩的穿環飾品代表『痛到不忍直視』；齊加年的錢包則代表『能一直提款的袋子』。」

「怎麼可能啊，店……牛汁老師也有嗎？」

「啊啊，我是在她死前跟她上過一次床，所以再怎麼想，我也不會是她的真命天子吧。」

「禮物呢？」

「我也有拿到，就是這支手錶。訊息是『致死的魅力』。」

牛男從包包裡拿出手錶，並讓大家看看刻有「DEAR OMATA UJU」的背蓋。饂飩氣得咬牙切齒。

訊息什麼的暫且先不管，看來送禮物給交往對象應該就是晴夏的慣用手法。牛男翻轉著手錶，想讓大家看看錶面的狀況，左手則插在腰帶上。

「啊，我知道了！」

肋的聲音幾近瘋狂，雙手還大力拍了桌子一下，薩比人偶應聲傾倒。

「知道訊息是什麼意思了嗎？」

「不是啦。我知道我們幾個人會聚集在這座島的理由了，把我們叫過來的，想必就是晴夏的父親，秋山教授。」

緊張的氣氛充滿整間餐廳。

「為什麼要做這種事呢？」

「秋山教授有異常的性癖好，所以讓晴夏傷透腦筋，不過他非常溺愛晴夏也是事實。沒想到他的女兒在九年前被一位作家施暴之後，竟然就這麼被大卡車撞死。因為那次的事件，教授才知道自己的女兒原來跟多位作家保持著肉體關係，讓他大吃一驚。所以，經過九年之後，他終於把女兒的交往對象全部都調查清楚，並且一併找來条島。」

「把我們找過來是有什麼好事嗎？」

「當然就是為了把我們殺掉啊，這些人偶不就是為此準備的嗎？」

肋好像很開心似地拿起人偶。

「你的意思是秋山教授假裝自己是天城菖蒲？」

「啊，不對，應該是字謎，『秋山雨』（akiyamaame）及『天城菖蒲』（amakiayame），**蒙面作家天城菖蒲的真面目，就是秋山教授！**」

肋的一番說法牛男很難立刻理解。

突然間，牛男想起了九年前跟秋山雨交手時的事情，當時茂木死纏爛打地祈求教授幫出版社寫稿，但教授卻沒頭沒尾地說了句「你們已經拿到我的稿件了」——秋山雨本人沒有寫過稿，但他早就用天城菖蒲的名字出過書了，這麼一來就全部都能夠兜起來了，發行《水底的蠟像》這本書的出版社，正是賀茂川書店。

「這些薩比人偶會出現在這裡，也是兩者為同一人的證據。如果是秋山教授的話，要拿到這些並不難吧。」

「等等，這太奇怪了。」

齊加年的聲音透露著困惑。

「哪裡奇怪？」

「秋山雨教授在去年十二月就去世了，如果天城菖蒲的真面目是秋山教授的話，那天城菖蒲沒有跟著一起死去就太奇怪了。**把我們叫到這裡來的人，到底是誰？**」

其餘四人全部屏息以待，現場氣氛相當凝重。

牛男也曾在週刊雜誌上看到秋山教授離世的報導。邀請函寄出的時間是今年的七月，但發出邀請函的主人卻在半年前就去世了？

「有人裝成天城菖蒲出來邀請我們過來，應該是這樣吧。」

肋有點興奮過頭了，不禁用手壓著胸口。這時突然一陣狂風吹得窗戶嘎嘎作響，房門也啪答一聲關上了。

有人冒用了死者的姓名出來行騙，把「跟晴夏有關的五位作家」全都約來条島。到底是誰呢？為什麼要做這樣的事情呢？

「儘管不知道是誰把我們叫來的，但為什麼那傢伙會不在這裡呢？」

「發出邀請函的主人也有可能在我們之中吧，這在推理小說裡頭幾乎可以說是固定公式了。」

「等等，我們被騙來這裡應該是確定的事實了吧，那我們也就沒必要繼續待著了啊，走吧，我們回去吧。」

餛飩一臉要哭出來的樣子，並且指著窗外。順著看出去，遊艇就停泊在淺灘上。

「不可能的，剩下的燃料連要到父島都很困難。」

「那我們請求協助吧。」

餛飩從口袋裡拿出手機，看到畫面後不由得發出一聲小小的哀號。不管怎麼按手機上的按鍵，畫面都沒有任何反應，應該是撞到鯨魚的時候故障了吧。

「就算手機沒有壞，我也不認為在這邊能收得到訊號。」

肋也拿出手機，邊看邊搖頭。牛男的手機也是在鯨魚追撞的時候浸到水壞掉了。

「……那就表示，我們無法逃出這座島了嗎？」

「只能等待別人來救援了。」

餛飩再次哀號。可以充分感受到他對另外四個人的懷疑程度越來越高。

「大家冷靜下來，趁著日落之前到小島四周走走看看吧？除了剛剛那個工作室之外，說不定還有其他隱密的住家。」

齊加年看著窗外說道。太陽越來越靠近海平線了，時鐘指針顯示為四點五十分。

「我有問題。」牛男像小學生一樣舉手發問。「如果我沒有表達清楚的話，先跟大家說聲抱歉，我想問的是，剛剛你們說秋山教授有特殊的性癖好，那是什麼意思？」

「啊啊，你不知道嗎？」

助一臉同情地看著牛男。其他人臉上的表情也都差不多。

「畢竟我對大叔的性癖好沒有太大的興趣。」

「秋山教授是非常特別的虐待狂，正確來說應該是受虐狂。」

「什麼意思啊？」

「他會帶著女兒到世界各地去，讓她跟少數民族的人發生性行為。」

5

下午五點的鐘聲響起時，牛男正好衝到廁所嘔吐。

一直吐一直吐，肚子裡還是有東西不斷翻攪上來，喉嚨內部也好像被灼傷般疼痛不已。

——我只是想做我自己而已。

九年前，晴夏在賓館的時候曾經這麼說過。那時候，晴夏或許是在向牛男求助吧。

牛男的父親錫木帖是一個渣男，會在東南亞或大洋洲各地的紅燈區把女人買回來，讓她們在日本生下小孩。在實地考察的時候，把遇到的人都當成是性慾的發洩對象，這種糟糕的想法，可能是從他的師父秋山雨身上學來的吧。

——我跟錫木就像是在天秤的兩端，不過就某種意義上來說，也有可能是我們兩個人有太多相似的點了。

在摩訶大學對談的時候，秋山教授曾這麼說過。的確，這兩人的醜惡行徑的確是極端相反，但卻也如此雷同。

晴夏跟牛男一樣，都是人生被父親弄得一團亂的受害者。然而，牛男卻沒有辦法幫助晴夏，甚至還反過來罵她是婊子，把她推落到床底下，害她身受重傷。

「店長，還沒好嗎？」

房間外面傳來愛里的聲音。在住宿館將個人的行李放到自己的房間之後，所有人就要開始進行全島搜索。

「吵死了，我在廁所啦。」

牛男怒聲回應。拉了沖水馬桶的把手，但卻沒辦法順利沖掉，看來是嘔吐物把馬桶堵住了。地板上到處都有嘔吐物散落，可能是因為建築物傾斜的關係，就連牆壁上也有嘔吐物殘留。不過現在沒有時間打掃清理了。

牛男深呼吸了一下，用毛巾擦了擦嘴巴之後便走出房門。

下午五點十分。

齊加年率先走出天城館，一行人準備啟動条島漫遊。

在館裡能夠聽得到海浪拍打懸崖的聲音，牆壁上的壁癌應該就是海水鹽分所造成的吧。住宿館的屋簷下方有U字型的雨水槽，上面布滿了蜘蛛絲。為了爬上屋頂所準備的梯子，被風吹得發出喀噠喀噠的聲音。

走在住宿館及小河之間的道路，不久後來到一個小廣場，澎起來的藍色塑膠帆布下方，有輪胎露出來。打開一瞧，原來是一輛運貨的木製拖車。應該是在天城館及工作室之間運送物品時使用吧。石階的面積相當寬廣，所以推著拖車走的時候應該不需要擔心會傾倒。

「這座島比想像中還要小耶。」

饂飩在懸崖前方眺望著海面，牛男也在他身後望著懸崖下方，右手邊可以看到工作室的屋頂，再往下就是河流的出海口了。

「不知道住在這座島的人在想什麼。」

「我倒是很想跟天城老師一起看看這片風景。」

饂飩一邊用手遮住太陽一邊說道。

五人小隊回到天城館正面，準備到沙灘上走一圈。如果在這座島上會有隱藏的人家的話，那就只有可能存在於尖塔視野中的死角——懸崖的內側。照著剛剛過來的足跡走下石階，在沙灘上以順時鐘的方向前進。

「在搜索天城館的時候，有件事情讓我有點在意。從書房撤走的那些蠟像，究竟到哪裡去了？」

帶頭的齊加年回頭望向其他四個人，好像突然想到似地說道。

「不知道啦，可能是覺得很詭異所以丟掉了吧。」

「不是吧。如果像天城老師在《水底的蠟像》所描寫的一樣，蠟像是用來模擬屍體的，那麼蠟像上就有可能會保留刀子或鈍器，畢竟那也是作品的一部分。發出邀請函的主人應該是想把武器移出天城館吧？」

原來如此。如果有打算要在接下來對牛男他們動手加害的話，那的確是該把凶器藏起來，免得他們拿來抵抗。

「想太多了吧？」愛里粗魯地說。

「雖然不無可能，但總之小心使得萬年船。我們確認一下彼此的真實姓名吧，我的本名是真坂芳夫，齊加年是筆名，還有其他人是用筆名的嗎？」

「牛汁當然不可能是本名啊。我的名字是牛男。」

「我的也是筆名。」鰛鈍說。

「我也是筆名。」愛里說。

「我是用本名。」肋說。

「阿良良木肋是本名？騙人的吧？」

「真的啦，你看。」

肋從皮包裡拿出駕照，照片左上方清楚寫著「姓名　阿良良木肋」。

「我還有一個問題，先聲明，我只是想確認事實而已，你們每個人都跟秋山晴夏有過肉體關係嗎？」

齊加年的表情異常認真，感覺就像在進行性病檢查的問診一樣。

「那是當然的啊。」牛男踢飛飄在海面上的金屬片。「又不是小學生了。」

「我是不會說的，我是女生耶。」愛里的話聽來就像在說謊。
「我也不予置評。」肋說。「我跟你的關係還不到可以聊個人隱私的程度。」
「這麼說也對，那就不做無謂的調查了。」
齊加年非常乾脆地鳴金收兵。
接下來眾人你一言我一語聊著無關痛癢的話，並在沙灘上持續前進，沿途並沒有看到可以躲人的小屋或洞窟。進入南側的海岸線之後，沙灘變得狹窄，在進入西端之前，懸崖開始產生了變化。
「看來小島上真的只有我們五個人而已。」
齊加年回頭看著沙灘說道。
「太陽也快下山了，回去天城館吧？」
肋的手指在嘴脣前比了比，看來是想抽菸了。
「我也想上廁所，回去吧。」
「牛汁老師剛剛出門前不也關在房間裡的廁所好久。」愛里說的話真討人厭。
「我不是在尿尿啦，結果馬桶堵塞了，等等看誰的廁所可以借我一下。」
「你可以用住宿館的空房廁所，或是餐廳的廁所。」
齊加年正經八百地回應。
五個人回到天城館的時候，突然下起了滂沱大雨。

下午七點。每個人都換上了居家服並聚集在餐廳，準備要享用時隔一天的餐點。在義大利餐廳打過工的肋，製作了熱三明治及法式清湯，嘗起來就像住家附近開的餐廳一樣美味。

「好吃，肋，真的很好吃耶。」

愛里塞了滿嘴的熱三明治喃喃說道。先不論兩個胖子的狀況，愛里一個人就吃掉了大半的料理。平時工作的時候就一直都會拿零食來塞牙縫了，今天想必肚子是餓翻了。

「這座館真的斜斜的耶。」

餛飩在桌上放了水杯之後說道。應該是桌子傾斜的關係，所以杯裡的柳橙汁表面看起來也是斜的。

「可惜沒有海參大餐。」

牛男挖苦餛飩，結果齊加年立刻高聲說道：

「今天就先休息吧，不過大家還是要小心自身安全，畢竟還沒搞清楚把我們叫來這裡的人有什麼企圖。」

牛男這時剛好望向餐桌中間的人偶。

「說是這麼說，但要怎麼小心啊？客房的門連鎖頭都沒有耶。」

「把梳妝臺的電線拔起來，綁在門把上就可以了，這麼一來應該就沒辦法開門了。」

「真是隨便說說，如果館主想要加害我們的話，輕輕鬆鬆就能破門而入啊。」

肋反駁齊加年的說法，愛里則一臉困擾地搔著頭。

「那不然肋你覺得怎麼做比較好？」

「我覺得，整座島最安全的地方就是那間工作室，想要上去就一定得要爬梯子，再怎麼凶惡的人也不可能鬥得過重力，犯人想要爬上去的時候，我們一腳把他踹下去不就得了。」

「那邊的確是很像一座固若金湯的城堡，而且可以拿來當作武器的工具也很多。」

齊加年認真地回應，肋則露出開心的表情。

「那你們去吧，對我來說，在這樣的滂沱大雨之中，得去那個小工作室防守，倒不如在這裡被殺人狂砍頭算了。」

「牛汁老師，我們是在擔心會發生什麼狀況。」

「ＯＫ！那我就等著見識你把殺人狂踢下去的英姿。」

牛男對肋冷言諷刺，說完就站起身來。

玄關大廳亮著一盞橙色的燈，牛男走過地毯、穿過走廊，往住宿館前進。

走在昏暗的走廊時，心情漸漸沉重起來，感覺好像回到年輕時在車裡醉倒的狀態。可能是因為肚子塞滿食物並且走在傾斜的走廊上，導致三半規管有點故障吧。想起房間裡的馬桶堵塞了，不免覺得眼前一黑。

「牛汁老師，你怎麼了？」

「想大便了，走開走開。」

走在牛男後面的四個人自動分開，而他則衝回到餐廳的廁所，滿頭大汗地用手指滑動門閂鎖。才剛站到馬桶前，肚子裡的東西立刻湧出，晚餐全都吐出來了。

洗把臉之後走出廁所，由於頭腦放空了，漫步在走廊上腳步也變得輕快，其他人早已回到各自的房間。

牛男也回到房間裡，關上了房門，並用電線把床腳和門把綁在一起，這麼一來就算可疑分子想要偷襲也應該沒辦法進到房間裡面來。

打開窗簾一看，窗戶是無法開啟的形式，外面則是九十度切面的懸崖，就算是電影裡的特技演員，恐怕也難以入侵這扇窗。

打算要關燈之前，牛男的目光停留在衣櫃上，高度達兩公尺以上，非常適合躲在裡頭。小心翼翼地打開左右對開的衣櫃門，裡面空無一人。

可能是因為太過疲倦的關係吧，整個人也變得膽小怕事。牛男把梳妝臺上的緊急照明手電筒放在枕頭邊，關掉電燈、脫掉鞋子，接著倒在床上。

雨聲好吵，好像要把所有的聲音全都淹蓋掉的感覺。

愛里、錫木帖、秋山雨，還有晴夏……好幾個人的臉浮現在腦海中，然後又消失。

晴夏還有些未知的祕密吧。牛男一行人之所以會聚集在這座島上，肯定也跟那個未知的祕密有關。

聚集在孤島上的五位作家，在餐廳裡的五尊人偶，即使是平常沒有在看推理小說的牛男，都感到內心翻騰不已，不免心想，要是沒來這座島就好了。

在焦慮不安的情緒下，牛男閉上了眼睛。

咻。

不自覺睜開眼睛。

似乎是做了惡夢，牛男大汗淋漓，全身都溼透了。

好像有腳步聲傳來，趕緊撐起上半身，房間裡依舊充斥著雨聲，所以可能是幻聽吧。

把手伸向枕頭邊的手電筒，並打開開關。牆壁上的時鐘指著十一點半。

咻。

確定發出聲音的方向了。

有個怪物站在那裡。

大量的眼球把整張臉都占滿了，是薩比面具！怪物身上穿著跟牛男他們一樣的居家服，但感覺有點不協調，讓人感到不太舒服。

牛男想要從床上衝下來，但雙腳卻不聽使喚，頭還因此撞向梳妝臺的鏡子。

劃破空氣的聲音響起，頭頂一陣劇痛。

世界瞬間上下顛倒，牛男的鼻頭撞到了地板上。

抬頭一看，運動鞋近在眼前，鞋尖還沾了個東西，看起來似乎是腐爛的起司。

這傢伙是誰啊？

吸了一口氣打算大聲哀號，沒想到喉嚨卻發不出任何聲音。

※

牛男身處黑暗之中。

看不到眼前的狀態，聽不到聲音，也沒有任何氣味。在身邊擴展開來的是空無一物的世界。

如果這是死後的世界，那也未免太寂寥了。可能是肋所提到的「生與死之間的狹窄領域」吧。

突然間，一陣劇烈衝擊襲來，感覺好像全身的細胞都一起炸裂了。

世界瞬間崩毀，身體從內部開始瓦解碎裂。

就在這時候，牛男看到了可怕的東西。

有一隻像昆蟲般硬邦邦的手腕，從嘴巴裡慢慢地伸出來。

身體已經壞掉了，不可能再恢復到原本的狀態了。

牛男從母親的子宮裡出生之後已經過了三十一年，印象中從來沒有經歷過如此可怕的事情。

大亦牛男死亡。

慘劇（一）

一開始是聽見海浪的聲音。

全身都被宛如泥土的疲倦感覆蓋。

身體不能動、聲音也出不來。不知道自己身在何處，只有海浪拍打崖壁所發出的聲音持續嗡嗡作響。

可能是在沙灘邊做夢了吧，這麼一想立刻覺得清醒許多。現在的感覺就像是做了全身麻醉，只有意識甦醒了。

沙沙沙沙。

聽得到老鼠在屋頂奔跑的聲音。撲通撲通，有東西掉進海裡的聲音也持續傳來。看來是有人正在往海裡扔東西。

在頹傾的世界裡，努力挖掘記憶，牛男想起自己被長滿眼球的怪物襲擊了，頭頂的部位非常疼痛，然後……

喉嚨深處發出哀號聲。

瞬間，世界重新亮了起來。

灼熱的太陽照在床鋪上，天氣為之一變，昨夜的豪雨已然銷聲匿跡。

牛男倒臥在床上。感覺好像是在事務所醒來的那些清晨一樣，全身肌肉緊繃。似乎並不是單純從夢中醒來，而是一瞬間跟世界完全斷了連結。

伸出雙手慢慢地撐起身體，居家服的下襬緊緊貼在肌肉上。聞得到鐵鏽蝕的臭味。眼前的景象搖搖晃晃的，是因為站起來的暈眩感導致的嗎？還是因為地板傾斜的關係呢？

窗戶玻璃破了，熱風從外頭吹了進來，是那個怪人打破的吧？雨水從破裂的地方灌進來，使得窗簾的下襬濕掉了。

看著手錶，錶面被血液弄髒了，指針也一動都不動。牆上的時鐘指著十一點半。從昨晚到現在已經過了大半天，感覺好像失去了意識一般。基本上現在應該是吃完了早餐並且開始接送女孩的時間點。

視線往下移，牛男發現地板上有一尊薩比人偶，感覺好像是從床底下鑽出來似的，挺著上半身往牛男的方向看。原本有五個洞，現在中間多了一個新的。這也是襲擊牛男的犯人搞出來的吧。

「——」

深呼吸一口氣，牛男這才注意到嘴巴裡好像塞了什麼東西。走近窗戶，從破洞的地方把頭伸出去，接著把**那些東西**都吐出去。感覺像是血液及嘔吐物的混合體，都凝結成塊狀了，一塊一塊掉入海中，完全不曉得原本的形體是長怎樣。

牛男猛然想起，自己在醒來之前有聽到啪噠啪噠的水聲，而且在此之前還有小動物跑來跑去的聲音。有人在附近嗎？

趕緊回頭往房門一看，接著立刻發出哀號聲。

倒在房間正中央的椅子，無論是椅背或椅面，都沾滿了血，椅子四周的地板上也留有血跡，鐵鏽的氣味充滿鼻腔。自從司機三紀夫被金屬球棒毆打以來，牛男就沒再看過這麼多血。

就算是最誇張的推理小說宅，也不可能做到這種程度的惡作劇。牛男在椅子上遭受毒打重刑，應該是因為一度昏死過去，從椅子摔落到地板上的時候才又恢復了意識。身體沒有疼痛的感覺，可能是由於大腦已經麻痺了的關係。

努力撐起軟弱搖晃的雙腳，望向梳妝臺的鏡子，上頭出現了蜘蛛網般的破裂痕跡。

牛男的身體從頭一直到運動鞋為止全都有血，頭部流出的血液把居家服染得通紅。

「咦？」

破掉的窗戶有風吹進來，讓牛男的瀏海開始飄動。

眉間上有個灰色的突起物。

小心翼翼地伸手撫摸後腦勺，手指觸碰到冷冰冰的金屬，感覺上好像是漫畫裡的科學怪人一樣，從後腦勺被打入了一根又粗又長的鐵釘，額頭前方冒出來的就是釘子的尖端，鐵釘跟皮膚接觸的地方則已經出現黑色的痂。

跟腳邊的薩比人偶一樣，牛男的頭被開了一個洞。

牛男把手從居家服的袖子縮進去，然後摸著左胸口。

沒有脈搏。

心臟停止跳動了，肌膚上也沒有任何一絲血氣。

不管從哪個角度看，牛男應該都是死亡了，雖然清醒著，但其實已經死了，原因不明。

突然間，腦海裡浮現出倒臥在「兄埼賓館」地板上的晴夏，喉嚨被玻璃碎片刺穿卻還是若無其事，現在的牛男跟當時晴夏的狀況非常類似，身體發生了同樣的異變。

「冷靜一點，沒事的。」

嘲笑的聲音傳來，鏡中男子像是要掩飾自己的困惑似地發出了幾近痙攣的大笑。

帶著薩比面具的犯人，闖入了這個房間，在牛男頭上釘入粗大的鐵釘，因而殺死了他。犯人讓流著血的屍體坐在椅子上，並將薩比人偶留在現場。到目前為止，劇情還算正常。

然而，理應被殺身亡的牛男，卻在半天之後不曉得為什麼又活過來了。

犯人肯定是打算將牛男置於死地，在房間裡留下薩比人偶，就是一種表演，目的是要讓幾個還活著的人害怕。人偶還有四尊，如果展現出慘劇還會繼續發生的態勢，就能讓活著的人感受到威脅。但犯人想必沒料到受害者具有特殊體質，頭上被打入鐵釘還能復活過來。

牛男能做的事情，就是讓其他人知道這場危機。由於這座島上到處都找不到發出邀請函的主人，所以犯人應該就是四位作家的其中一個。如果所有人都一起行動的話，應該就可以輕鬆破解犯人的突襲計畫。

牛男將原本半開的房門打開，原本應該綁在門把上的電線掉在地板上。走廊上空無一人，其他房間感覺好像也沒有人。以現在的時間來看，早餐應該已經結束了，大家可能都在餐廳討論逃離這座島的計畫吧。

走出住宿館的時候，牛男發現到更衣室的房門是開著的，另一間浴室的房門也同樣開著，而且浴缸裡還飄著某種東西。

「……」

為了走進更衣室，牛男想把運動鞋脫下來，卻感覺到鞋帶怪怪的，原本他綁的鞋帶看起來就像死掉的蜻蜓，但現在的卻像是銷售傳單上的鞋子一樣整齊。似乎是犯人重新幫他綁過了。而且，可能沒有綁得很大力吧，打結的地方有點鬆鬆的。

牛男壓住運動鞋的後跟，想要藉著抬腳把鞋脫掉，但不知道為什麼，鞋帶都已經鬆開了，卻還是脫不掉。感覺好像是腳底和鞋子之間被黏了膠水，犯人居然做到如此精細的地步？

牛男嘖了一聲，然後便直接穿著運動鞋走進更衣間。映入眼簾的是破碎的窗戶，以及掉落在地上的塑膠軟管。牛男伸長背脊往浴室眺望，從窗戶的破洞可以看到彎成く字形的河流。

此時他立刻就察覺到異狀，淋浴間的磁磚上，留有融化得變了形的薩比人偶。而粉色的浴缸裡所留存的水，則像泥漿一樣又黑又濁。水面看起來斜斜的，可能也是因為地板傾斜的關係。

「————！」

牛男腳一滑，屁股重重摔到地上，後腦勺的鐵釘還碰到了洗手臺，發出了鏗鏘的清脆聲響。浴缸邊緣有水滴不斷落下。

小心翼翼地把頭伸往浴缸，探看裡頭的狀況。

「嗚哇！」

漂浮著一個俯臥的人。

上半身及屁股的肉浮在水面上，由於身形適中，再加上皮膚被水泡到浮腫，所以身體看來覆蓋了整個水面。泥巴讓後腦勺的頭髮糾結成一團。

猛然一回頭，走廊依舊空無一人。

牛男做了一次深呼吸，接著站到浴缸前方，手腕伸進混濁的水裡，從左右兩旁將屍體的頭拉上來，微溫的水弄濕了手腕，泥土滑落到浴缸底部。

看到屍體的臉時，牛男發現這張臉上到處掛滿熟悉的穿環飾品，由於臉部沒有像身體一樣膨脹得那麼嚴重，所以還可以清楚看到原本的臉型，深邃的眼睛、厚厚的嘴脣，這人正是餛飩。牙齦深處用來固定穿環飾品的塑膠製釘扣掉落下來，發出喀噠的聲音。

牛男不由自主地把手從餛飩身上縮回來。餛飩的頭慢慢地沉入水中。忍住哀號，他逃命似地跑出浴室。

犯人一個晚上就殺了兩個人，看來並沒有打算要一個一個動手殺害，如果再繼續吊

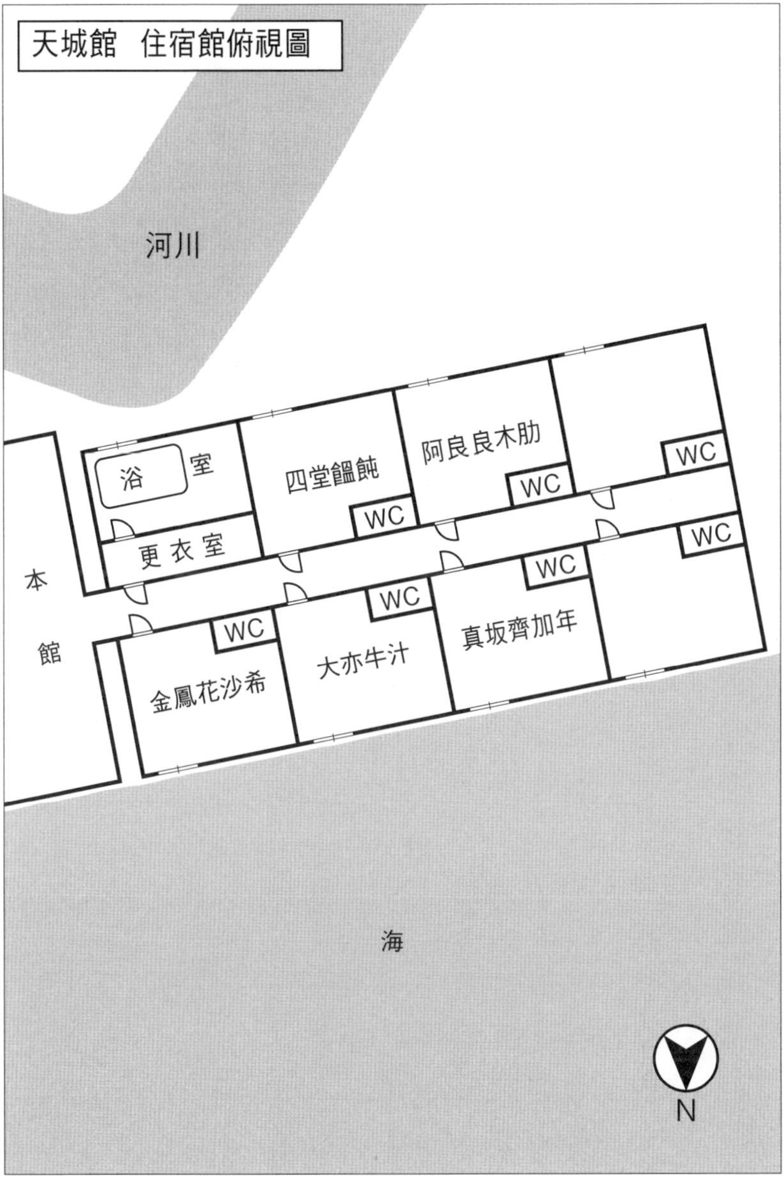
天城館　住宿館俯視圖
河川
浴
室
更衣室
四堂饂飩
阿良良木肋
WC
WC
WC
WC
WC
WC
WC
本
館
金鳳花沙希
大亦牛汁
真坂齊加年
海
N

兒郎當的話，剩下的兩個人就性命堪憂了。

牛男跑過走廊、經過玄關大廳，一路跑到餐廳，卻發現沒有人在，而且也沒有留下誰來吃過早餐的痕跡。大家是逃到什麼地方去了嗎？原本放在餐桌上的五尊薩比人偶，現在也全部都消失了。

突然，耳朵聽到撲通撲通的跳水聲音，此時此刻該不會犯人正在把某人推入海中吧。這也就表示，這場殺人戲碼到目前為止仍在持續中。

牛男想起昨天晚上吃完晚餐之後的對話內容，如果真有殺人狂出現的話，肋力勸大家前往工作室進行防守。那邊有很多武器，而且當殺人狂想要爬梯子上去的時候，可以輕易把他踢下去。如果肋還活著的話，很有可能就躲在工作室。

牛男走進廚房，打開玻璃櫥櫃拿了一把餐刀，雖然只是一把十公分左右的小刀，但前端非常尖銳，應該足以用來防身。牛男用抹布把刀刃包起來，然後塞進口袋裡。

這時，牛男突然望向餐具櫃的門，透過玻璃的倒影看到自己，簡直就像滿身是血的殺人狂。

「到底為什麼會這樣啊。」

牛男幫自己打氣一番之後走出了餐廳，耳朵張開、降低腳步聲，慢慢地在走廊上前進。

出了玄關大廳，陽光透過彩繪玻璃照射在地毯上，球形燈具像鐘擺一樣晃來晃去，這可能是因為海風會貫穿全館每寸角落的關係吧。橙色的燈光已經關起來了。

走到外面，腳底下立刻就傳來奇怪的感覺，門口的波斯地毯被染成了紅黑色。染劑看來已經完全乾掉了，所以用鞋底搓來搓去也沒有變形。可能是有人在這裡流鼻血了吧。

頭上傳來木板翹起來的聲音。

牛男立刻抬頭望向天花板。

「嗚哇！」

二樓的欄杆有一顆人頭冒了出來。

黑得發亮的頭髮、突出的雙頰、又高又挺的鼻梁。是齊加年。

牛男心想：「他是不是躲起來偷偷觀察我？」但看起來又不像是那麼一回事。齊加年好像正在打哈欠，嘴巴張得大大的，但卻就這樣一動也不動，而且他的臉上還沾了不少黑色的汙漬，很像剛從火災現場逃出來的模樣。仔細一看，他的額頭裂開了，前排牙齒也歪斜扭曲，從前額到下巴則有流血的痕跡。

牛男返身回到玄關大廳，並衝到二樓的走廊一探究竟。齊加年倒臥在地上，頭剛好從欄杆的縫隙間探了出去。他的臉看起來像喝醉了一般變得通紅，很明顯已經死亡了。

牛男、饂飩、齊加年。犯人一個晚上就殺了三個人，應該是真的打算把作家們全都殺掉。

照目前的情況來看，想靠自己一個人的力量是不可能贏過連續殺人狂的，得要趕快跟倖存的人會合才行。

牛男像是逃命似地打開了門，從天城館飛奔而出，灼熱的陽光直接晒在肌膚上。尖塔上的鐘聲若無其事地響起，格外讓人感到氣憤。

跑到石階的上方眺望条島，昨晚的大雨似乎讓小河的水位提高了不少，河灘都變得泥濘不堪，生長在河堤上的雜草則被河水連根帶走。

牛男伸手確認了一下口袋裡的刀子，接著走下石階，氣勢雄壯的腳步聲鏗鏘鏗鏘響起，海鳥在他的頭上盤旋。

石階走到一半左右，突然有一陣汽油的臭味衝到鼻前，於是牛男往風吹來的方向一看。

「……」

紅色的沉積物蔓延一片，彷彿要把停泊在沙灘邊的遊艇包圍起來。應該是遊艇的燃料漏出來了吧。是因為發生意外所造成的損害呢？還是犯人故意洩漏的呢？不得而知。

牛男按住鼻子走往沙灘，沿著懸崖用逆時鐘的方式朝著海岸前進，海風一陣陣打在臉頰上。

在看見通往工作室的梯子時，耳邊也聽到了吱吱的高亢鳴叫聲。海鳥回頭飛向梯子旁的沙灘，並開始挖了起來。看起來就像垃圾收集場的烏鴉一樣。海鳥的腹部羽毛掉光光了，露出一顆一顆像蕁麻疹一樣的小疹子。

定睛一看，海鳥用嘴巴撥來撥去的沙堆底下，好像埋了肉的碎片。會不會是找到貓的屍體之類的呢？牛男萌生了不好的預感。

「傻鳥，快走開啊！」

牛男把刀子拿出來，像警棍一般揮舞著，就這樣把海鳥趕走了。地面上有一個地方明顯隆起，宛如鼹鼠挖的土堆一樣。牛男把刀子放回口袋，雙手把沙子挖開，直到把肉片挖出來。

「這是什麼啊？」

看起來是蚯蚓的顏色，不過卻是一整片薄薄的肉片，會不會是海參的遺體呢？耳邊還殘留著餛飩的哀號聲。

就在這時候，牛男突然看到腳邊有一小張碎紙片埋在沙子裡。那是被海水弄得溼答答的便條紙，上面寫了歪七扭八的文字。牛男將肉片塞到口袋裡，然後把碎紙片拿起來。

想聊聊晴夏的事。晚上一點，到工作室來。

似乎有人三更半夜來到工作室密會，喔不，這很有可能是犯人為了把某人叫出來所設的陷阱。

牛男起身的時候，海鳥又再次回到他頭上盤旋。看來是真的很想吃那片肉吧。接著，海鳥往懸崖上飛去，接著突然下降到支撐工作室的柱子上，然後便一直伸頭往縱橫交錯的圓木中啄來啄去，翅膀也跟著左右搖晃。圓木裡面好像有些什麼東西。

牛男把碎紙片收進口袋，然後往圓木裡頭的暗處探看。

「嗚哇！」

有一個人仰靠在懸崖的石壁上，下半身穿著牛仔褲，上半身則全裸。不知道是不是被硫酸澆淋過，或是被火燒過，總之皮膚整個都潰爛了。雖然屍體的臉被圓木擋住了，但根據胸前的突起可以判斷出那並不是男性。

另外，屍體的嘴巴張得大大的，嘴裡的銀色牙齒閃著亮光；而且右手的食指還貼了ＯＫ繃。眼前倒下的人，正是愛里。

牛男還發現薩比人偶就放在愛里身旁，這一尊也是像掉到水裡一樣，五官都融化了。

海鳥寂寥地叫了一聲，然後埋頭往海邊飛去。圓木層層疊疊太過密集，根本沒有讓人可以走進去的縫隙，由此看來，愛里應該是爬上了工作室，然後從圓木建物的內側掉落的吧。當然一定是犯人推她下來的。

牛男、餛飩、齊加年、愛里。一個晚上就殺死了四個人。犯人就剩一個人了，就是肋。自稱為自殺幻象作家的那個男人，把一行人都殺掉了。

牛男抬頭看著工作室的入口，想要透過四個角落的洞窺探室內的狀況，雖然沒有看到人影，但不排除肋會在視線的死角躲起來。

「有人在嗎？」

沒有任何回應。摩擦的聲音被海浪聲掩蓋過去。

都已經來到這裡了，沒有道理什麼都不做就回頭去。牛男開始往梯子上爬。

儘管沒有想太多，不過要是真的跟肋碰頭，現在的牛男可以說是強多了，因為他已經死了。無論那個男人是多麼瘋狂的殺人狂，終究都還是人，看到屍體竟然復活過來，肯定會嚇得驚慌失措。

牛男雙手施力，慢慢順著梯子往上爬，到了之後從地板的洞探出頭，環繞工作室一周。

「嗚哇！」

有一個巨大的蠟像靠在牆壁上。

肩膀瞬間力竭，牛男慌慌張張地抓住梯子。

蠟像融化了，雪崩一般的蠟塊蓋在某種東西上面，掉在地板上的錐子，應該直到昨天都還插在這尊蠟像的胸口吧。

仔細看著蠟像表面，有一張人類的臉浮現出來。另外，有一隻手掌從蠟像中伸出來，大拇指的指甲被切開來，血液從縫隙中流出。地板上也有些微的血跡，應該是強力拖行的關係，使得融化的蠟潑到了地板上。

牛男灰心喪志地倒在地板上，蠟像中浮現的臉龐，跟肋非常相像。口鼻都被塞住了，所以肯定無法呼吸了。

戳戳蠟像表面，傳來鏗鏘一聲，聽來相當陽剛。

同樣地，旁邊又出現了一尊小小的蠟像，應該就是薩比人偶被蠟給掩埋了。犯人在這邊也藉由薩比人偶重現了屍體的狀態。

牛男、餛飩、齊加年、愛里，最後是肋。条島上應該只有五個人在，然而卻在一夜之前全軍覆沒了。看來這座島應該是有他們所不知道的藏身之所。

牛男閉上眼睛，試圖冷靜下來。雖然眼前有屍體在場，氣味相當糟糕，但躲在這裡應該是最安全的選擇。地板上有掉落的錐子，牆壁的架子上還有槌子、雕刻刀等等的工具，不論是誰想從梯子爬上來，都可以隨時應戰。

牆上的時鐘指著十二點四十分，遭受襲擊之前，牛男記得自己看到錶上的時間是十一點半，所以從死亡到現在已經過了十三個小時。

再次望向自己的手錶，果然在犯人襲擊的時候壞掉了，從他復活過來之後，指針就從沒有再動過，而且錶面被血液弄髒了，還有龜裂的痕跡。

把錶拿到眼前一看，產生裂痕的地方並沒有血液流進去，可見是血都乾了之後才撞出裂痕的。會不會是犯人把釘子敲進牛男的頭裡面之後，把他擺在椅子坐好時撞到手錶的呢？錶面上留有指針轉動後的同心圓痕跡。

想不通的事情真的太多了，牛男再次深呼吸，然後開始環顧工作室。

室內非常雜亂，整體空間比牛男的便宜公寓要大一些，高高的架子上放滿了繪畫工具、顏料、血漿、各式工具、筆記本、石膏、鍋子、卡式瓦斯爐，還有鏡子等東西。作業臺的周邊則有居家服、連帽雨衣、皮包、手電筒、打火機等物品散落一地。

打開架上的紅色筆記本一看，裡頭寫滿了製作蠟像的相關重點，描繪女性屍體的草

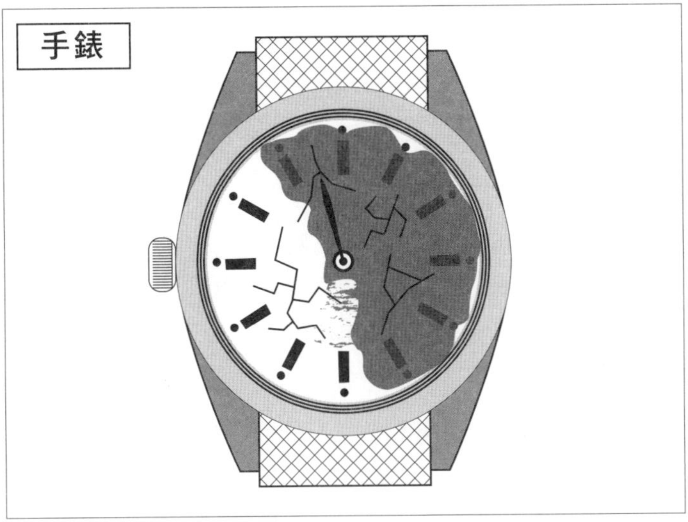

圖也不少。這間工作室的所有工具，果然都是為了要忠實重現屍體的狀態而存在的。

愛里昨天有提到硫酸的瓶子，不過目前卻沒有看到類似的容器，犯人把硫酸潑在愛里身上之後，應該是把瓶子丟掉了吧。

「……」

想像著犯人的行動時，突然浮現一個疑問。

牛男在上床睡覺之前，有用電線將門把和床腳綁在一起，然而，在牛男復活過來之後，電線已經被拆掉了，門還呈現半開的狀態。如果是打破窗戶進來的，但外面可是九十度的懸崖啊。犯人到底是怎麼進入那個房間裡的呢？

牛男在大腦裡搜尋著記憶的片段，在失去意識的前一刻，他所看到的是犯人的鞋尖。那雙鞋子上有沾了一些固體狀的東西，看起來就像腐爛的起司一般。

昨天，牛男出門散步之前曾在廁所吐得亂

七八糟的，只有一半有吐進馬桶，其他的則散落在各處。犯人鞋子上的東西，就是牛男的嘔吐物。

晚餐過後，牛男因為不舒服所以先到餐廳的廁所吐了一回，然後才回到房間裡。犯人就是在那時候潛入了牛男的房間，並且躲在廁所裡。為了不讓牛男發現，所以關掉了廁所的燈，也因此才會踩到嘔吐物而不自知。等到牛男熟睡了之後，犯人才出來動手，這一切就是要確實地將牛男殺死。

「……」

總覺得哪裡怪怪的。

犯人預測到牛男會將門把綁起來，所以入侵了他的房間，到這裡還可以理解，比起硬把門撞開然後加以殺害來說，躲在房間裡面的確比較容易下手。

問題是潛伏的場所，為什麼會選擇躲在廁所呢？

每間客房都有大到可以塞人進去的衣櫃。理論上很難預測牛男什麼時候會進去上廁所，躲在衣櫃裡頭應該比較安全才對。

那麼，為什麼要躲在廁所裡？這表示犯人知道牛男房間的馬桶堵塞了，所以他不會進去使用。

——馬桶堵塞了，等等看誰的廁所可以借我一下。

這是昨天牛男對著其他四人所說的臺詞。

犯人是不是也聽到這句話了？

不過，這句話是五個人在沙灘上散步的時候說的，天城館裡頭還有可能，但屋外的環境根本不可能裝竊聽器。所以犯人是直接聽到牛男所說的話，殺掉牛男的人，果然還是這四位作家的其中一個。

牛男大大地吞了吞口水。犯人並不是對鮮血感到飢渴的怪物，而是狡猾的高智慧罪犯，不僅假裝成受到邀請的其中一員，讓人卸下心防，而且還用非常可靠的方式殺了所有人。

牛男猛然抬起頭看著眼前的蠟像，一張模模糊糊的臉露出來了。

餛飩、齊加年、愛里、肋……牛男親眼看到了四個人面目全非的模樣，假如犯人在這當中的話，就表示那人也已經死了。為了讓所有人覺得自己也是被殺的受害者，所以結束了自己的生命。在屍體旁全都放上薩比人偶，應該能讓自己看起來更像是連續殺人狂手下的犧牲品。

那麼，犯人是誰呢？牛男在醒來之前，曾聽到兩種不同的聲音，一個是老鼠走路的聲音，另外一個則是某種東西掉落海裡的水聲。有可能是犯人把相關的證據，或是把塞了自白書的瓶子，丟到海裡去了。無論如何，在那個時間點犯人還活著。

牛男復活的時間是十一點半。接下來在一路發現屍體的過程中，有人可以趁機自殺嗎？

第一個找到的是餛飩的屍體，從聽見聲音到發現屍體，頂多也只有十分鐘左右而已。即使是吞下毒藥然後讓自己沉入浴缸裡，時間上也不可能來得及，而且屍體的肌膚還被水泡到膨脹了，由此可見已經死了好幾個小時。

那麼，齊加年如何呢？齊加年是臉部受傷、倒在地上，並且頭從欄杆的間隙中穿出來。在牛男遊走於浴室及餐廳之間的時候，跑到二樓走廊自殺的話，時間上來講綽綽有餘。況且，牛男也不見得會真的跑上二樓去確認屍體的狀況，所以就算是偷偷呼吸應該也不會被發現。

然而，令人在意的是血跡，玄關大廳的波斯地毯上，留有血液滴落所造成的痕跡，而且都已經乾掉了，所以至少應該沾了有十幾分鐘以上。發現牛男復活之後，立刻慌慌張張地跑去自殺，或是假裝自己被殺死了，時間上還是兜不起來。

為了捏造死亡時間，所以齊加年刻意把血弄到地毯上——這應該也是不可能的，畢竟犯人絕對沒想到牛男會復活。既然沒有人存活，那就沒有任何理由「為了給誰看」而去準備「假證據」。

那麼，犯人是愛里嗎？這個答案同樣讓人不敢苟同。愛里全身的肌膚都被硫酸傷得稀爛了，但是在工作室下方的沙灘上卻沒有發現裝硫酸的瓶子。當然也有可能是在工作室潑了硫酸之後再往下跳，但同樣的，工作室裡沒有硫酸的瓶子也是很奇怪。看來愛里是被犯人推下去的，硫酸也是犯人潑到她身上的。

那麼，肋又如何呢？這傢伙根本沒有懷疑的必要吧，牛男來到工作室的時候，蠟就已經硬邦邦地凝固了，非常明顯是在牛男復活之前死亡的，況且，用蠟把自己封住，然後靜靜等待蠟像變硬也是不可能的事情。

「────」

牛男抬頭看著天花板，鐵皮屋頂的縫隙有好多蜘蛛網。

四位作家之中一定有一個是犯人，但是每個人看起來都是遭到殺害的，這就矛盾了。牛男覺得自己被犯人所設下的陷阱困住了。

等等？牛男緩緩地站起身。

如果犯人另有其人，而且他一次殺了五個人，那麼這座島上沒有第六個人存在就太奇怪了。屍體之中，如果有一個是假的，那就對了。

犯人預先準備了替代自己的屍體。

其他四個人的臉在牛男腦海浮現，浮在浴缸裡的男人，清清楚楚就是齷齪的面貌；從欄杆之間冒出頭來的男人，也是齊加年的臉沒錯；工作室下方的女人雖然全身都被融掉了，不過手指上的ＯＫ繃跟愛里包的是同一根手指，嘴裡的銀牙也是牛男所熟悉的。

牛男再次深呼吸，看著靠在牆壁上的蠟塊。能夠證明裡頭的屍體是肋的唯一證據，就是露出來的那張臉而已。如果裡面塞的是別人，那也沒有什麼好奇怪的。

肋是自殺幻象作家，如果他平常就有很多機會接觸到有意自殺的人，那要弄到替代的屍體應該是再簡單不過的事情。若是他把屍體塞進行李箱帶來這裡，那麼一切就都說得通了。

犯人就是肋，證據就在眼前的蠟塊之中。

牛男從架子上拿出鐵槌，然後轉向蠟塊，在露出來的鼻子及眼窩上方，差不多就是腦門的位置，狠狠地敲了下去。鈍鈍的觸感傳來。像砂糖一般的白色粉粒噴濺而出。

兩次、三次，鐵鎚不斷敲擊。蠟的表面開始出現像在撥水煮蛋會有的那種裂痕。彎下腰敲擊下方，結果有一大片蠟塊剝落，滑到了地板上。

「咦？」

短頭髮、狹窄的額頭、塌陷的鼻子。

蠟塊之中的人，就是肋。

雖然肌膚像是凍傷了一般紅紅腫腫的，但那確實是肋本人沒錯。牛男小心翼翼地摸了摸，肌膚摸起來像陶器一樣冷冰冰的。

肋已經死了。這倒底是怎麼一回事？

能夠用一個假的屍體來替代的人只有肋而已，如果連這個男人也死掉了的話，那把所有人殺掉的人等於是消失了。

鐘聲從尖塔方向傳來。一陣強風吹襲，讓牛男搖搖晃晃地站不穩腳步，因而伸手抓住了圓木，就在這時候……

「嗚哇哇哇哇！」

嘹亮的哀號聲在眼前響起。

抬起頭一看，被蠟覆蓋的肋睜開了雙眼，並且發出慘叫。

※

雨水激烈地打在屋頂。

阿良良木肋解放完之後走出廁所，發現通往走廊的房門下方塞了一張紙條。

想聊聊晴夏的事。晚上一點，到工作室來。

「這是什麼？」

把紙條翻來覆去地查看，也沒發現署名。不過很清楚可以看出來想要把肋誘至工作室的企圖。看來是把肋當成傻瓜了吧。

「喂，有可疑的人寫了一張紙條給我耶。」

正打算到隔壁房找齊加年說這件事，手才碰到門把，瞬間停下了動作。

那個醫生其實非常值得懷疑，雖然他假裝成是接受邀請的成員之一，但很有可能他就是讓所有人聚集到這座島上來的主謀。會寫這種蠢紙條的人，一定是把其他人都當成傻瓜的醫生或老師吧。

肋將手從門把上移開，重新再看一次紙條。

對方小看肋了，這正是一個好機會。

肋並不只是作家而已，而是自殺幻象作家。高中一年級的夏天，女朋友留下一句「你都看一些很噁心的書」就跟他分手了，在自己面對死亡的時候，肋選擇持續探求死亡的真諦。平常日的白天，他會到餐廳的廚房打工，當然這也只是一種偽裝。

肋採訪過無數個自殺未遂的人，包含被出賣身體的牛郎拋棄的女人、家人被流氓殺死的警察、開車把孫子撞死的老人、在父親脅迫下跟各地原住民發生性行為的女大生……

為了傾聽他們的故事，肋可以說是經歷了一次又一次的修羅場。曾有太過激動的採訪對象，拿起刀子要砍他；還有誤會他用意的流氓寄了鴿子的屍體給他。所以他跟那些一邊喝著咖啡一邊寫著書稿的作家比起來，走的是完全不同的道路。他知道死亡是怎麼一回事。

「要來大鬧一場嗎？」

肋把紙條收進口袋，接著從行李箱的小包包裡拿出防身用的折疊刀以及手電筒，並在居家服外頭套上一件連帽雨衣，這才走出門。

打開橙色燈光照射下的大門，朝館外走去。豪雨有越來越大的趨勢，即使把雨衣的帽子戴起來，在行走的時候雨水還是噴到了眼睛及鼻子。水位越來越高的河川也發出轟隆轟隆的聲音。

謹慎地走下石階，並在沙灘上走了一會兒，終於來到工作室的下方。聳立在五公尺高的圓木小屋出現在眼前。

時間是零點四十五分。距離約定的一點還有十五分鐘左右，附近的沙灘沒感覺到其他人在。

肋用右手抓住高度跟臉部差不多的梯子，並且一腳踏上最下方的圓木。不斷滴落的雨水讓手變得很濕滑，再加上他的左手腕骨折了，所以要是右手沒抓牢，就會跌回沙灘上。雖然摔下來應該不至於會死，但恐怕也不會毫髮無傷，因此肋把圓木抱得死緊，一步一步慢慢地爬上梯子。

抵達之後，肋的頭從地板上的小洞伸進去，發現沒有人在。進到工作室之後，肋拉了拉天花板垂下來的線，藉以打開燈。

「哇！」

眼前的光景讓肋雙腳發軟。

有一個怪物就出現在他眼前，外型看起來是年輕女性，胸口插了一把錐子，原來是一尊上色上到一半的蠟像。

「饒了我吧。」

肋吐了一口氣，盤腿坐在地板上之後開始抽起菸。他並沒有忘記要把放有摺疊刀的小包包放在伸手可及的地方，現在只是搏鬥前稍作休息而已。

不知道是誰把大家叫來条島的，不過那人想必對自己很有自信，思想很偏激，個性應該也相當固執吧。就因為自己跟晴夏之間具有特殊的關係，所以就對其他作家懷恨在心。

肋將掛在脖子上的兵籍牌緊緊握在手裡。晴夏的確跟非常多推理作家有肉體關係，不過真正能夠讓她打開心防的人，只有肋而已。

有些事情，唯有曾經生活在地獄之中的同類人，才能夠理解。即使是狀似和平的世界，只要剝掉薄薄的一層外皮，就會裸露出令人難以想像的暴力，以及死亡。真正的恐懼與絕望，只有在死亡邊緣活過來的人才能體會。肋非常能理解晴夏內心的恐懼，而晴夏也能夠理解肋的絕望。

晴夏與其他作家的關係都是假象，雖然不知道有沒有人誤會了情勢，但肋知道只有他能看清事實，也只有他能夠治療晴夏。

肋按下打火機的開關，就在這時候……

「咦？」

咚一聲傳來。

蠟像的上半身倒在地板上，並且撞到了鏡子，發出清脆的聲音。

肋的身體倒在地板上。

噗吱！指甲斷裂的聲音。

就在肋把手伸往小包包的瞬間，頭頂一陣強烈的衝擊襲來。

視野整個翻轉，天花板變得歪斜扭曲。

沒有人生的走馬燈，也沒有花田或是隧道。

這就是死亡嗎？讓肋得意洋洋地探求了那麼久的死亡，就是這麼一回事嗎？

喔不，不是的。有人正在看著肋。是死神嗎？還是惡魔呢？到底是什麼？

在失去意識之前，肋看到了那個怪物。

臉上布滿了無數的眼球，非常畸形的怪物。

慘劇（二）

牛男從口袋裡拿出刀子，呈現出右手拿鐵鎚、左手拿刀子的態勢。

應該已經死透了的肋，突然發出哀號聲。難不成這傢伙是裝死的嗎？然而在碰觸到他的肌膚時，的確是冷冰冰的，很明顯就是一具屍體，不知道到底是怎麼一回事。

「你這傢伙，很吵耶！」

牛男的聲音有點沙啞。

肋的頭顫抖痙攣，瘋狂地發出尖叫聲，而且還用後腦勺一直撞牆壁，發出咚、咚、咚的聲音。黃色的液體四處噴濺，分不清那是鼻涕還是口水。

看來這男人一定是裝死的，其他三個人都死了，所以這個男人一定是犯人。牛男心想：就是這傢伙把我殺死的。

「都說了你很吵了。」

牛男意志堅定地說。

想要繼續活下去，唯一的辦法就是殺了這傢伙。

「去死吧。」

牛男用鐵鎚往肋的天靈蓋狠狠敲下去，肋連眼球都快掉出來了。

由於地板很滑，導致牛男摔了個四腳朝天，原本以為會骨折的，不過反倒是後腦勺感受到劇烈衝擊。銀色的粉末在天花板飄散。

「拜、拜託，不要殺我。」

肋的聲音傳來。

仰起頭，牛男發現肋四周圍的積水範圍慢慢在擴大。

牛男被這些液體弄得左支右絀的，深呼吸一下，聞到了類似像爛蘋果般的惡臭氣味。是尿液。肋失禁了。

摸了摸後腦勺，皮膚凹陷的地方變平了，跟剛復活的時候比起來，鐵釘的頭部釘得更深了。

轉頭望向旁邊，碎裂的鏡子裡映照出牛男的上半身。這個男人穿著沾滿血液的居家服，一屁股坐在地上。要是這樣的男人手上還有武器，那肋會尖叫哀號也是理所當然的。

「我什麼都願意做，只要你別殺我。」

肋吸了吸鼻涕。

「我才不會殺你。」

「你剛剛不是喊說去死吧？」

「我有說嗎？」牛男頓時顯得困窘。「是你幻聽吧。」

「真的嗎？不過，襲擊我的人是牛汁老師沒錯吧？」

肋滿臉驚恐，看來是把牛男當成犯人了。

「你好好回想一下，襲擊你的人應該戴著一個面具吧？」
「面具？啊啊，是那個有好幾個眼球的面具對吧？」
「那不是我。我跟你一樣都是受害者，你看。」
牛男把瀏海分開，讓肋看看從額頭冒出來的釘子。
「好厲害，看起來好像真的刺穿了一樣耶。」
「是真的刺穿了沒錯。」
沉默了幾秒之後，肋半張著嘴，扭動脖子看了看自己的身體。現在的肋看起來就像是被一個餅乾怪獸吞下肚似的。
「這是什麼？」
「犯人用蠟把你覆蓋了起來，是我幫你把頭部附近的蠟剝除的。」
「不不不，連臉都被蠟蓋住的話，那不就不能呼吸了，肯定必死無疑啊。」
「我跟你的想法一樣，你已經死了。」
肋只剩下眼球可以做出表情。
「這裡是天堂嗎？」
「應該不是這個意思。」
「唔，我聽不懂。」
「我用我自己的例子來說明吧。我因為頭部被打了鐵釘而死亡，就算是現在心臟也沒有在跳動。不過，不知道為什麼過了半天之後我的意識就甦醒了。我認為你身上也發生了同樣的事情。」

「真的假的啊。」肋氣若游絲地說：「我實在無法相信。」

眼前的男人看起來就像是在裝傻，他一定還殺了其他人。

「可以請你幫個忙嗎？幫我把這個白色的東西拿掉。」

蠟塊裡面有個嘎吱嘎吱的聲音，好像是有什麼東西在互相摩擦。應該是他的手腳都在動吧。

「你自己沒辦法破壞掉嗎？」

「嗯嗯，而且我的內褲都濕了，感覺很不舒服。」

肋像烏龜一樣伸長了脖子。

牛男拿刀子亂割一通之後，就開始用鐵鎚到處敲打，跟喝醉酒的化石探勘隊成員沒什麼兩樣。肋緊緊閉著眼睛，忍耐著疼痛，不過很快他就察覺到自己並沒有痛覺，因此訝異地望著自己的身體。

肋從蠟塊中掙脫出來的下半身，被尿液弄得溼答答的，居家服也變得一片白。

「謝謝你，我不會忘記這份恩情的。雖然我覺得自己已經死了，但這一切都好像在做夢一樣。」

肋站起來，一邊將還沾附在手腳上的蠟剝除。手腕的繃帶浮現出紅色的血跡。從船艙的床上摔下來時，應該沒有造成外傷，因此很有可能是被犯人襲擊的時候，碎骨刺穿肌肉所造成的。

「你的手腕，看起來很痛耶。」

「不會啊，一點也不痛，牛汁老師的頭看起來才痛吧。」

肋在牆角發現了一根掉在地上的菸，立刻就拿起來拍了拍灰塵之後，開心地含在嘴裡。

「你確定要抽嗎？肺都已經腐爛了，再吸進尼古丁的話可能會死掉喔！」

「真是一點都不像牛汁老師會說的話。不能抽菸那活著又有什麼意思？」

肋從作業臺下方撿起打火機，並在香菸前端點上火。真是個神經大條的傢伙。

「掉在這邊的東西都是你的嗎？」

「我看一下，連帽雨衣、小包包，還有手電筒是我的，居家服就不是了。」

這麼看來居家服應該是愛里穿來的，被犯人脫下來了。肋把小包包打開，裡頭放著一把折疊刀。

「對了，牛汁老師，你為什麼會來工作室呢？」

肋歪著頭詢問，蠟塊就像頭皮屑一樣掉落在地板上。

「當然是因為不想遇到殺人狂啊。如果出現怪物的話，這間工作室可以當作防禦的堡壘，你不也說過類似的話嗎？」

「啊啊，原來如此。」肋彈了一下手指。

「反倒是你，怎麼會來工作室呢？」

「唔，我半夜起來尿尿，結果就看到一張紙條被塞進房間裡，說是叫我深夜一點過來工作室。」

「是這個吧?掉在下面的沙灘了。」

牛男從口袋裡拿出紙條。

「沒錯。不過，當我滿懷疑惑來到工作室的時候，卻沒有看到半個人。當我正想點菸來抽，就遭到襲擊了。犯人可能躲在蠟像裡面吧?真的好痛啊。」

肋轉身回到工作室的角落，原本的蠟像已經融化，如今只剩下錐子。

「被襲擊之後有記得什麼事情嗎?」

「完全沒有。還好在那個當下沒有恢復意識。」

肋看著腫起來的手腕，眉頭緊緊深鎖。

犯人將肋弄昏之後，就用蠟把他完全覆蓋起來，看來應該是將原本的蠟像敲碎放進鍋裡，再用卡式瓦斯爐點火融掉。

「……話說回來，其他人怎麼樣了?」

「都被殺死了，復活過來的只有我跟你。」

肋的臉上露出病人般楚楚可憐的表情。牛男藉此機會向肋說明自己的經歷，包含在房間被犯人襲擊，以及恢復意識之後來到工作室的過程。

「太厲害了，這不就是《無人生還》的劇情嗎?」

肋不知為何突然眼睛大放光芒。

「你在說甚麼啊?」

「那是很有名的一部小說啊，牛汁老師，你真的是推理作家嗎？」
「吵死了推理宅，去死吧。」
「你說沙希倒在沙灘上對吧？是在哪裡呢？」
「就在你的正下方，從你腳邊的洞往下瞧瞧吧。」
肋從地板的洞往下探看，只見他恍惚之間開始笑了起來，甚至幾乎到了手舞足蹈的地步。
「犯人果然就是你吧！」
「怎麼可能，我好不容易才成為作家，如果殺了人，那一切的努力就失去意義了。」
「考量種種理由，我認為只有你才會犯下這起案子。」
牛男壓下肋的氣勢，並直接表明「能夠用假屍體來當作替身的只有你而已」。
「原來如此。不過牛汁老師還是太粗心大意了，你把我從蠟像中挖出來的時候，不就應該知道犯人不可能是我了嗎？」
「粗心大意？」牛男一把抓住肋的領口。「你是看不起我嗎？」
「不要生氣啦，按照牛汁老師的推理，我應該是把用來當作替代品的屍體搬來工作室，然後用蠟把替代品包起來，對吧？可惜這是不可能發生的事情，因為我完全沒有把屍體運進來的可行方法。」
肋一邊說還一邊把左手腕秀給牛男看，繃帶還持續滲血出來。他的意思應該是「我的手都骨折成這樣了，搬運屍體這種苦力活是不可能做到的」。

「你的腦袋是怎麼了？用右手不就得了？」

「如果只是拖著行李箱的話倒是可以，但那要怎麼爬上這座梯子？光是單手爬上來就已經非常困難了，更何況還要帶著一個行李箱，根本就是不可能的任務。」

「可以像齊加年一樣，用皮帶把行李箱固定在背上就可以了。如果這也不行，那還可以拿一條繩子把行李箱綁起來，然後從工作室往上拉不就好了。」

「你還真是固執啊。那我讓你看看更一目了然的證據吧。你看這個。」

肋伸出右手大拇指，指甲從中間裂開來。

「我的右手掌幾乎都沒有沾到蠟，正如牛汁老師所看到的，唯獨這個地方從蠟塊裡跑出來。割傷的大拇指指甲流出的血，在地板上殘留了血跡。」

肋轉動手腕，拇指朝下。地板上的血跡看起來像是用刷子刷過一般。

「那又如何？」

「你不明白嗎？我因為工作的關係看過非常多屍體。人在死亡之後血液循環會立刻中止，體溫也會下降，所以體內的血液也會慢慢凝固。如果蠟像中的屍體是從國內運送過來的，那麼指甲割傷的部分應該就流不出血來了。」

肋的臉上浮現得意洋洋的笑容。真是讓人為之氣結的言論，但不得不說非常有道理。

「話都說到這裡了，那你就說說自己的推理吧，你覺得殺了我們的人是誰？」

「我不知道，不過應該是剩下的三個人其中之一吧。因為我跟牛汁老師看來都不是犯人。」

肋用絲毫沒有緊張感的語氣說道。鏂飩、齊加年、愛里，三張面目全非的輪流浮現在牛男的腦海。

「他們三個人的屍體我都有看到，沒有一個是偽裝的替代品。」

「那麼，三個人都是本人囉？會不會有人裝死呢？比方說沉沒在浴缸裡的鏂飩老師，實際上是屏住呼吸潛入水中之類的。」

肋一臉清爽的表情說道。牛男想要開口說點反駁的話，但立刻就把話吞了回去。鏂飩的身體肌膚全都膨脹了，看得出來已經死了好幾個小時。不過看過現場的只有牛男一人而已，在此大聲爭執也沒有任何意義。

「我認為那三人的屍體也都是他們本人。」

「那我們再去看一次嘛。」

肋興奮地往地板的洞窺探，海風把他的瀏海吹得捲起來。

「殺人狂可能埋伏在任何地方喔。」

「沒關係啦，反正我們都已經死了啊。」

肋臉上堆滿笑意地說。

愛里的屍體就掉落在支撐工作室的建物支架以及懸崖的崖壁之間。

從梯子走下來的話會抵達支架的外側，所以並沒有辦法靠近屍體。若是想要就近觀察，就得沿著圓木從支架的內部下去才行。由於肋的手腕骨折，攀爬起來有點危險，所以就由牛男下去查看屍體的狀況。

從地板上的洞鑽到梯子的內側之後，牛男把腳跨到格子狀的圓木上，感覺就像是從巨大的攀登架往下爬。

從工作室下方往上看的話，地板的厚度差不多是十公分左右，不過實際上要比想像中要來得薄許多，主要是由細長的合板組合起來，銜接的地方有些微的光透射出來。另外，連接地板和梁柱的粗角材，就在地板下方，形成一個直角三角形的空間。這個死角或許可以藏得了貓的屍體，但人想要躲在那裡是不可能的。

沿著圓木往下來到沙灘，遠方剛好傳來鐘聲。愛里身上飄散著嘔吐物被煮沸的惡臭味道，牛男不由得猛力捏住鼻子。

愛里的上半身靠在崖壁上，嘴巴張得大大的，可以看到嘴巴裡空無一物。牛男想起九年前去見秋山雨的時候，曾經談到奔拇族的男性骸骨，那些屍體也是臉上被崁進了木樁，嘴巴也是張得大大的。

硫酸幾乎侵蝕了全身，導致肌膚潰爛、眼球突出、鼻子則看起來像融化了一般扭曲。下半身的牛仔褲則被血液及尿液之類的混合液體弄得髒兮兮。從腹部流出來的血液直接往背後流去。

「你覺得這傢伙看起來還像活著嗎？」

牛男比著屍體喃喃碎念。

「嗯，我不是醫生所以無從判斷，請試著摸摸她的手腕。」
爬梯子下來沙灘的肋，把臉擠在圓木之間的縫隙上，並用輕浮的語氣說著。穿過圓木支架看著肋，感覺就好像被關在禁閉室一樣，不過事實上被關起來的反而是牛男。
屏住呼吸，牛男摸了摸愛里手腕上沒有潰爛的地方，可能是曝晒在炎夏熱氣之中的關係，肌膚有點溫溫的，但沒有任何脈搏。
「死了。」
「那，有沒有可能是別人的屍體呢？」
「不可能啦，她的手指上有ＯＫ繃，還有這裡，有一顆銀牙對吧。」
牛男用鞋底壓住愛里的頭部側邊，讓她的臉轉往肋的方向。
「真的耶，是銀牙，挺可愛的呢。」
肋的聲調變得尖銳。牛男把愛里的頭擺回原本的位置，並查看她嘴巴裡的狀況。
突然之間，一股寒氣從背脊竄上來，喉嚨還發出嘶啞的聲音。
「怎麼了？」
肋的聲音還是那麼陽光。
「不見了。」
硬擠出來的聲音完全變了調。
上下排牙齒的後面，是一個空蕩蕩的紅色大洞。愛里的嘴裡面沒有舌頭，只剩下小舌垂掛在黑暗的虛無空間之中。

牛男頓時感到極度噁心，把手伸進口袋，將剛剛在梯子下方撿到的東西拿出來。紅黑色的柔軟肉片，是舌頭。

「那是什麼？韓式燒肉嗎？」

「這是沙希的舌頭。」

肋像個小孩一樣大聲慘叫。

牛男調整呼吸，再次查看愛里的嘴巴內部。下排牙齒還留有傷痕，看來應該流了不少血，牙齦殘留著凝固的血跡。牛男在剛復活的時候，嘴巴裡也有黏呼呼的東西，不過出血量跟愛里的狀況沒得比。

「那個，你是在哪裡撿到的？」

肋指著舌頭問道。

「就在你站的地方附近。」

「哇！」肋慌慌張張地到處張望。「屍、屍體旁邊有沒有剪下舌頭的剪刀？」

一邊說一邊查看四周，沙灘一片平坦，看來沒有和犯人搏鬥扭打的痕跡。也沒有發現剪刀或瓶子。唯一遺留在現場的只有薩比人偶。

「沒有耶，應該是犯人帶走了吧。」

「那，屍體的指甲有沒有插進去沙子裡面？」

「沙子？」

牛男彎下腰，查看著愛里的手指，發現指甲貼了類似於小龍蝦顏色的美甲片，指甲內側倒是挺乾淨的。

「什麼都沒有。」

「是喔，嗯嗯。那還有沒有什麼特別的地方？」

肋煞有其事地說著。儼然是把自己當成偵探了。

牛男不耐煩地看著愛里的屍體，突然發現到頭部後方的岩石上有一塊金屬片。可能是剛剛扭動愛里的頭，想讓肋看看銀牙，結果讓金屬片掉了出來。

彎著腰把金屬片拿來一看，結果是沾了蠟的兵籍牌。也就是肋一直得意洋洋地掛在脖子上那塊。

「啊，那是我的。」肋伸長脖子說道。「請還給我。」

「這下真相大白了吧。為什麼你的項鍊會在沙希的頭下方呢？」

「我不知道呀。會不會是犯人在朝著我的臉澆蠟時，從我脖子上拔下來的啊？」

「真的不是你殺的嗎？」

「當然不是，我是受害者，況且我也真的被殺死了一次。」

肋搔搔頭苦笑著。沾黏在頭髮上的蠟一片一片剝落。

「說不定這是犯人的小小貼心，戴著這麼醜的項鍊奔赴黃泉的話，說不定會讓另一個世界的牛鬼蛇神感到困惑……」

有個冰冷的東西滴在牛男的頭上。

戰戰競競地抬頭一看，結果發現支撐著工作室的橫梁有水滴落下，正好滴在愛里的肚子上。一陣臭味傳來，聞起來就像是公園廁所會有的味道。那想必就是肋失禁的尿液吧。

「啊哈哈，說錯話了吧。」

肋開心地笑著。

牛男嘖了一聲，將兵籍牌拿向圓木支架的外頭。

熱辣辣的太陽照得肌膚發燙，然而卻流不出一滴汗，感覺真的好詭異。

從天城館的玄關門廊往下方的海面看，可以發現紅色的沉積物擴大範圍了，看起來就像是条島所流的血一樣。

「這就是所謂的紅潮吧？」

「是遊艇的燃料漏出來了啦。」

「啊啊，原來如此。或許這座島才是真正的受害者吧……我是這麼想的。」

馬上就把兵籍牌帶回脖子上的肋，用陰森森的語氣說著。牛男完全沒搭理他，轉身走進玄關門廊。肋也跟了上去。

「咦？藍色塑膠帆布掀起來了耶。」

肋望向天城館左手邊的空地說道。原本蓋著木製拖車的帆布，現在飄到了住宿館的牆前。

「是豪雨造成的吧。」

「不……我覺得不是。」肋彎下腰探看拖車內部。「貨臺下面的土是濕的。如果貨臺一直都放在同一個地方的話，那麼下面的土應該會是乾的才對。犯人一定是用了拖車了。」

牛男跟著一起望向貨臺下方，泥濘不堪的地上還積了點水。

「原因呢？」

「不知道。總之我們先去查看屍體的狀況吧。」

肋趕緊回身，往玄關內走去，牛男也跟在後面走了進去。尖塔的方向傳來鐘聲。

打開門之後就看到眼前的波斯地毯留有顯眼的血跡。

「你看，確定已經死了對吧？」

牛男抬頭看著衝出二樓走廊的齊加年頭部，他的臉上滿布瘀血，舌頭則垂掛在嘴巴外面。沾在他皮膚上的應該是泥土吧。

「哇哈哈，很厲害耶。」

肋用牙齒咬著嘴脣，藉以忍住笑意。

「你這傢伙，果然是殺人了吧？」

「別再開玩笑了，我們可是在調查案子呢。靠近一點看看吧。」

肋跑過玄關大廳，踏上正面的階梯。從天花板照射下來的燈光微微搖晃，剛好跟喀擦喀擦的腳步聲相互搭配。

在走廊轉彎，就看到身上穿著連帽雨衣的齊加年倒臥在地上，而且頭部伸到柵欄外面，讓人不禁聯想到斷頭臺。在屍體的腳尖處，有一尊手腕被切斷的薩比人偶。

肋彎下彎，碰了碰屍體的手腕。齊加年的手掌沾了泥土。

「真的已經死了。」

「我就說了吧，一般人頭被傷成這樣肯定活不了。」

牛男從欄杆上方往一樓看，可以看見齊加年臉部的正下方留有血跡。

「咦？」

肋的目光落到了薩比人偶上，手腕掉落，泥屑散落在地毯上，人偶中間有像日式埴輪陶俑一樣的洞。

「怎麼了？」

「倒也沒有怎麼了，就是覺得明明齊加年的手腕沒有斷掉，但人偶的卻斷了。」

肋輪番看著人偶和齊加年，邊比較邊說著。的確在其他幾個現場，犯人都會用薩比人偶重現屍體的狀態。會不會是犯人忘記把齊加年的手腕切下來了呢？

「搞不懂。總之我們先去看看謳鈍老師的狀況吧。」

兩人一起走下階梯，經過玄關大廳後轉進走廊，準備前往浴室。

更衣室的門依舊敞開著，牛男深深覺得發現第一具屍體已經是很久很久以前的事了。

「這傢伙看起來像活著嗎？」

牛男指著浴缸說道，並打了肋的屁股一下。

肋往浴缸裡面探看，餛飩的身體已經膨脹得像水母一樣了。浴缸的水位有三分之二左右，屍體的頭部、背部及屁股浮在跟泥水差不多混濁的水面上。淋浴間倒著一尊薩比人偶，由於沾滿了泥土所以無法分辨朝著哪個方向。

「嗯，這不可能是裝死的。」

肋將右手腕伸進浴缸裡，把餛飩的頭抬離水面，水滴從他的頭上紛紛落下，鼻子、耳朵、嘴唇，還有臉頰上，到處都釘滿了穿環飾品。

「咦？」

肋仔細看著餛飩的臉。風從窗戶的破洞吹進來，讓水面泛起波紋。

「怎麼了？」

「你看，這個地方沒有釘東西耶。」

肋指著餛飩的臉頰，左右各有一個一公厘左右的小洞，晴夏送的那個穿環飾品原本釘在臉頰上，現在已經不見了。

「被拔起來了吧？你看。」

重新檢視一下浴缸，發現一個塑膠製的釘扣浮在水面上，看來是當時牛男把餛飩的頭抬起來所掉落的那個。被拔掉的穿環飾品應該沉在水底。

「為什麼要拔下來呢？」

「因為把他押進水裡，導致釘扣脫落吧。」

「唔，這是可以輕易解開的嗎？」

肋盯著餛飩的臉看了一下，過了一會兒才像放棄似地把手從餛飩的頭部縮了回來。撲通一聲，頭部再次沒入水中。

「就像我說的一樣，沒有人是裝死的，我們每個人都無一倖免。」

「看來的確是如此。不過還漏了一個，我們去牛汁老師被殺害的現場看看吧。」

肋輕鬆地說著，並離開了浴室。

在自己遭到殺害的現場進行調查，真的有一種奇妙的感覺。

房間的正中央有一把沾滿血的椅子倒在地上，頭被刺穿的薩比人偶寂寥地望著天花板。

「最重要的嘔吐物在哪裡？」

肋打開廁所一看，接著立刻捏著鼻子關上了門。

「你是特別跑來欣賞的我的嘔吐物的嗎？」

「不是，我在意的地方是這裡。」

肋看著房間的地板。風從窗戶那頭吹過來，窗簾隨之搖曳。

「有什麼東西嗎？」

「應該吧。牛汁老師復活的時候，是坐在這張椅子上對吧。但如果在頭上敲入釘子的時候也在椅子上進行，那應該很不穩定。所以犯人應該是讓牛汁老師躺在床上，把釘子敲進頭部之後再把屍體搬到椅子上去。」

牛男看著手錶，雖然錶面沾了血跡，但是裂痕裡面卻沒有血滲進去。犯人在釘完牛男的頭之後才搬動屍體，這個推理跟手錶導出來的結論是一樣的。

「但是，牛汁老師頭上的釘子是有貫穿頭顱並突出到外面來的，所以我覺得地板是應該會留下痕跡才對。」

肋彎曲膝蓋，專心盯著地板看。血跡噴得到處都是，然而卻沒有發現其他的遺留物。

「啊，這個。」肋像狗一樣，鼻子幾乎都要貼到地板上了。「有兩處刮痕。」

牛男越過肋的肩膀望向地板，有兩個圓形的痕跡被血跡掩蓋了。看起來很像樹皮甲蟲在公寓梁柱中所挖的窩。兩個都是小於一公厘的小洞，靠近窗戶的那個稍微有大了一些。

「真像夏洛克・福爾摩斯啊。犯人是白蟻嗎？」

「請看，只有這個大一點的洞裡頭有積著血水對吧。」

牛男順著肋的話查看地板的傷痕，確實是大一點的那個洞裡頭有被血跡染紅，小洞裡面只有沾了些許泥土而已。

「這又代表什麼？」

「哈哈，牛汁老師，我已經知道犯人是誰了。」

肋抬起頭來，開心地笑到眼睛眯了起來。

「在封閉空間裡將一群人逐一殺掉，最後全員死亡。然而到處都沒有發現犯人的蹤跡。請問在這個封閉空間之中，究竟發生了什麼事？這個強大的謎團，正是《無人生還》的樂趣所在。我跟牛汁老師所捲入的麻煩事，基本上就是這類型的事件啊，不過讓被害者復活則使得事情更加複雜了。」

肋放大聲量，嘴裡飄散出菸臭味。

「趕快說結論啦，犯人到底是誰？」

「哎呀哎呀，冷靜一下，當我聽到牛汁老師說我們五個人『被殺死了』的時候，有一個疑問浮上了心頭。犯人在動手的時候，臉上戴了一個滿是眼球的面具對吧？那個面具有什麼含意嗎？」

「你說薩比面具喔？應該是為了嚇唬我們吧？」

「但是戴著那種面具襲擊大家，難度應該會增加不少，所以我不認為面具的作用只是為了用來嚇唬我們。」

「那就是不想被我們看到臉吧，就像銀行搶匪戴著只露出眼睛的毛帽來遮住自己的臉。」

「對了一半。」肋得意洋洋地點點頭。「每個人的房間裡都準備了同樣的居家服，為的也是防止服裝或體型的差異導致身分曝光。不過，若是如此的話就有點詭異了。」

「詭異？」

「犯人把我們全部都殺掉了。如果一開始就打算把行員也都殺掉的話，那強盜也沒必要把臉遮擋起來了。畢竟被看到了也沒關係，反正最後都會殺得一個不留。」

「嗯，或許吧。」牛男雙手抱在胸前並搖了搖頭。「但是一夜之間要殺這麼多人，算是非常困難的任務吧。到底有沒有全部都照著計劃執行，只有犯人自己知道。過程中說不定會因為遭到反擊而傷及腹部，或是在離開現場的時候不小心被看到的可能性也是有的，所以會想要謹慎地把臉遮起來也無可厚非。」

「確實有可能如同牛汁老師所說的一樣，但犯人可是把我找去工作室之後才殺害的喔。犯人應該不會認為手腕骨折的人有能力反擊，而且深夜一點的工作室，也不可能會有人恰好經過啊。」

肋刻意晃了晃自己的左手。確實他說的也沒錯，戴著面具會讓視野變得狹窄，殺起人來也就困難許多。既然對手的實力遠遠在自己之下，那為什麼犯人還要把臉遮擋起來呢？

「那傢伙到底在想什麼啊？」

「其實很簡單，只要稍微思考一下，犯人在殺害我們的時候，如果臉被我們看到了，到底會發生什麼事？基本上我們不可能重新回到現場調查對吧？犯人也知道這一點。」

「這是因為我們後來復活了，才有辦法做這件事吧？」

「是的，這就是答案。**犯人知道被殺死的人會在幾個小時之後復活過來**，所以在給予致命一擊之前，臉都不會讓我們看到。」

犯人能夠預料得到這個詭異的現象？

牛男雙手環抱胸前，反覆仔細思考肋所說的話。這種事情真的有可能發生嗎？

「真的搞不懂，難不成犯人是三途川的船夫？」

「實情如何我不得而知，但犯人應該是預測到我們的身體會出現異常突變，所以才會先下手為強，以免讓自己是殺人狂的事情被揭穿。」

「我們的身體是被拿來進行人體實驗了吧？這樣一來身為醫生的齊加年就是凶手。」

「你太急著下結論了。這座島上有五具屍體，犯人把所有人都殺了，但卻消失無蹤，這是未解之謎對吧。不過，我們並沒有真的看到五個人被殺的現場實況，只有我們兩個人可以確定是被殺的。如果五人之中有人是自殺的，遺體也混在這裡面，那事情就有趣了。」

「這一點我也有思考過，我在醒來之後，第一時間聽到了犯人往海裡扔東西的聲音，所以我認為犯人在那個時間點一定還活著。從那時候一直到我發現其他人的屍體為止，沒有一個人有足夠的時間自殺。」

「所以才需要使用詭計啊！」肋一臉恍惚地把菸盒拿出來。「犯人就是用了詭計，才會讓自己看起來像是遭到他人殺害的狀態。」

「你為什麼看起來那麼開心啊？」

「最重要的是五個人死亡的順序，一旦死亡了，在重新復活之前是不可能殺人的，所以，理所當然地，活到最後並且把其他四個人殺掉的人，就是犯人。這時候，關鍵線索就是薩比人偶。」

「薩比人偶？」牛男低頭看著床上的人偶。「什麼意思？」

「這些小東西都像幾具屍體一樣，被用同樣的方式破壞了，但是齊加年老師身旁的人偶卻有所不同。齊加年老師是臉部受重傷，然後頭部懸掛在二樓扶手的外面，相較之下，薩比人偶卻是手腕被擰下來的狀態，並且就這麼倒在走廊的牆壁旁邊。」

「犯人的個性可能不是那麼注重細節吧。」

「才不是，齊加年老師的手掌沾了些泥土，這是他抓住薩比人偶的證據，表示在他的頭伸出欄杆的當下，手伸出去的距離是抓得到人偶的。」

「那為什麼齊加年非得扭斷人偶的手腕不可呢？」

「扭斷手腕只是一件小事，重點在於此時的齊加年老師已經是頭破血流的狀態，過不了多久就會因為失血過多而失去意識，最後導致死亡。所以齊加年老師應該會想要把薩比人偶的泥土塗在臉上，藉以止血。我們先不管衛生問題，跟腹部比起來，背部著地還比較好對吧，因為一旦呈現倒臥的姿勢，想要把衣服脫掉根本是不可能的事情。齊加年老師拚命想要把泥土弄下來，結果就把薩比人偶的手腕給扭斷了。」

牛男咕嚕吞一口口水。齊加年的臉上的確抹了泥土，所以黑黑髒髒的。

「但我們在觀察齊加年屍體的時候，人偶是倒在他的腳尖附近耶。」

「沒錯，那就表示齊加年伸長了手也應該抓不到人偶。可能是齊加年死了之後，有人對人偶產生了憐憫之心，於是便把人偶從欄杆的邊緣挪到了走廊這邊。搬運屍體很不容易，但要移動一尊人偶可就簡單多了。

到這裡如果都聽得懂的話，就應該能夠理解齊加年死了之後，還有其他人活著，其中也包含犯人。齊加年並非最後一位死者。」

「也就是說，他並不是殺害我們的凶手。」

「就是這樣。」

牛男突然想起秋山雨把他叫到摩訶大學去的時候，曾經出手把「摩訶不思議少女」人偶從堆疊的資料夾中拉出來。無論是看到任何一種人偶受到殘酷的對待時，大部分的人都沒辦法放著不管，這種心情牛男很能夠理解，所以在其他四個人之中，也有願意善待人偶的好人吧。

「同樣的狀況也可以套用在餛飩老師的身上。原本應該放在餛飩老師身旁的薩比人偶，結果是在淋浴間的地板上發現的，而非放在浴缸裡面。浴缸裡的水會像泥水一樣混濁不堪，想必就是因為薩比人偶曾掉入在裡頭。在發現餛飩老師的屍體之後，有人把薩比人偶從水中撈了上來，所以說，餛飩老師也不會是最後一個人。」

「意思就是說餛飩不是凶手。不過，屍體的狀態跟人偶對不起來的案例也只有這兩個，疑犯還有三個人。」

「不，這個理由也可以套用在牛汁老師身上。」

「咦？」牛男的肩膀縮了一下。「什麼意思？」

「牛汁老師的頭上釘了一根鐵釘，但薩比人偶頭上的釘子卻被拔出來了，看來是發現牛汁老師屍體的人，把人偶頭上的釘子拔出來的。」

牛男興致全失，肩膀也不由得放鬆下來。真的是亂七八糟的推理啊。

「這是你自己想像出來的吧。難道不是犯人先用釘子釘了人偶，然後再拔出來釘在我頭上嗎？」

「並不是，我有證據。」

肋像跳踢踏舞一樣，用腳跟在地上敲打，地板出現了兩個凹痕。

「這就白蟻洞啊，然後呢？」

「這是犯人在敲釘子的時候所造成的痕跡，大的那個是在弄牛汁老師頭上的釘子時，尖端從額頭跑出來剛好刺到地板所造成的。小的那個則是釘人偶的頭部時所造成的。釘子要夠長才能夠貫穿人的腦袋，所以凹痕裡頭也沾黏了血跡。相反地，小釘子是用來貫穿泥製人偶的，所以凹痕裡頭只有泥土。如果犯人所使用的是同一根釘子，那麼兩個凹痕應該會一樣大。凹痕大小不一，就是因為釘子有粗有細。然而，現在的薩比人偶上並沒有釘子，所以一定是牛汁老師死了之後，有人從人偶上面把釘子拔掉了。」

「那麼，釘子到哪裡去了?該不會是哪個閒人特地帶回家了吧？」

「不，釘子上沾滿了泥土，而且也沒有任何理由需要刻意帶走。我想，那個拔出釘子人，一定把釘子留在這個房間的某個地方了。」

「我就問你在哪裡呀！」

「照我的想法，應該就釘在那裡。」

肋的臉上浮現了下流的邪笑，並指著牛男的運動鞋。不好的預感襲來。抬起腳查看鞋底，跟泥土混在一起的嘔吐物汁中，插了一根釘子。

「什麼啊！」

「牛汁老師復活的時候，從椅子上摔了下來，釘子就是在那時候刺進了鞋底。」

「騙人的吧！一點都不會痛耶。」

「牛汁老師，你忘記自己的頭上也插了根釘子嗎？」

牛男發出一個詭異的聲音，聽來就像是喉嚨被踩住的青蛙在叫一樣。一直走來走去的，真的完全忘記這回事了，看來牛男的痛覺壓根就沒有在工作。

牛男想起來了，在復活過來之後，他直奔更衣室，到了那裡想脫個鞋子卻脫不掉，原來是釘子貫穿了鞋底，刺到了牛男腳底的肌肉。從石階上走下來的時候，聽到鏗鏘鏗鏘的腳步聲，還覺得氣勢相當雄壯呢，原來是釘子敲擊到石頭的聲音。

「你觀察得真仔細。」

「畢竟我是作家啊，當然這是開玩笑啦。主要是牛汁老師在工作室跌倒的時候，我看到了你的鞋底。」

「我什麼時候跌倒了？」

「就是你打算要打我的時候，結果因為地板太滑所以跌倒了啊。」

肋舉起雙手做了個假摔的動作。牛男心想，果然那時候就應該用鐵鎚把他敲死。

「那你呢？你有什麼證據可以證明自己不是最後一個人？」

「有啊，就是沙希老師屍體下方發現的兵籍牌。如果沙希老師比我還早被殺掉的話，那麼當我在工作室被蠟掩蓋的時候，沙希老師應該早就在地板那個洞的正下方了。在這樣的情況下，我的兵籍牌從脖子上掉出來，然後才被壓在沙希老師的身體下面，這就說不通了。犯人也不可能特地爬下去沙灘，就為了把兵籍牌藏在屍體底下吧。所以沙希老師一定比我還晚死，也就是說，我並非最後一個被殺的人。」

肋的鼻子越翹越高，趾高氣昂的態度真的很氣人，但卻也找不到能夠反駁他的點。

「這麼說來，犯人就是……」

「沙希老師，她把我們都殺了之後，自己自殺了。」

愛里是犯人？牛男實在無法想像她會殺了所有人，更無法相信她會親手終結自己的生命。

「等等，不可能啊，拿硫酸潑自己的話，瓶子沒有遺留在沙灘就太奇怪了，即使是在工作室潑了硫酸之後才往下面跳，那也應該會在工作室裡頭發現瓶子才對。」

「犯人就是利用了你這樣的想法啊。沙希老師因為事先知道我們有可能會復活，所以戴著面具來襲擊我們，這是為了預防自己是犯人這件事曝光。她布置一切好讓自己看起來像自殺，也是為了同樣的目的。只要在現場能把瓶子藏好，就可以被排除在疑犯之外，多麼容易啊。那片沙灘上，一定有牛汁老師沒有察覺的隱密場所。」

牛男回想起工作室下方的黑暗空間，不過還是不太清楚肋的重點到底是什麼。

「你指的是屍體下面嗎？很可惜屍體下面只有找到你的兵籍牌項鍊而已。」

「我一開始也有想到這個可能性，不過，直接用自己的身體把瓶子擋起來，未免有點隨便，畢竟只要有人稍微搬動屍體就會被發現。像是兵籍牌不就被牛汁老師發現了嗎？

接著我想到的方法是，在沙灘上挖個洞，然後把瓶子埋進去。然而，現場並沒有發現鏟子，況且在沙灘挖洞一定會把手指弄髒的，可是沙希老師的指甲卻很乾淨。」

「那不就又繞回來了嗎？」

「不，可以藏瓶子的地方還有一個，不是屍體的下方，而是屍體裡頭。」肋像是打了個哈欠一般張大了嘴，指著舌頭深處。「就是這裡。」

「你的意思是把玻璃瓶吞下去？」

「是的，沙希老師在淋完硫酸之後，將玻璃瓶打破，然後一片片吞下去。沙希老師豪邁的吃法，牛汁老師應該還有印象吧。擁有如此強大的胃，一瓶玻璃的量相信只是早餐前的小點心而已。」

「這不是胃強不強大的問題吧？她又不是街頭藝人，在沒有水的情況下不可能把玻璃吃下去的啦。」

「你說得沒錯。」肋又露出了得意洋洋的笑容。「所以沙希老師才會先把自己的舌頭割下來。」

牛男突然覺得喉嚨深處癢癢的。

看到愛里嘴巴的瞬間，那種寒氣從背脊一路冒上來的感覺又再次襲來。

光是割下舌頭，愛里就能把自己搞成面目全非的怪物，而且她的上下排牙齒距離非常寬，整個嘴巴看起來就像紅色的鐘乳石洞穴一樣。除了小舌之外，這個洞穴幾乎沒有任何遮擋，所以的確是很像一個漏斗，如果把糖果放進去，應該可以直接抵達胃部。

也就是說，**愛里並不是把玻璃吃下去，而是讓玻璃掉下去**。

「……太離譜了，為了完成這件事，所以特地把舌頭割下來嗎？」

「這要看你怎麼想，如果是把它當成是一種殘酷的死法，那想必就不會有人懷疑是自殺，所以也是有可能用這樣的方式來達到一舌二鳥的效果。」

「我真不知道你是頭腦還好，還是很糟了。」

「殺人狂就是這樣啊，不過不用再擔心了，因為犯人已經死了。」

「是喔，原來人是那傢伙殺的。」牛男心情複雜，不由得搔了搔頭。「別復活過來就好了。」

「我認為沙希老師是不會復活的，你想想看，她殺我們的花招那麼多，想必自殺也有很多不同的方法可以選擇。想必她有想過自己可能也會復活過來，所以才會用如此激烈的方式吧，不僅拿硫酸淋全身，還把舌頭割掉。」

「那倒也是。」

牛男感受到自己緊繃的肩膀鬆懈下來了。光是不用再擔心會不會受到襲擊，就變得如此輕鬆，對此牛男感到有些訝異。

雖然對於愛里是殺人犯感到非常震驚，不過總有一種了然於胸的感覺。當牛男在便利商店的停車場遭受陌生男子的襲擊時，從一些細微的線索就可以樹間做出正確判斷，足見愛里具有相當好的觀察力；為了要寫小說，竟然到應召站工作，而且還一舉成為客人指定最多的紅牌，表示行動力十足。所以如果她真的有心要做，殺掉四個人也是稀鬆平常的小事。

「牛汁老師，我肚子餓了，我們去吃飯吧。」

「好啊，慶祝我們復活了。」

牛男搖搖頭把多餘的雜念甩掉，開開心心地把門打開。

那一瞬間，頭部受到劇烈衝擊。

「好痛。」

牛男倒地仰躺著。

後腦勺的釘子碰到地板，發出鏗鏘的聲音。

抬起頭，看到一把刀刺在自己的喉嚨上。

「真的假的啦。」

門外站著的，正是齊加年。

※

在雨聲之中，房門被用力甩上的聲音清晰可聞。

時鐘的指針顯示為二點二十分，好像有人離開了房間，是因為在漫長的夜裡，自己一個人寂寞難耐嗎？或是有什麼其他的原因才離開了房間呢？

真坂齊加年從椅子上起來。如果四個人之中真的有誰企圖想要做些壞事，那無論如何都要事先做好預防。

作為麻醉科醫師，齊加年一年之間至少要做一百二十場以上的手術，讓患者失去意識是理所當然的，遇到肌肉鬆弛，或甚至呼吸停止等等的狀況，也都是家常便飯。患者被施打麻醉劑的那一瞬間，就已經毫無防備，等於把自己的命交到齊加年手上。

這樣的能力是用巨大的責任去換來的，大部分的人都怕死，但往往只能等著死亡的到來，然而醫師不一樣，醫師必須跟死亡正面交鋒，肩負著戰勝死亡的責任。許多醫師在看了《腦髓復甦》這本書之後，給的評價都是「生動地描寫出醫師的執著精神」。

即使在遠離醫院的孤島上，自己的使命依舊沒有改變。回到本土的方法已經被切斷了，其他四位作家的性命交到了自己手上，可不能在自己不知情的狀況下，發生有人命喪於此的憾事。

齊加年打開門望向走廊，四個人的房間門都是關著的，也沒有見到其他人影。

就在他專注聆聽四周聲音的時候，隔一間房的沙希打開門探出頭來，臉色非常難看。

「剛那是什麼聲音？」

「好像有人離開房間了。」

「誰啊？為什麼？」

「我不知道。」

齊加年盡可能地以冷靜的聲音回應。沙希則像是忍耐著不安，眉頭緊緊皺在一起。

受到邀請的作家總共有五位，只要確認房間裡還有誰留著，應該就能確認跑出去的是誰了。

齊加年走出走廊，敲了敲斜前方的房間門。

「誰、誰啊？」

饂飩的聲音聽來有些害怕。

「我是齊加年，跟沙希在一起，你可以開個門嗎？」

等了幾秒之後，傳來電線從門把上解開的聲音，接著門微微打開，饂飩露出膽怯的臉。

「剛剛大力甩門的人，看來應該不是你對吧？」

「我一直都在房間裡啊，怎麼了？」

沙希簡單說明了原委，饂飩一臉不安地走出房門。

「剩下肋跟牛汁。」

齊加年又在敲了隔壁的房門，不過沒有任何回應，房門底下隱約有亮光閃現。

「這間是肋的房間吧，會不會是睡著了？」

饂飩嘴裡說的話跟他的表情可以說是完全相反。

齊加年再次敲門，接著擰開門把。

「————」

房間裡空無一人。

電線插在插頭上，看來並沒有被用來綁住房門，不過床上的毯子是有弄亂的痕跡，所以肋應該有躺上去過。放在地板上的行李箱維持著打開的狀態，看得出來他的衣服都相當時尚華麗。

「不在，應該是去哪裡了吧。」

「真奇怪，可別跑去跳海了啊。」

「看起來越是陽光正向的人，往往越可怕。」穿著深紅色外套的沙希苦笑地說道。「要去找看看嗎？」

「妳想太多了吧，應該只是肚子餓了跑去廚房找東西吃吧。」

饂飩刻意地摸了摸自己的肚子。

齊加年再次回到走廊，看著最後那扇門。

「我們都吵成這樣了，那位諷刺高手居然沒有出來抱怨幾句，太神奇了。」

沙希心裡也想著同樣的事情，一臉詫異地敲了敲牛汁的房門。

「店……牛汁老師，你還活著嗎？」

雨聲迴盪在走廊。房裡沒有任何回應。

「都這種時候了還裝死？」

擰開門把，毫不猶豫地把門打開。

風雨的聲音變大了，窗戶破了一個洞，窗簾被風吹得不停飄動。房門會被大力關上，應該就是這道風造成的吧。

「為什麼？」

沙希蹲了下來，看起來似乎相當頹喪。

頭上被釘了鐵釘的牛汁，正在在染紅的椅子上。

齊加年抓住牛汁的手腕確認脈搏。

「已經死了。」

「肯定的啊，頭都被釘了釘子了。」

饂飩臉上露出生硬的笑容。

「店長，為什麼……」

沙希靠在牛汁身上。

「等等，現在最好不要碰到屍體。」

齊加年用雙手壓住沙希的肩膀，沙希驚訝地瞪著齊加年。

「幹麼啦，難道你是警察的跑腿跟班？」

齊加年的目光移向地板，發現床的下方有一尊薩比人偶正望著他們，額頭上還跟牛汁一樣釘了鐵釘。

「雖然有可能是我想太多了，但我總覺得，我們被找來這座島，應該跟奔拇族的事件有所關聯。奔拇族人大量死亡的原因眾說紛紜，其中有一個說法就是細菌感染所引發的敗血症，所以還是避免碰觸屍體比較好。」

齊加年用冷靜的語氣說著。沙希點了點頭，像是把話嚼了嚼，然後深深嘆了一口氣。

饂飩把地上的薩比人偶撿起來，拔出人偶頭上的鐵釘，並丟在地板上。

「再這樣下去，我們也會被肋老師殺掉的，必須要做點什麼才行。」

「等等，那傢伙是犯人嗎？」

「應該是吧，不然為什麼肋老師要逃走？」

饂飩輕蔑地看著沙希。

「我們去工作室看看吧。」

齊加年說完之後，剩下的兩個人全都張著嘴，一時之間不知道該說什麼。

「……為什麼要去工作室？」

「肋昨天曾經說過啊，那裡可以對犯人的襲擊進行防禦。」

「如果在路上被偷襲了怎麼辦？把房間當成堡壘還比較安全吧。」

齊加年指著掉落在地上的電線。

「牛汁有用電線綁住門把，但還是被殺了，所以我們的房間也不安全。」

「如果犯人就在工作室呢？」

「那就只能逃跑了，至少我們能搞清楚犯人的真實身分。」
鼴鈍用手扶著牆壁低下了頭。雨水從窗戶的破洞不斷潑進來。
「好吧，我們去工作室吧。」
沙希抬起頭說道。

拿著手電筒往石階一照，發現沙灘都變成一片爛泥了。
海浪聲、雨聲，以及雨水從懸崖上滴落的聲音，全都混雜在一起，結果使得齊加年完全聽不到其他兩人的腳步聲。在泥濘中舉步維艱地行走真的很辛苦，好不容易抵達工作室底下，已經滿身大汗。
「我去裡頭看看。」
齊加年戴上手套，開始往梯子上爬，鼴鈍和沙希不安地看著他。
把頭伸進地板上的洞一看，工作室裡一片漆黑。雨水從連帽雨衣的袖子上滴落的聲音清晰可聞。齊加年爬到地板上，拉動天花板的開關打開電燈。
「嗚哇哇哇！」
齊加年跌坐在地上。
圓木推砌而成的牆壁上，倒著一個全身被蠟覆蓋的人。
「你不是說工作室很安全嗎？結果這是怎麼一回事？」

饂飩諷刺地說著，並且雙手抱頭靠在牆壁上。沙希則一臉死透了的表情環顧著室內環境。牆壁上的時鐘顯示為三點整，雨聲太大了，所以完全聽不到鐘聲。

「對不起，我想得太單純了。」

齊加年把手靠在牆壁上，肩膀跨了下來。掉在工作室角落的一個蠟塊，看起來有點像是肋的臉。看來是一尊薩比人偶倒在那裡。

「完蛋了，不管逃到哪裡都會被殺掉的。」

饂飩像小孩子一樣發出哀號。

「不好意思。」

沙希按住饂飩的肩膀，並從架子上拿起雕刻刀。

「……沙希老師？」

饂飩頓時之間呆若木雞。

「滾出去。」

沙希拿著刀對著另外兩人。

「妳是不是誤會些什麼了？我不是犯人啊！」

齊加年盡可能地用冷靜的聲調說道。

「我也不知道啦。」沙希緊緊握著雕刻刀。「但是，這座島上就只有我們五個人，已經有兩個人被殺死了，所以犯人一定在我們三個人之中。我不是犯人，所以一定是你們兩個其中一個！」

齷鈍像是頓悟了一般，輪番看著齊加年及沙希的臉。沙希說的話一點都沒錯。

「我再說一次，給我滾出這裡！」

沙希拿著雕刻刀往前突刺，額頭上冒出了斗大汗珠。

「冷靜下來！這裡太危險了，我們沒道理單獨把妳留在這裡啊。」

「老、老師說得沒錯，單獨行動就稱了犯人的心意了。我們一起回去天城館吧。」

齷鈍的聲音被急速的呼吸切得斷斷續續。

天空突然大放光芒，雷鳴聲讓空氣都跟著晃動起來。

沙希嘆了一口氣，把雕刻刀指向地板，然後直接鬆開。

「好吧，我相信你們。」

在宛如小石頭瘋狂落下的大雨之中，三人爬上石階回到天城館內。

小河的水位升高了，甚至還淹到石階來。回頭望向沙灘，結果發現停泊在淺灘的遊艇就像死亡的怪物屍骸一樣。

齷鈍和沙希一言不發地跟在齊加年後面走著。齊加年心想，儘管齷鈍是個膽小如鼠的男人，但終究是個推理作家，很有可能這一切就是他搞出來的。

當然，也不能因為沙希是女性就斷然認為絕對不可能是她，雖然她的外表跟她的性格感覺上都相當強悍，不過對她來說那樣的演技根本易如反掌吧。齊加年一邊窺探後方一邊加快腳步。

天城館重回寂靜，感覺就像廢棄的屋子一樣，在天花板的燈源照射下，立鐘的影子拉得長長的。鏗鏘，指針移動的聲音傳來，時間是三點半。

「接下來怎麼辦？」

齊加年身上的連帽雨衣全都濕透了，他一邊拉下拉鍊一邊詢問。

「我要回去房間。」

謳鈍回應時眼睛望向別處，說完之後就立刻往住宿館走去。是在懷疑齊加年嗎？還是暗自構思著什麼計畫？不得而知。

「我、我也是。」

沙希追了上去，快速跑過走廊。

突然間，彩繪玻璃亮了一下，撼動大地的巨響再次傳來。雷擊似乎落在附近區域。

如果發生火災的話就糟糕了，齊加年爬上二樓，從走廊的窗戶眺望遠方的沙灘，雖然看得到工作室的鐵皮屋頂，不過大雨紛飛讓視野變得模糊不清。

望著昏暗的天空，釘著鐵釘的牛汁突然浮現腦海。

事情都發生了，再後悔也於事無補。這一切到底是誰幹的呢？照目前的情況看來，不久之後真相應該就會越來越明朗。

天空再次亮了一下，接著雷聲轟然響起。齊加年不自覺鬆開窗櫺，往後面退了幾步。

就在這時候，後腦勺突然被某個東西襲擊。

「……咦？」

轉身的瞬間，鼻頭又被重擊了一下。

居然會發生這種事。沒想到自己也是被狙擊的對象之一。

到目前為止，齊加年拯救過無數人的生命，把很多人從死亡的命運之中拉回來。這樣的一個人，為什麼非得死得這麼窩囊呢？

不，這是騙人的。

還有許多這雙手無法救回來的生命在哀號著，那些聲音從心底不斷湧現。所有的一切，都是為了守護自己的自尊而已，連自己都一起騙進去了。不過就是一個平凡的麻醉科醫師，怎麼可能有能力對抗死亡？無法拯救晴夏的性命就是最好的例子。

九年前，齊加年從學會離開，搭著電車準備返家時，在電車上遇見了晴夏。手拉著吊環的晴夏，臉上的妝比平常濃一些。就在齊加年還猶豫著要不要打招呼的時候，她已經在兄埼站下車了，並朝著賓館所在的西出口走去。

很久之前齊加年就察覺到晴夏跟其他男人維持著肉體關係，不過，當時他並沒有下車尾隨晴夏一探究竟，因為在面對現實的時候，他還是不免感到有些膽怯。

如果那時候能夠了解晴夏的所有狀況，並且發自內心接受她，或許就能察覺她的不安，並且守護著她，不讓榎本桶對她造成傷害。雖然有讓愛人了解一切的覺悟，但一切都太遲了。

意識被拉回到現實。

劇烈的疼痛讓全身力量散盡，齊加年癱軟倒下，頭部撞到了欄杆，發出鈍重的金屬聲。

齊加年一邊感受著前所未有的悲慘狀態，一邊閉上了眼睛。

慘劇（三）

「……不對，我已經不會痛了。」

牛男試圖要拔出刺在喉嚨上的刀子，不知道是不是被肌肉卡住了，無論多用力就是拔不出來。

「肋，來幫忙。」

「不要緊吧？都被刀子刺傷了耶？」肋觀察著牛男的傷口。

「我是超人啊，頭部被鐵釘貫穿都沒事了。」

牛男用開玩笑的口吻說完之後，肋便一臉訝異地拉了拉刀子，不過同樣地，不管怎麼往前拉都沒用。左右稍微搖了一下，把傷口擴大之後，好不容易把刀拔了出來。刀刃前方沾滿了黃色的液體。

「好像在拔蘿蔔喔。」

「現在不是開玩笑的好時機吧。」

的確如此。

牛男正打算站起身來的時候，齊加年對著他揮動餐刀，並且猛然刺出，牛男像武士一般閃過刀刃，耳邊響起刺耳的聲音。

「喂，笨蛋醫師，你到底想幹麼？」

牛男高聲斥責，齊加年這才收起刀子瞪著牛男。只見齊加年臉上還沾滿了泥土，不過額頭上的傷口倒是已經結痂了。

「少裝糊塗了！你們用裝死這一招讓我們疏於防備，並且趁隙把我殺了對吧。」

同樣的劇情又要再上演一次嗎？難不成牛男看起來就是一臉殺過人的樣子嗎？

「告訴你一個好消息，殺你的人不是我。」

「厚顏無恥的男人，你跟肋還活著不就是最好的證據了嗎？」

「才不是，你看這裡。」

牛男拉開喉嚨上的傷口讓齊加年看清楚。

「被刀子刺傷理當會噴血才對吧。我們並不是裝死，而是真的死了。」

齊加年手上的刀子滑落到地上，嘴唇微微地顫抖著。

「怎麼可能，沒道理啊。」

「我懂你的感覺，你看，這裡也是。」

牛男將瀏海撥開，讓齊加年看看突出額頭的釘子。

「少騙人了，你這是在唐吉軻德買的玩具吧。」

齊加年把手伸向牛男的額頭，像是在進行觸診一般，肋在一旁忍不住露齒笑了起來。在碰觸到牛男的瞬間，齊加年立刻把手指縮回去，感覺像是被燙傷了似的。

「也太冰了吧。」

「畢竟已經死了啊。」

「不好意思。」

齊加年伸出沾滿泥濘的手摸著兩人的胸口。

「別這樣，感覺好噁心。」

「都沒有在跳動，你們兩個人為什麼還可以活著呢？」

「可能你還沒發現吧，其實你自己也已經死了。」

齊加年陷入了兩秒左右的震驚狀態，然後像順毛的貓一樣不停撫摸著自己的臉及手腕。

「怎麼會這樣，心跳停止了。」

「馬上就會習慣了，我們先到餐廳去喝一杯吧。」

「先安靜一下。」

齊加年用手指在嘴唇上比了比，一邊胡言亂語一邊往走廊前進。幾分鐘前揮舞著刀子的狀態就像是一場夢。

「需要花點時間想想也是無可厚非的，不過最重要的還是喝酒，慶祝復活！」

「你們兩個，沒有感覺到身體有什麼不舒服的地方嗎？」

齊加年停下腳步，說了醫師身分會說的話。

「全身都不舒服吧，畢竟死了嘛。」

「不是啦，我的意思是有沒有流鼻水、喉嚨痛之類的狀況？」

「管它的。如果你有感覺到什麼症狀的話，記得跟我們說。」

牛男對著碎裂的鏡子看了看全身，除了氣色很差之外，倒沒有什麼其他異狀。
「頭感覺有點重重的，除此之外都跟活著的時候沒什麼兩樣。」
「我也是，沒有什麼不舒服的地方。」
「受傷的部位不會痛嗎？」齊加年說話的速度越來越快。
「不會耶，我幾乎都快忘記自己的頭被釘了釘子。」
「我也是，而且明明很熱但卻流不出汗，感覺超奇怪的，肌肉也沒有疼痛感。」
「原來如此，與無痛無汗症的部分情況是一致的。有很多疾病是會讓人即使受傷了也無所知覺的。」
「我們幾個沒問題的啦，畢竟就連頭部被釘上釘子都死不了了。」
「這就是問題所在，我們不曉得維持生命的機制是什麼。你們兩個可以脫光衣服在那邊的床上躺下，讓我摸一摸你們的身體嗎？」
齊加年說的話聽起來就像同性戀影片會出現的臺詞。
「我就是因為這樣才會討厭醫師，都不知道把人類當成是什麼了。」
「我是認真的。」齊加年一臉嚴肅地逼近牛男。「看來你們還不知道事情的嚴重性，現在我們的身體就像掃帚在空中飛一樣，完全不曉得為什麼可以飛起來，跟熱氣球或飛機可是完全不同的狀況。繼續這樣閒晃下去，不做任何調查的話，一旦發生事故或狀態急轉直下的時候，我們會無法應付的。」
齊加年的聲音聽起來非常急迫。牛男自己也不想再體驗一次復活的過程，盡可能希望別再發生。

「喂，肋，剛剛我幫你從蠟裡面挖出來對吧。」

「你這麼說太卑鄙了。」

「少囉嗦，小心我用蠟再把你封起來。」

迫於牛男的怒吼，肋一邊喃喃碎念一邊開始用還算靈活的右手把居家服脫下來。可能是因為那時候失禁的關係，他的內褲還溼答答的。雖然他的情況沒有像愛里那麼悽慘，但肌膚腫起來的地方看起來還是相當疼痛。

肋身上僅剩繃帶、內褲，以及兵籍牌，就這樣光溜溜躺在床上，齊加年走到肋身旁，四處查看他的身體。肋看著天花板嘆了一口氣。齊加年的手在碰到下腹部的時候，突然停止了動作。

「這是？」

齊加年靠近內褲，把耳朵塞進兩腿之間。

「是膀胱炎嗎？」

「有脈搏！」齊加年露出像是看到鬼的表情。「是心臟！」

牛男也摸了摸自己的下腹部，陰毛旁的肌肉傳來砰砰砰的鼓動。下腹部也有點脹脹的，就像腸閉塞的症狀一樣。

「心臟移動到下腹部了嗎？」

「不是，應該是腹部裡面有什麼東西在跳動。」

是什麼？牛男和肋面面相覷。

「是外星人嗎？」

「我想應該是蟲子，寄生蟲在我們體內變成一顆假的心臟，代替宿主提供體液的循環。」

「寄生蟲？」牛男不自覺噴出口水。「小小的蟲子可以搞出這麼大的事情來嗎？」

「不進行解剖的話無法確認事實，目前只能視為假說，或許改變宿主的身體狀態，就是這個寄生蟲的絕招吧。就像水蝨蟲在入侵魚類的嘴巴之後，會讓宿主的舌頭潰爛，然後自己取而代之，變成宿主的舌頭。另外，寄生在公蟹身上的根頭菌，為了培育下一代，會讓宿主的身體長出卵巢。寄生在蝌蚪身上的寄生性吸蟲（ribeiroia），不僅會阻斷宿主的成長，而且還會故意讓宿主變成多了幾條腿的青蛙。寄生在我們身上的寄生蟲，特性就是讓宿主長出一顆假心臟吧。」

「還真的是蟲之呼吸啊！」（註1）

牛男在鏡子前重新檢視自己的身體，目前的狀況似乎是，位在胸口的那顆心臟已經徹底死亡，並由腹部的心臟取而代之，讓身體能夠持續運轉。真是超級不尋常的狀態啊。

「等等，牛汁老師的大腦已經遭受損傷了，寄生蟲能夠重新製造大腦及心臟，這未免太不合理了吧？」

1　日文為虫の息，直譯為奄奄一息，但作者在此是想玩文字遊戲，因此這樣翻譯。

「這只是我的推測而已，但我想寄生蟲應該是有助於促進體內的再生機制吧，人類的身體裡有各式各樣的幹細胞，負責分化成不同的細胞。一般來說，腦中風的患者之所以沒辦法再生腦細胞，主要是因為新的神經細胞無法移動到損傷的部位，而非無法產生新的神經細胞。或許這個寄生蟲就是可以啟動宿主體內的幹細胞循環，讓損傷的器官重新再生。」

牛男回想起九年前在義大利餐廳時，曾聽晴夏講過類似的話。

「那麼，失去痛覺又是為什麼呢？」

「應該是為了讓宿主能夠承受得住身體的變化，所以刻意遮斷感覺神經了吧。寄生蟲可能會在骨頭或肌肉產卵。」

真是直接到令人不舒服的一段話。意思就是說，下腹部突然間破裂並且冒出許多幼蟲來，也不需要感到意外。

牛男突然想起自己在遭受襲擊的時候，朦朦朧朧感受到的一個印象，在一個空無一物的世界裡，只剩下他自己一個人，而他的嘴巴裡冒出了昆蟲的肢臂。可能是牛男意識到體內產生了變化，所以下意識地對自己的崩壞感到害怕。

「你的話真的讓人很難相信。」

「眼前就有活生生的案例了，所以也由不得你不信吧。看來這個寄生蟲的生存戰略，就是用盡各種方法讓宿主活下去。

因此，如果宿主死亡的時間拉得太長，器官腐敗的程度太過嚴重，應該就很難再生了。牛汁老師，你記得自己被殺的時間，以及醒來的時間嗎？」

齊加年一邊說著一邊把目光投向牆上的時鐘。指針剛好指著下午四點。就在這時候，尖塔上的鐘聲也響起了。

「嗯，我記得犯人襲擊我的腦袋時，大概是晚上的十一點半。因為那時我聽到了腳步聲，抬起頭剛好有看到時鐘。」

「那復活的時間呢？」

「上午的十一點半，當時我看了看手錶，心裡還想說錯過早餐了。」

「這麼一來就是在十二個小時左右復活的。那肋呢？」

「我是收到奇怪的紙條，要我深夜一點出去碰面，不過實際抵達工作室的時間是零時四十五分，被殺害的時間應該是五十分左右。」

「醒來的時間呢？」

「唔，這我就不清楚了。」肋的眼睛轉來轉去。「因為醒來之後我一直呈現非常混亂的狀態。」

「是下午的一點，在你醒來的前一刻，我聽到了復活之後的第二次鐘聲，我是在十一點半醒來的，所以第一聲是十二點，第二聲就是一點。」

「原來如此。那表示肋也是隔了十二個小時之後醒來的。至於我，在工作室發現肋的屍體之後，三個人回到天城館的時間是三點半。當時雷聲隆隆，因此我爬上樓梯查看外面的狀況，結果就遭到襲擊了，時間應該是三十五分左右吧。醒來的時間則是下午的三點四十分，當時我剛好看到玄關大廳的立鐘，所以絕對不會錯的。」

「算起來三個人都是隔了十二個小時之後復活的。」

「可見這個寄生蟲會用半天的時間改造宿主的身體。」

齊加年看著肋的腹部，表情複雜地點了點頭。

「但是，為什麼我們三個人會被同一種寄生蟲入侵呢？」

肋在床上歪著脖子。

「雖然我不知道對不對，不過很有可能是只存活在附近島嶼的寄生蟲吧。」

「我知道了啦。」

牛男舉手說道。齊加年一臉狐疑地皺著眉。

「牛汁，我們不是在參加神祕怪談節目啊。」

「我知道啦，現在要探討的是我們三個人不約而同被寄生蟲入侵的原因對嗎？只要想一想我們的共通點，答案就呼之欲出了。」

「共通點？」

「就是**跟晴夏上過床啊**。寄生蟲就是從她身上轉移過來的吧。」

齊加年有兩秒左右露出了怒氣，但很快就又恢復成哄小孩的和善表情。

「果然是年輕人會有的想法，想必以前曾因為性病而困擾不已吧？」

「你安靜聽我說。我曾經不小心誤殺了晴夏，當時我害她從床上摔下去，結果鏡子的碎片刺進了她的脖子，但她卻沒有死掉，明明脖子都快被切斷了，卻還是一副輕鬆自在的模樣，一邊流著膿，一邊央求再做一次。她不是沒有死，而是早就死了。」

牛男相當確信自己所說的是對的。現在回想起來，當時的晴夏以一個人來說，真的太冰冷了。

「但晴夏應該是被卡車撞死的對吧，如果牛汁老師說的是對的，那為什麼那時候晴夏沒有復活呢？」

「那是因為她的下半身被撞爛了吧。晴夏的屍體被拖行了二十公尺左右，腹部以下全都爛成一團了，腹部的寄生蟲想必也一起爛掉了吧。」

「原來如此。醫師，你覺得呢？」

肋把球丟給齊加年，結果他說：

「雖然沒有醫學上的根據，但是可信度很高。」

齊加年非常乾脆地收起了銳氣。

「所以，寄生蟲真的從晴夏那裡轉到我們身上了啊。」

肋不置可否地說著，雙手則捧著肚子，看起來就像懷孕了似的。

「晴夏到了那個世界之後應該會嚇一跳吧，本來以為是不死之身了，沒想到就那樣死掉了。」

「不過，晴夏的身上為什麼會有寄生蟲呢？」

肋突然停下撫摸肚子的手說道。

「我在猜，應該是從原住民身上轉移過去的，她不是跟很多部落的人上床嗎？」

「嗚哇，有道理耶……」
「對了！所以奔拇族人才會大量死亡！」
齊加年突然站起身來大喊，眉頭還不停顫抖著。
「什麼意思？晴夏虐殺了奔拇族人嗎？」
「不是的，讓奔拇族大量死亡的肇因是野生動物，有很多奔拇族人都是死於鱷魚或狗之類的動物之口。不過，與大自然和平共存了兩千四百年之久的他們，為什麼會走到如此窮途末路，一直都沒有一個令人滿意的說法。」
慷慨陳詞的齊加年，看起來就像秋山雨一樣。
「九〇年代以後，由於人口流出，所以奔拇島的人口迅速減少。根據殖民時代的調查統計，當時原住民的人口約有八千人，然而在秋山教授的著作中，減少到只剩下兩百人左右。
傳統上他們的階級制度是金字塔型的，最頂端的達達是首領。奔拇族語的達達，有父親的含意。達達並非世襲制，而是三年選一次，透過合議的方式選出公認最勇敢的人出來當達達。」
「我知道啦，達達可以隨意跟部族中的任何女人上床對吧，真是男人的夢想。」
「在接觸異族文化的時候，用自己的常識去做比對是非常不恰當的。奔拇族禁止男女婚前往來，達達是唯一的例外，他會藉由跟島上所有的女人維持關係來確保自己的首領地位。」

齊加年用NHK解說員似的表情說著。

「你說的這些跟奔拇族大量死亡有關嗎？」

「每當達達交接日即將到來時，奔拇族的年輕男性都會去捕捉狗、鱷魚或是鯊魚，藉以表現自己的勇敢。奔拇族滅亡的那一年，剛好也是達達的選舉年。」

「你的意思是表現勇氣的戰鬥太過激烈，使得大部分的男性都一命嗚呼了嗎？」

「這是其中一個有力說法，不過對此秋山教授是抱持懷疑態度的。奔拇族兩千四百年的歷史也不是虛度的，就算是在達達選舉前夕，狩獵時也會謹慎地做好準備，仔細觀察動物，不會去攻擊身形比自己高大的目標，所以不至於會出現空手跟熊搏鬥的愚蠢行為。

然而，如果是寄生蟲在奔拇族之間傳染散播的話呢？感染者心臟停止跳動之後，經過半天就會復活過來，接下來即使氣管被切斷也不會痛，沒有任何影響，所以男人們應該會誤認為自己獲得了不死之身。為了要爭取達達的寶座，不惜越過那最後的底線。

從晴夏的狀況就可以得知，感染者並非不死之身，躲在腹部的寄生蟲如果被野獸吃掉的話，宿主也是會死的，對此毫不知情的男人們，在功名薰心的情況下狩獵時變得有勇無謀，結果全部失去了性命，只剩下沒有被感染的老人和小孩留了下來。」

齊加年一口氣說完，帶著亢奮的情緒猛烈咳了起來。

「我有問題，如果牛汁老師的推論正確的話，表示這個寄生蟲是藉由性交來感染宿主的，當時奔拇族有兩百多人，而且他們是被禁止婚前來往的，在這樣的情況下，為什麼還會發生寄生蟲急速蔓延，進而導致部族滅亡的憾事呢？」

「的確很奇怪，應該是除了性交之外，還有其他的感染管道吧？」

「不不不，不對啦。」牛男扯開嗓子大聲說道：「一切的起源就來自首領不是嗎？」

「達達的確可以跟大多數的女性上床，但這並不能說明寄生蟲為什麼會在男性之間大量傳播。」

「真傻啊，仔細想想吧，我們光只是上了一次床就被感染了，由此可知這個寄生蟲的感染力有多高。假設兩百人之中有一個笨蛋跟晴夏上了床，然後他再跟自己的配偶上床，就等於有一對夫妻受到感染，達達只要跟這個家庭裡的女兒上床，就會感染寄生蟲，然後達達再跟部落其他女性上床，讓女性們一個一個淪陷，她們再分別跟自己的丈夫上床，就會演變成每個男人都受到感染的窘境。如此一來，整個部落就不分男女全都是感染者了。」

「原來如此。所以奔拇族只要有達達存在，何時造成性病大蔓延都不奇怪。」

齊加年似乎嘆了一口氣。

耳邊好像聽得到賀茂川書店的茂木飄飄然的說話聲音。

九年前，晴夏在被拖車拖行之後，瀕死前拚命大喊著「給我水」。這件事情牛男是從茂木那裡聽來的，當時牛男認為造成奔拇族大量死亡的那個不明原因，也奪走了晴夏的性命。

再次重新思考，可以了解到其實是反過來的，並非奔拇族逼死了晴夏，而是晴夏逼死了奔拇族。

「我們也要謹慎小心，不能重蹈奔拇族的覆轍。雖然從死亡的狀態下重新復活過來，但絕非不死之身。」

肋一邊撫摸肚臍周遭一邊說著，齊加年的臉色則瞬間變得蒼白。

「忘記一件重要的事情了，我們是被誰殺死的？凶手不是你們嗎？」

「才不是，你被殺的時候，我跟肋早就已經死了。」

齊加年摸了摸頭上的瘡疤。牛男和肋則面面相覷。

「這個話題看來會進行很久，我們邊吃邊聊吧。」

比肯德基的雞塊還要大幾倍的肉塊，放在大大的盤子上，熱騰騰地冒著熱氣。除此之外還有沙拉、熱三明治、歐姆蛋、奶油湯等等，豐富的料理全都擺在餐桌上。真是非常適合用在復活祭的美食。不過由肋負責的料理就沒有多氣派了，畢竟他只剩下右手可以靈活運用，能準備的不多。

牛男正打算從冰箱裡拿出罐裝啤酒……

「等等，不能喝酒。」

齊加年一邊說著一邊把冰箱的門關上。洗掉泥土，並將額頭上的傷包紮起來之後，他看起來差不多已經恢復到原本的樣貌。

「我們看起來像未成年嗎？」

「剛剛我就說明過了，我們現在的狀態等於是變成了另一種生物了，無法保證寄生蟲有沒有辦法分解酒精。」

牛男回想起自己在三個小時前也跟肋說過類似的話。

「那就試試看吧，如果不能喝酒，那活著也沒什麼意思。」

牛男拉開罐身拉環，把啤酒倒入嘴中，絲絲苦味流經喉嚨時，心情頓時變得非常好。真好喝。

「就是因為有你這樣的人，醫療費用才會不斷增加。」

齊加年的諷刺真有醫師的風格。

下午四點五十分，三人吃下了一天份的食物。頭上釘了鐵釘的男子，肌肉腫脹的男子，以及額頭被割傷的男子，三個人圍著餐桌吃飯的光景，真像拍得非常爛的喜劇電影。看著碗裡傾斜的湯，才想起自己身在傾斜的屋子裡。

「然後呢，到底是誰殺了我們？」

牛男正在享受好心情的時候，齊加年則擦了擦嘴巴說道。桌上已經有好幾瓶啤酒空罐。

「名偵探，快告訴我們吧。」

牛男拍拍肋的屁股，肋則一邊抽著菸，一邊說明愛里殺了大家的推測。

「先請大家放心，就算沙希是犯人，也不用怕她會復活過來。」

肋露出鬆一口氣的表情說著，但齊加年卻用焦慮不安的表情壓了壓額頭上的繃帶。

「為什麼你知道她醒不過來？」

「因為我們是跟晴夏上床之後才感染了寄生蟲對吧。就算沙希跟晴夏也有肉體關係，但少了插進身體的步驟，就沒辦法受到感染。」

像是石沉大海一般的沉默。齊加年表情呆滯，並發出吸鼻子的聲音。

「如果有沾到口水或陰道的分泌物，女同性戀在性交時還是有可能因為交叉感染而染疫的。寄生蟲感染的情況也相同，這個國家的性教育真是晚了全世界十年。」

「是喔。不過沒關係，如果有一絲機會生還的話，沙希也不會採用那種自殺方式了。」

肋的說話語調沒有任何改變，而齊加年也依舊掛著驚訝的表情。

「我也覺得肋是對的，畢竟那傢伙把自己全身都融掉了，就連舌頭也割掉了，想必沒有打算要復活過來吧……咦？」

突然間，牛男腦中想到的事情把酒氣壓了下去。

他在工作室下方的沙灘上看到的愛里屍體，重現於腦海之中，有個疑問隨之冒上來。

「怎麼了？腹部有什麼狀況嗎？」

肋瞬間露出傻憨的表情。

「我確認一下，你也有在支架下方看到沙希的屍體對吧，那你有沒有發現那傢伙的上半身明明靠在岩壁上，但側腹部流出來的血卻直直地往背部流去？」

「的確是，我有發現，然後呢？」
「沙希預先把自己的舌頭割下來，爬到工作室底下的沙灘時，用硫酸淋自己一身，然後把玻璃瓶打破，並將玻璃碎片一片片吞進喉嚨，你的推理是這樣沒錯吧？」
「是像這樣，」肋拉長背脊，抬頭向上然後嘴巴張得大大的。「大口大口吞下去。」
「對吧。一般來說，食道從喉嚨到腹部是呈現垂直的狀態，把東西從喉嚨往體內送的時候，上半身就是得保持挺直，不然至少也必須是斜斜向上。
然而從沙希的屍體來看，血水卻是從側腹部直接往背後流去。靠在岩壁上淋下硫酸，血就應該會在重力的影響下往斜後方的屁股流去才對。也就是說，沙希在淋流酸的時候，應該是跟地面保持水平的姿勢。」
肋好像想說點反駁的話，但開了口卻說不出什麼來。牛男自己到目前為止也還不確定這些話有什麼意義。
「我的意思是，她如果仰躺在地，就沒辦法把玻璃吞進胃裡，況且都已經奄奄一息了，我也不認為她有辦法靠自己的力量把玻璃吞下去。所以應該是犯人讓沙希躺在沙灘上，並且為了等她止血停留了一段時間，最後再把她擺成靠在岩壁上的樣子。」
肋像是要掩蓋不甘心的情緒，雙手下意識環抱胸前，並且不停喃喃碎語。
「不過，牛汁老師，即使這個詭計行不通，犯人也非沙希莫屬。從薩比人偶的狀態去考量的話，活到最後的那個人一定就是沙希老師。」
「我覺得怎樣都無所謂，」齊加年插嘴說道：「很可惜，你提出來的理由根本就是錯的。」

「連齊加年老師都這麼說，為、為什麼？」

肋的表情看起來就像叛逆期的小孩一樣。

「我們來整理一下你的推理。牛汁、餛飩，以及我自己，我們三人的受害現場有個共通點。牛汁被殺的房間裡，薩比人偶頭上的釘子被拔出來了；餛飩被殺的浴室裡，薩比人偶從浴缸旁邊被移到淋浴間；我被殺的二樓走廊上，薩比人偶被移到角落。這些證據在在都顯示有犯人以外的第三者到過現場，而且還動手做了些事。事實上，我有看到餛飩把薩比人偶頭上的釘子拔下來。也就是說，要在殺人現場動手腳的人，一定得要在受害者死亡之後還繼續活著才行，等於那個人就是我們五個人之中最晚死的那個。」

「有什麼問題嗎？」肋歪著頭。

「邏輯是通的，不過，從這些痕跡來看，還可以判斷出一個重點，**殺人現場的薩比人偶被動過手腳，表示死的人不會是最後一個死者，同時也不會是第四個死的死者**；當出現四個死者的時候，留下來的那個人一定是凶手，而這個犯人既然都特地製作跟屍體呈現同樣狀態的薩比人偶了，沒道理自己再去動手腳。」

「啊，對耶，」肋瞠目結舌。「所以你的意思是？」

「現場有被動過的有牛汁、餛飩，還有我，並不是排在第四位及第五位的死者。也就是說，我們的被殺的順序只會排在第一到第三，那麼第四位死者及第五位死者，就是肋及沙希。

這就很奇怪了，我跟饂飩和沙希有一起到工作室去，並且發現了肋的屍體，所以肋不可能比我和饂飩更晚被殺死。」

「咦咦咦？對耶！」肋用力搔亂頭髮。「所以我的推理有哪裡出了問題了。」

「鎖定被殺害的順序去做推理是非常正確的，硬要說的話，就是你認為屍體是不能動的這一點。」

「什麼？」肋的眼裡充滿困惑。「你說這話是什麼意思？」

「冷靜一點，我已經知道犯人是誰了。」

齊加年咳了一聲，並伸了伸懶腰。

「……不是，屍體是不會動的吧？」

「這個嘛，我只能說，在醫院的太平間裡，很常傳出屍體會動的例子。人死了之後會變得僵硬，但隨著肌肉放鬆了之後，手或腳就會在床上動來動去。其中最容易產生動作的，就是水裡的浮屍。」

「水裡的浮屍，你指的是饂飩？」

「沒錯，當然我的意思並不是饂飩的屍體自己把薩比人偶放到磁磚上去。

饂飩吞下毒藥之後，在浴缸裡準備自殺。如果他的死因是溺斃，那麼體內的空氣會被抽空，屍體理應就會沉在水底，但如果是中毒身亡，肺部就會殘留空氣，屍體也就會浮在水面上。

這時候，只要把薩比人偶放在屍體上，就等於是在漂浮的袋子上面放重物一樣，雖然不至於立刻讓屍體往下沉，不過在肺部的空氣逐漸減少的情況下，最後浮力支撐不了屍體的重量，屍體就會沉入浴缸底部了。加熱型浴缸一般來說會比其他浴缸要來得深，所以全身都沉入水裡應該是沒問題的。

然而，薩比人偶卻沒有跟著沉下去，人偶中間也是有空氣的，屍體往下沉的過程中，當人偶碰到水之後，就會開始展現浮力，泥巴融化之後可以確保空氣不外洩，也因此人偶可以一直浮在水面上。

當屍體沉入到浴缸底部時，浴缸的水位會上移一些，大約就是上移屍體體積的分量。這時候，會跟著水位上升而升高，進而從浴缸邊緣掉到磁磚上。這就是融化的薩比人偶會掉落在淋浴間的理由。」

「不，這行不通吧。」牛男像奧客投訴一般用尖銳的聲音說道：「我在復活之後立刻到浴缸查看，當時齟飩就浮在水面上，而且浴缸的水位也沒有多高。」

「齟飩的目的就是希望你能這麼想。沉在水底的屍體，也是有可能因為體內的氣體排出而再次浮上水面，如此一來，沉入水中的身體體積大為減少，水位也就理所當然地下降了。像他這樣高頭大馬的巨漢，水位的變化應該會相當大，這也就是為什麼齟飩明明死在浴缸內，但薩比人偶卻好像被人從水裡拿出來一樣。」

「喔喔，原來如此。」肋敬佩地說道：「好有趣的詭計喔。」

「為了讓這個計畫能夠順利進行，屍體必須要越快腐爛越好，如果在屍體浮上水面之前有任何人復活了的話，那一切就沒有意義了。」

所以在此之中最重要的關鍵，就是要提高溫度。那間浴室應該是由客房改建而成，因此並沒有裝設換氣扇，門也沒有留空隙。犯人將窗戶玻璃打破，就是為了把屋外的熱氣與溼氣引入浴室內部吧。而且浴室剛好位在小河的上方，只要把門關起來，熱氣就會立刻充斥在狹窄的房間裡。浴缸裡的水應該是溫水沒錯吧？」

牛男回想起剛找到餛飩屍體的時候，浴缸裡的水的確是有點溫溫的。

「得要做到這個地步的話，那不如自己把薩比人偶放到水裡去還比較快，稍微融化之後就丟到地板上，然後再自殺不就好了。」

「不行啊，這個詭計的重點，就是偽裝成殺人現場有被人動過手腳的痕跡，這樣才能讓自己看起來不像最後一個死者。如果悠哉地先把人偶放入水中等待，其他四個人的受害時間就會間隔太久，只有一個人很晚生還的話一定會被懷疑的。」

「啊啊，這麼說也是有道理。」

「照這情況，被第三者動到殺人現場的人，就是我和牛汁，所以我們兩人被殺的順序確定排在前三，但由於我親眼目睹了肋的屍體，所以肋一定比我早死，所以算起來先被殺死的就是我、牛汁，以及肋這三個人。剩下的就是餛飩跟沙希。然而，沙希是被人潑灑硫酸致死，剛剛牛汁已經詳細說明過，所以結論只有一個，餛飩把我們都殺了之後，把自己沉入浴缸之中藉以自殺，這就是事情的真相。」

齊加年平靜地說著，刀叉放在餐盤的旁邊。

「我可以再說一件事嗎？當我剛復活過來的時候，有聽到小動物跑來跑去的聲音，以及有東西掉入大海之中的水聲。我認為犯人想把某些東西丟掉，但那是什麼呢？」

「這當然跟犯人沒有任何關連性，在你復活了之前，餛飩的屍體都已經花了不少時間把氣體排出去了，所以那時候餛飩不可能活著。

在你醒來之後，浴室的門窗、更衣室的門，還有你自己房間的門窗都是打開的對吧。犯人應該有把浴室的門關起來，但有可能是從窗戶吹進來的風把門打開的。

如此一來，兩扇窗之間就會形成通風的狀態，你聽到的那個像是小動物在走來走去的聲音，其實是門在風的推動之下跟地毯摩擦所產生的聲音。撲通一聲則應該是水從浴室的天花板落下的聲音吧。沙灘那邊傳來的海浪聲那麼大，有東西掉進海裡應該是聽不到聲音的。」

「嗯嗯，我的推理不成立呀。」肋用手肘撐起身體，看起來有點失望的樣子。「喂，我們去看看沙希老師的狀況吧？如果她復活了，卻卡在支架和崖壁之間，未免有點可憐。」

「應該要先處理餛飩吧，他的屍體目前並沒有被綁起來，假設他醒過來的話，會再幹出什麼事情真的很難講。」

「喔，對耶！」

肋從椅子上跳起來，手裡緊緊握著餐刀。都已經這樣了，還得提防犯人嗎？牛男發自內心感到有些厭煩。

「被寄生蟲感染的人，需要花十二個小時才能醒來。餛飩在三點半過後把我殺了，然後將沙希移動到工作室那邊，並加以殺害，最後再回到天城館自殺。這個過程再怎麼快也應該需要一個小時左右吧。」

「那就是在四點半左右自殺的。」

三人不約而同望向牆壁上的時鐘，指針顯示為五點二十五分。

「差不多要醒來了吧。」肋泫然欲泣地說。

「這是理想狀態，不過他還是很有可能繼續泡在浴缸裡。」

「好吧，我們來把他腹部的寄生蟲剁成肉醬吧。」

牛男手握刀子站了起來。

「不可以殺了他，用麻繩綁起來就好了。」

齊加年像哄小孩一樣說著。就是因為這樣，所以才讓人無法喜歡醫師。

「太天真了吧，他可是連續殺人狂耶。」

「你搶了我的臺詞了。好好想想，我們好不容易生還了，難道下半輩子你想要在監獄裡度過嗎？」

牛男把臉轉過去還伸了伸舌頭。在這裡爭口舌之快也沒有什麼用，反正一有什麼緊急情況，拿著刀刺進餛飩的腹部就對了。

「ＯＫ，就把這傢伙當成護身符吧，趕快動手弄一弄。」

牛男把刀子收進口袋，擰開食堂的門把。

牛男躡手躡腳、屏氣凝神地在走廊上走著，肋與齊加年也跟在後頭，這兩人都是只敢動動嘴巴的膽小鬼。

跟自己一個人到處搜索倖存者那時候比起來，牛男現在的心情算是踏實多了。最重要的原因是從原本連自己身在何處都不清楚，但現在已經漸漸明朗了。即使如此，在經過暖爐或層架櫃子的時候，還是會害怕怪物從陰暗的角落冒出來，所以不由得腳步越來越快。

玄關大廳跟一小時前比起來已經變得昏暗許多，肋打開了牆上的開關，不過球形燈具卻沒有隨即亮起，可能是燈泡壞掉了吧。

齊加年從收納櫃中拿出一綑麻繩，似乎真的想把餛飩綁起來。

再次回到走廊上，往住宿館的浴室前進。算算如今已是在這裡度過的第三天了，牛男直接穿著運動鞋走進更衣室，窺看著淋浴間。

「……咦？」

他立刻就感受到變化，原本倒在淋浴間地板上的薩比人偶已經不見了，沾黏在地板上的泥土堆殘留著人偶的輪廓。

「怎麼回事？」

肋扭了扭脖子。人偶是不可能自己起來走動的，所以一定是有人動過了，然而，要把泥濘不堪的人偶拿出浴室的話，一定會在更衣室或走廊上留下泥水滴落的痕跡。因此，薩比人偶只可能在一個地方。

牛男踏進淋浴間，並看了看浴缸，滿至邊緣的泥水中，浮著一些泥塊，從表面的凹凹凸凸可以看得出來那是人偶的頭部。浴缸裡的水已經越來越黏稠了。

「饂飩的屍體呢？」

「不在了，看來已經復活了。」

齊加年立刻回伸看著背後，走廊上空無一人。

肋越過牛男的背看著浴缸。

「咦？」

他的聲音高度破了音。

「怎麼了啦？」

「不覺得水比剛剛還多嗎？」

突然間，牛男冒了一身雞皮疙瘩。

的確，跟兩個小時前比起來，浴缸裡的水位明顯變高了。饂飩不在裡頭了，水位卻沒有因此變低，這太奇怪了。

撲通一聲，水面浮上氣泡。

肋驚聲尖叫，一股腦往外面退去。

泥水像噴泉一樣湧出，肉塊飛了出來，下垂的肌膚及溼答答的肉塊之間，能看到一雙黑色的眼睛正瞪視著其他人。是饂飩。

「喝啊！」

餛飩像拖把一樣濺起泥水，揮動玻璃瓶身的洗髮乳。

牛男頭頂受到一陣衝擊。

頓時失去所有力氣，手裡的刀子也滑落到地上。

※

四堂餛飩躺在床上，耳朵一直專注聽著雨聲。

錶上的指針指著五點二十分。窗外已經濛濛亮了，但大雨並沒有停下來的跡象。

一邊摸著臉上的穿環飾品一邊環顧房間，門把已經用電線綁住了；窗戶是封死的，沒辦法隨意打開；廁所及衣櫃裡面也都沒有躲人。餛飩心想，只要不走出房門一步，應該就不會被犯人襲擊了。

即使知道自己是安全的，內心還是感到焦慮不安。餛飩拉了拉電線，確認一下門是否真的不會動。

一手養大餛飩的母親，是一間鞋店老闆，專門賣鞋給打工族，所以餛飩從小可以說是在底層社會長大的，不過他從來沒有進過教養院或是監獄，原因就是他從不曾忘記一個最重要的處世態度：凡事用心。

——這邊有好吃的點心喔。

六歲的時候，有次餛飩聽到路旁有人對他這樣說，一看是個少了幾顆牙齒的老人，感覺非常怪異，不過老人臉上倒是堆滿了和善的笑容。

鰮鈍被老人帶到了一間遠離鬧區的破爛小屋，並且在屋子裡被一群聞起來像流浪狗一樣臭的老人壓住，還被迫吃了好多蛞蝓。他們在賭一個小孩子的肚子可以塞進多少蛞蝓。從那一天起，只要看到光溜溜且滑嫩濕潤的動物，鰮鈍就會全身冒汗、呼吸急促。

鰮鈍完全不希望自己再次碰到這樣的狀況，所以無論是工作上、出去玩，或是人際往來等等，只要稍微察覺到有危險，就會立刻逃跑。幸虧在自己的價值觀帶動下，他能夠安然無恙成長起來，並且也順利完成了夢想，出版了個人最愛的推理小說。

腦中浮現了頭部被釘上鐵釘的牛汁。那個男人也有用電線綁住門把，可能是犯人以三寸不爛之舌勸誘他開門的吧。鰮鈍自己剛剛也是在聽到齊加年及沙希的呼喚之後，就把門打開了，如果他們兩人是犯人的話，自己早就一命嗚呼了。絕不能再犯同樣的錯誤。

鰮鈍的目光掃向門口，電線看起來鬆鬆的，讓他有些在意。犯人如果用力拉門的話，應該可以創造出一些縫隙，這時只要把手伸進來解開電線就可以了。

一想到這裡，鰮鈍立刻起身打算重新綁好電線，結果在電線外面的包覆材料上看到裂痕，不安的他試拉了好幾次電線，心想「這樣很危險」。

在房間裡翻找了好幾回，還是沒有找到可以取代電線的東西，玄關大廳的收納櫃裡頭應該有麻繩，但要是走去本館的路上被犯人襲擊了，那可就本末倒置了。看來除了安靜待在房間裡之外，也沒有其他辦法了。

抱著頭閉上眼睛，晴夏的臉立刻浮現眼前。

鰮飩與晴夏的初次相遇，是發生在以作家身分出道的兩年之後。當時晴夏開心地闡述著看完《銀河系紅鯡魚》之後的心得感想，讓鰮飩深深著迷，這是他第一次喜歡上一個人。趁著態勢他向晴夏告白，經過半年的交往之後甚至訂下了婚約。他們度過了一段幸福的日子，那是鰮飩認為像他這樣的人永遠不可能有的時光。

可惜如夢似幻的好日子並沒有持續太久，晴夏在遭受一名男子暴力相向之後，被大卡車輾斃身亡。

鰮飩陷入深深的懊悔自責之中。

為什麼自己沒有好好守護晴夏？危險降臨的時候，永遠都只知道趕快逃跑，從來不曾想過要面對。鰮飩心想，如果自己有把晴夏說的話聽進去，極力勸她離開榎本桶的話，或許她就不會死了。

一味逃避的話是改變不了任何事情的，好好面對心裡的不安吧。

鰮飩下定決心，把電線解開之後，慢慢地打開房門，躡手躡腳地來到走廊上，四周空無一人。

經過走廊，往本館前進，玄關大廳的燈熄滅了，雨天的微微亮光照在地板上。

在往收納櫃走去的時候，鰮飩發現到腳邊的地毯髒髒的，似乎沾上了紅黑色的血液。會不會是有人受傷了呢？

抬頭一看，心臟瞬間停止。

二樓的走廊欄杆處，冒出齊加年的頭。

整個臉都是鮮紅色的。

齊加年遇襲了，犯人應該還在附近。

饂飩腳步踉蹌地飛速離開玄關大廳，跑過走廊回到住宿館。

剛進住宿館走廊的時候，他看到了更衣室的門，記得那邊好像有一條閒置的塑膠水管，把那條水管拿來綁住門，房間應該就安全了。

屏住呼吸走進更衣室，水管就放在籃子裡。

「嗚哇！」

饂飩慌慌張張要拿水管的時候，不小心扭到了腳踝，導致整個人撲倒，頭部撞在鏡子上，清脆的玻璃碎裂聲響起。

「好痛啊！」

頭跟腳都傳來痛楚。這麼大的聲響如果被犯人聽到就糟了。必須得快點回房間才行。

就在饂飩用手扶著地板打算站起來的時候，眼前的景象讓他說不出話來。

滿是眼球的怪物，正在走廊上看著饂飩。

喔不，我不想死！

饂飩趕緊逃進浴室，把門緊緊關上。

他一邊背著手把門擋住，一邊環顧浴室空間，看來只能打開窗戶往外逃了。

就在他下定了決心，雙手放開門把的那一瞬間……

「哇！」

饂飩身體受到激烈衝擊，失去意識昏了過去。

慘劇（四）

「嗚哇！」

餛飩用渾身是泥的身體把牛男壓倒在地並乘坐上去，然後拿起洗髮乳的瓶子不斷毆打牛男的臉。牛男聽得到頭部傳來類似木板破裂的聲音，但由於沒有疼痛感，所以感覺就好像在看ＳＭ的施虐影片一樣。

「對不起！」

肋說話的聲音傳來，但他的腳步聲卻是越離越遠。其他兩人好像都逃走了，真是爛透了的豬隊友。

「去死吧，去死吧。」

餛飩在咳嗽、喘氣、哭泣的同時，依舊不斷用洗髮乳瓶子狂毆。看來他是打算要把牛男殺掉，但卻沒有往腹部攻擊，應該是還不知道寄生蟲的事情。

「喂，快住手。」

牛男拚命大喊，然而卻沒有傳到餛飩耳裡。黏稠的鼻血逆流至嘴巴裡。即使能夠借肋寄生蟲的力量，但要是頭蓋骨被打得稀爛的話，恐怕也回天乏術了吧。

為了掙脫開來，牛男把渾身的力氣都灌注到腰部，但是被水泡得鬆軟膨脹的餛飩，身體宛如鉛塊一般沉重，根本紋絲不動。眼前的視野已經變得扭曲歪斜，所以刀子掉到哪裡去也不看不到了，試著用手在地板上四處摸摸找找，可惜並沒有找到。
「怎麼樣，我也是很行的吧。」
餛飩對著牛男的臉一直毆打、毆打、毆打。
已經不行了，牛男感覺自己全身力氣盡失，只能雙手一攤。雖然被這樣的男人打死真的心有不甘，不過在毫無痛覺的狀態下死去也算是一件好事。
突然間，他的左手碰到了一個軟軟的東西，居家服的口袋鼓鼓的，把手伸進去一摸，指尖傳來陌生的奇妙觸感。
拿到眼前一看，原來是在沙灘上撿到的舌頭。
「嗚哇哇哇哇！」
餛飩像彈簧一樣跳起來彈開，看來是把舌頭誤認為是海參了。他轉身向後，腳踏加熱器，一頭栽進浴缸裡。
牛男趕緊站起身，撿起刀子往浴缸一陣猛刺，洗髮乳瓶子的碎片還有幾片插在他的臉頰上，導致有些黃色的汁液從臉頰流出。
餛飩從泥水裡冒出頭，像金魚一樣嘴巴張得大大的。
「對不起，請原諒我。」
看似痛苦地說完之後，吐出了一塊小小的塑膠塊。水花從浴缸內濺出。他吐出來的應該是身體穿環飾品的釘扣。牛男回想起六個小時前他剛發現餛飩屍體的時候，也是有看到他的嘴巴裡掉出釘扣來。

「吵死了！站起來，露出你的肚子。」
餛飩打算站起身，不過隨即看到舌頭又發出誇張的尖叫聲。整個頭撞到浴缸邊緣，發出鈍重的聲音。
突然間，牛男心中浮現了一個疑問。這個男人把舌頭誤認為海參了，以一般人的成長經驗來說，的確不太有機會看到被切斷的舌頭，所以會認錯也無可厚非。
但是，如果齊加年的推理是對的，那麼殺死愛里的人應該就是他，那表示舌頭也是由他自己親手割下來的，怎麼還會把舌頭誤認為海參呢？
「喂，別在那邊演戲了，我們是你殺的吧？」
牛男把舌頭收回口袋，並將刀子推到餛飩胸口。餛飩不知道心臟的位置已經轉移，嚇得牙齒咯咯作響。
「不、不是我。是牛汁老師幹的，不是嗎？」
餛飩的臉往下垂，啪噠啪噠地震動著。每個人都把牛男當成犯人了。
「少在那邊裝無辜了，你就是犯人吧？」
牛男概略地帶過齊加年的推理，餛飩聽到自己已經死了的時候，嚇得兩眼發直，不過還是全程專注地聽完了牛男的說法。
「……被殺的四個人照著受害的順序復活過來，這聽起來就像是在開玩笑啊。」
「所以我說，是你幹的吧？」
牛男把刀移往餛飩的腹部，而餛飩則整個人貼到破掉的玻璃窗旁，不斷有泥水從緊縮的陰莖上滑落。

「我不是犯人，你想想看，我的屍體是一直倒臥著的，對吧。」

鰮飩邊哭邊說。

的確如他所說，屍體一直都是朝著浴缸底部的方向。牛男也記得浮在水面上的只有背部和屁股。

「那又怎麼樣？」

「如果要照齊加年老師的詭計執行的話，那我死的時候應該會是仰躺著才對。」

鰮飩露出蛇看見青蛙的表情。

「什麼意思？」

「齊加年老師的推理是這樣的，我的死因並非溺死，而是吃了毒藥中毒而死。死的時候由於身體裡面還留有空氣，所以會浮在水面上，但經過幾個小時之後，氣體全都逸散了，屍體也就沉下去了。接著，由於浴缸的水位升高，所以薩比人偶就掉到了磁磚上。」

「對啊，有什麼問題嗎？」

「這個方法要奏效，我就必須得要做到兩件事，第一，在我臨死之前，必須將薩比人偶放到身體上；第二，不能讓自己溺死，所以在死之前都不能喝到水。」

「有點道理。」

牛男點點頭。如果鰮飩死於溺斃，那屍體就會立刻沉到水底，也就沒辦法讓薩比人偶慢慢融化了。

「如果我是仰躺著死亡的，那這兩點很容易就可以辦到。把薩比人偶放在肚子上，就可以讓它浮在水面上，接下來只要等待毒藥讓自己死亡就好了。

但要是倒臥著的話，會發生什麼事呢？為了讓背上的薩比人偶不掉入水裡，我得一直保持平衡，而且為了不要喝到水，我的脖子勢必就得一直抬高，用這樣的姿勢等待毒藥起作用。這怎麼想都不可能做到啊。」

聽起來的確是很難。牛男再次點了點頭，慢慢地舔著嘴唇。

「你說的我能夠理解，不過就像齊加年所說的，屍體有時候會出乎意料地自己動起來，會不會是你在自殺的時候採取的是仰躺的姿勢，等到屍體慢慢下沉、腐敗的氣體讓你動了起來，結果就變成倒臥了。」

「怎麼可能！」餛飩的臉上噴出泥水。「太不合理了吧。」

「隨便你怎麼說，反正你是騙不了我的。」

牛男持刀的手施加了一點力氣，使得餛飩像足球守門員一樣高舉起雙手。

「等一下！我有自己一直呈現倒臥狀態的證據，你看！」

餛飩把漂浮在浴缸上的塑膠製釘扣撿起來，泥水啪噠啪噠落回浴缸。

「你想說什麼？」

「這是我臉頰上的穿環所用到的釘扣，配戴的方式是從臉頰外側把針刺進去，然後在嘴巴裡用釘扣加以固定。穿環一旦脫落，釘扣就會留在嘴巴裡面，所以剛剛我的嘴巴裡面才會冒出一個來。

照牛汁老師的說法，我若是以仰躺的方式死去，那麼在我往下沉的時候，塑膠製的釘扣就會浮在水面上，也就是會一個一個從我的嘴巴裡跑出來。所以，我的嘴巴裡面會殘留釘扣，就是因為我一直保持倒臥的姿勢。」

餛飩在訴說的時候加強了語氣，使得雙肩的肌肉劇烈晃動。

原來如此，餛飩的理由的確說得過去。如果餛飩死了之後一直維持著倒臥的姿勢，那麼利用屍體的變化來讓薩比人偶掉到浴缸外的詭計就不成立了。也就是說，有人在餛飩死了之後，將薩比人偶撈起來放在磁磚上。那就表示餛飩並非最後一人，殺害牛男等人的犯人並不是他。

「原來不是你。」

牛男的肩膀放鬆下來，刀子也收回口袋裡。

「你能理解真是太好了。臉，沒事吧？」

餛飩備感歉意地說道。

牛男的臉上還插了不少玻璃碎片，看來似乎不容易拔下來。

「又要拔蘿蔔了嗎？饒了我吧。」

牛男長長地嘆了一口氣。

一團又一團圓圓的雲在夕陽西下的天空快速流動，看起來就像千層棉花一般。

牛男、肋、齊加年及餛飩四人，一起朝著沙灘前進，準備去確認愛里的狀況。

由於頭部包著繃帶的關係，牛男在走路的時候，上半身晃動的幅度特別大。亞熱帶特有的黏膩濕氣，緊緊罩住肌膚，並發出難聞的氣味。如果還活著的話，此時此刻應該會流一身汗。

稍早肋一溜煙就逃出浴室，因此在牛男解釋了原委之後，假好心地說：「我就覺得餾飩老師不是犯人。」而齊加年對餾飩的懷疑則似乎並沒有全然放下，不過卻也因為找不到辯駁的方法，所以只能扳著一張臉沉默以對。

餾飩本人在沖掉一身汙泥之後，穿上了居家服，整個人看起來就像漢堡怪物一樣，肌肉腫脹得厲害。從浴缸底部撿回來的穿環，重新釘回下垂的臉頰上，可能是嘴裡發炎了吧，走在石階上的時候，他的舌頭一直動來動去。

「怎麼了？舌頭快掉出來了嗎？」

「不，沒有這種事。只是，就覺得有點怪怪的。」餾飩吐了吐舌頭。「可以幫我看看嗎？」

牛男把臉湊近餾飩的嘴巴，立刻聞到了嘔吐物的味道，殘留著舌苔的上層皮膚，有被指甲抓過的痕跡。

「有傷口，應該是你在被殺的時候咬到的吧？」

「嗯，我身上的寄生蟲感覺不夠認真工作啊。」

餾飩走在河岸旁時仍舊持續碎念抱怨，若遇到失根的雜草絆住腳步，他就用力地踩踏下去。

下午六點。在鐘聲響起的時候，一行人正好來到工作室的下方，眼熟的那隻海鳥停靠在支架圓木上守候，似乎並沒有打算放棄愛里的屍肉。

「那是什麼鳥？」

「一看就知道了吧，就是色瞇瞇的鳥。沒付錢就想對紅牌手來腳來，未免太小看這世間的人情義理了。」

牛男揮了揮刀子，海鳥便滿懷恨意似地飛到上空盤旋了幾圈，接著往懸崖上方飛去。

「沙希老師依舊是屍體一具。」

肋把臉湊近支架後說道。牛男也跟著往暗處窺探。愛里仍靠在岩壁上，嘴巴張得大大的，裡頭看起來空無一物。

「好慘喔。」

饂飩看著屍體喃喃地說。

「不可以被騙喔，沙希可是殺了我們的犯人。」

肋突然就下了結論，真是個學不乖的傢伙。

「這位偽偵探的說法還真有說服力呢。」

「你在說什麼啊，犯人肯定是沙希的啊。」肋大聲地說。「寄生蟲的宿主在死亡之後大約十二個小時左右會復活生還，我們四個人都活過來了，唯獨沙希還呈現死亡的狀態，這就是最好的證據，證明沙希就是最後一個死的人。理所當然地，殺了我們的人就是沙希。」

「也有可能沙希並沒有被感染寄生蟲，因此她可能真的就是死了，並不會像我們一樣復活過來。」

「那還是一樣啊，我們復活的順序是牛汁老師、我、齊加年老師、饂飩老師。如果死亡到復活的時間長度是固定的，那麼我們死亡的順序也一定是照這樣排的。在我們四個人之中，有可能是最後一人的就只有饂飩老師。

不過，饂飩老師的被害現場，有人去動過手腳，也就表示饂飩老師不是最後一個人。總歸一句話，犯人就是沙希老師。」

「先前已經證明了吞下玻璃這一招是行不通的，如果沙希是在這裡自殺的，那裝硫酸的瓶子到哪裡去了呢？」

「這個嘛……」

靈感並未湧現，氣得肋鼻孔撐大，表情看來像一頭驢。

「那個，不好意思。」

回頭一看，饂飩正怯生生地舉起手。

「想尿尿嗎？」

「聽了你們兩人的話，我突然有個想法。殺害我們的凶手，不一定是活著留到最後的那個人吧？」

牛男、肋、齊加年三人的表情都像是聞到了臭鼬的屁味似的。

「說什麼啊，難道死人會殺人嗎？」

「為什麼不行？我也是，你們也是，我們不都是已經死透了，但卻還活蹦亂跳嗎？」

餛飩的聲音變得尖銳，肋露出苦笑的表情，齊加年則猛烈地咳了起來，好像很不舒服的樣子。

「我們都知道啊，只是剛剛肋也說了，寄生蟲的宿主得要花十二個小時才會復活。我是第一個死的，醒來的時間是今天的十一點半，在這個時間點之前，其他四人全部都已經被殺了。死後復活，進而殺死其他人，這對寄生蟲來說，不夠時間修復身體啊。」

「這我明白，但我的意思不是這樣。」餛飩的眼睛四處游移，感覺像是在找合適的字句。最後，他的目光停留在牛男的運動鞋上。「牛汁老師，你的鞋子……到昨天為止，你穿起來的感覺有什麼不一樣嗎？」

鞋子？

不曉得他到底想說些什麼。牛男蹲了下來，將運動鞋的鞋底朝向餛飩。

「穿起來不怎麼舒服啊，畢竟鞋底被一根釘子刺穿了。」

「應該不光是釘子的問題。鞋帶的綁法有跟昨天一樣嗎？」

順著話一看，的確是有差異。一直以來牛男的鞋帶都綁得像蜻蜓的屍體一樣歪七扭八的，但現在看來卻非常完整漂亮。真不愧是鞋店的小開。

「你到底在說什麼啊，殺人犯跟我的鞋帶有什麼關係？」

「有關係，犯人在殺了牛汁老師之後，把鞋帶解開並且重綁了一次。為什麼要這麼做呢？一般來說，會把別人的鞋帶解開，為的就是幫忙脫鞋。犯人把牛汁老師的運動鞋脫下來，跟自己的交換了。」

「目的是什麼？」肋歪著頭。「因為踩到了嘔吐物嗎？」

「因為鞋底被釘子刺穿了啊。犯人在為牛汁老師及薩比人偶釘上鐵釘的時候，不小心踩到了釘子。雖然只要把釘子拔出來就沒事了，但是穿著底部開了洞的鞋，就等於是把宣告自己是犯人的證據帶著走。由於犯人打算把其他四個人都殺掉，而且還知道死者有可能會復活過來，那麼穿著同一雙鞋就會是一件危險的事情。預先準備的鞋子只有五雙，所以也不可能偷偷去換掉。最後一招就是脫掉牛汁老師的運動鞋，用來跟自己的鞋交換。」

牛男用鞋帶綁蝴蝶結的功力太差了，沒想到反而成為換鞋的證據。這就是所謂的意外驚喜吧。

「請等一下。」肋壓低聲音。「大家不覺得這個說法怪怪的嗎？」

「你察覺到了對嗎？牛汁老師是第一位受害者，連續殺了四個人的疑犯，在殺第一個人的時候腳就已經受到重傷，普通人若是腳底刺進釘子，恐怕連好好走路都很困難，更何況是必須一直嚴防對手回擊的人，要爬上通往工作室的梯子更是天方夜譚對吧。」

為什麼犯人可以裝得跟平常人沒什麼兩樣呢？這是因為犯人早已失去了痛覺。**在來到這座島之前，犯人就已經死了。**」

牛男感受到世界為之扭曲的重大衝擊。

眼前閃過幾個畫面，全都換成了另一種色彩。
在牛男一行人抵達条島的時候，喔不，甚至是在碼頭碰面的時候，就已經有死者混在裡頭了。
「……偽裝成活人的死者，是誰？」
齊加年喃喃低語、肋的喉頭也上下抖動。
「反正不是我，如果我是犯人的話，就沒必要換鞋了。」
牛男抬起腳後跟說道。
「不，那倒不一定。」餾飩立刻就接話回應。「也有可能是，牛汁老師在海岸散步的時候，踩到了海廢金屬片，結果金屬片貫穿鞋底，傷及牛汁老師的腳。不過，由於牛汁老師已經死了，所以完全沒有察覺。
過了一段時間才發現碎片的牛汁老師，不由得感到心慌，如此一來他就等於是帶著證明自己已經死亡的證據到處走。然而直接把金屬片丟掉，鞋底又會留下一個洞。此時，牛汁老師決定把金屬片拔出來，然後在同樣的地方插進釘子。會這麼做是因為醒來之後踩到釘子，感覺上比較自然。至於為什麼會解開鞋帶，然後再重新穿上運動鞋？主要是因為金屬片插進腳底插得很深，必須得要脫下運動鞋才有辦法拔掉。」
「我才沒有辦法在焦慮不安的情況下做出偽裝之類的事情來。」
「當然這只是假設而已，」餾飩摸了摸吊環，藉以讓自己冷靜下來。「但推理順利的話，說不定可以找出真凶。我們前一晚住的港町飯店，自動門不是很不靈敏嗎？」

「自動門？」

肋與牛男的聲音重疊在一起。這起事件跟自動門又有什麼關係呢？

「自動門的感應器有多種不同的機制，不過那道門採用的是體溫感知，所以夏季一到就會變得有點遲鈍。如果體溫跟戶外的氣溫差不多的話，感應器就無法偵測到有人要進出了。

那天清晨，最後從飯店出來的是齊加年老師。我、牛汁老師、肋老師、沙希老師等四人，應該都有看到齊加年走出來的那一幕吧。自動門沒有任何遲疑地打開了，齊加年腳步絲毫都沒有停下來。齊加年老師在那時候是有體溫的，也就是還活著。」

「你說得沒錯。」齊加年滿意地點點頭。

「寄生蟲的宿主在死亡之後要花十二個小時才能醒過來，我們登上遊艇之後，直到抵達這座島為止，甚至是殺人行動開始之際，齊加年老師都沒有足夠的時間可以死後復生，所以說，齊加年老師在被犯人殺死之前，並不曾先死過一次。當然也就是不是犯人了。」

餛飩像是要喘口氣一般停頓了一下。

「這樣的模式可以套用在肋老師身上，當遊艇撞到鯨魚的時候，肋老師從床上跌下來，導致左手腕骨折。齊加年老師拉動開關把燈點亮時，肋在床上眼歪嘴斜地露出痛苦的表情。不過，肋老師的手腕流血，是在工作室被犯人襲擊時所造成的。從床上掉下來的時候，只是單純的骨折，並沒有外傷。肋老師知道自己的手腕骨折了嗎？」

「我當然知道啊。」肋一臉不可思議地說：「因為很痛。」

「這就是證據。死後復生的我們，都失去了痛覺，然而在搭遊艇的時候，肋老師還能感覺到痛，也就是還沒死過。」

「嗚哇，那時候有骨折真是太好了。」

肋撫摸著沾了血的繃帶，安心地嘆了一口氣。犯人就在剩下的三人——牛男、愛里和餛飩之中。

「按照這個說法，餛飩老師也不會是犯人對吧。」

肋彈了一下手指，並拍了拍餛飩的肩膀。餛飩似乎也在思考同樣的事情，所以點點頭催促他繼續往下說。

「因為餛飩老師在船艙中割傷了耳朵，當下痛不欲生。當時船艙一片漆黑，能察覺到吊環脫落，一定是由於耳朵割傷的痛楚。總而言之，在那個當下餛飩老師還是有痛覺的。」

「等等，」牛男用沙啞的聲音說：「餛飩是提出這個推理的人，所以不能用這個理由將餛飩排除在懷疑名單之外。他也有可能預測到事情的發展，所以刻意用吊環來讓自己受傷。」

「不，餛飩不是犯人。」齊加年插嘴說道。

「你說什麼？」

「那時候餛飩的耳朵流出來的是紅色的血液，但死過一次的人流出來的血，是像膿一樣淡淡的黃色。」

齊加年說得沒錯。如此一來，疑犯就剩下兩人。不好的預感襲來。

「沙希老師也可以套用這個說法吧，撞到鯨魚的時候，她不也傷到了食指，我後來也有看到她的傷口上結了紅色的痂。」

肋得意洋洋地說。

令人感到壓力沉重的靜默。海浪的聲音近在耳邊。

「牛汁老師果然是犯人對吧？」

餛飩的眼裡充滿恐懼與不安。

「笨蛋，不是我啦！」

「不是的話，為什麼你明明死了，卻要裝成還活著？」

肋加重了語氣。然而牛男心想，沒發生過的事情，再怎麼逼問也回答不出來啊。

「聽好了，對我來說，你們是死是活我一點都不在意，更何況我也不是千里迢迢跑來南方島嶼玩殺人遊戲的閒人。」

「這樣的說法可沒辦法過關喔。我們幾個人可都提出了自己並非犯人的證據，不是嗎？」

餛飩的說法讓肋不停點頭。的確是如此，這兩個人即使遭受誣告抹黑，也會竭盡全力提出辯駁。

那麼，牛男該如何證明自己並沒有殺害任何人呢？他既沒有折斷手腕，也沒有傷及耳朵，當肋從上鋪掉下來的時候，他也沒有跟著發出幾聲哀號。

「如果你沒辦法提出反駁的話，就只能把你綁起來了。在救援隊抵達之前，我們要限制你的行動，如何？」

齊加年將手上的麻繩拉開，並對肋及餛飩使了一下眼色，兩人同時點了點頭。當火燒到自己身上時，就拚了命地爭論反駁，一旦事不關己了，就變成這副德行。

再這樣下去會變串燒的。

牛男從口袋裡拿出愛里的舌頭，並湊到餛飩眼前，餛飩隨即發出女性的哀號聲，這時牛男趁機用手抓住餛飩的脖子，刀子也架到喉嚨上。

「如果不想要這個胖子死掉的話，就閃到旁邊去。」

牛男大聲喝斥。餛飩像溼答答的狗一樣顫抖著，鬆垮垮的肌膚散發出難聞的氣味。

「沒有用的。」肋表情呆滯地說：「你接下來打算怎麼做？」

「我要固守在工作室。」

「原來如此，但是，牛汁老師啊，這麼一來就沒有意義了。」

肋說話的同時，餛飩用手肘打了牛男的腹部，看來是想趁著牛男屈身的空檔，趕緊往前逃離控制。然而牛男在情急之下把力量灌注到手腕上，結果噗嗤的聲音傳出，刀子刺進了餛飩的喉嚨。黃色的汁液從喉頭的傷口流出來。回過頭來的餛飩，臉上卻是一副若無其事的表情。

「可惡。」

牛男突然發難，想往沙灘的方向逃去，沒料到被餛飩一把撲倒。眼前變得一片漆黑，身體被壓在沙灘上，嘴裡還吃到不少沙子。

「脖子！快按住脖子！」

齊加年以不符醫師的形象發言。牛男的脖子及雙手都被壓住了，全身無法動彈。餛飩用麻繩把牛男的手腳綁起來。

「喂，如果被奇怪的蟲吃掉怎麼辦？」

「放心吧，都飄散在空中了。」

三人一邊低聲討論，一邊強行把牛男拖到梯子旁。牛男心底浮現不好的預感，餛飩爬到梯子上方，將繩子綁在圓木上。

「一、二、三……」

齊加年拉動繩子，隨著圓木發出嘎吱的聲音，牛男的身體被吊到半空中，居家服的背面都被圓木磨破了。如果還活著的話，現在肯定痛到昏過去了。牛男像豢養的鴨子似的，雙腳一個勁亂踢。

「你們都給我記住！」

「救援來之前你就先忍耐忍耐吧。光是讓你繼續活著，你就該心存感激了。」

齊加年仰著頭說道。

「你們被騙了，真正的犯人還在你們之中。」

「但是，剛剛你是想殺了我吧？」

餛飩指著喉嚨的傷口說道。牛男張開嘴巴打算抱怨幾句，但卻突然說不出話來。拿刀刺傷餛飩的喉嚨這件事，真的難辭其咎。

三人帶著安心的表情走回石階，把沙灘拋在後頭。

白色的月亮慢慢浮現。

蔓延在遊艇旁的紅色沉積物看來有稍微消退了一些。沙灘上已經杳無人煙，海浪拍打的聲音震動的身體的核心。

玩高空彈跳的時候，被繩子吊在半空中的感覺，應該就是這樣吧。牛男的意識漸漸麻痺，回想起被大海捲走的那種恐懼感。

「——」

牛男睜開眼，奮力提振起精神。

雖然現在並非置身雪山，就算睡著也不用害怕死掉，但牛男擔心自己會恢復成原來的樣子，所以格外焦慮不安。好不容易人復活了，如果發瘋那就沒意義了。

頭上傳來吱吱的金屬摩擦聲。

戰戰兢兢地抬起頭，看到海鳥停在工作室的屋頂，一雙眼睛往下瞪著牛男看。是白天也曾出現在沙灘上的那傢伙。

張開雙翅，海鳥飛了起來，帶著冰冷的表情朝牛男靠近。牛男低下頭閉上眼睛。羽毛的摩擦聲音。

全身受到強烈衝擊，尖尖的嘴巴出現在眼前。

海鳥黑色的眼珠直直盯著牛男，鐮刀般的利嘴還往他的臉猛戳。腦袋裡響起類似街頭垃圾袋被烏鴉攻擊的聲音，雖然不會痛，但是感覺很討厭。

「嗚哇！」

「快停下來，你這個笨鳥！」

利爪朝著牛男張得大大的嘴巴攻擊，黃色的汁液噴濺出來，有個肉片從嘴裡掉出來。

突然間，牛男的身體漂浮在半空中，幾秒之後落到了沙灘上。應該是海鳥的爪子勾到繩子，導致繩子支撐不住牛男的體重吧。毫不放棄的海鳥，立刻把仰躺在地的牛男當作目標，俯衝下來攻擊，利嘴落在腹部周遭。不妙，如果腹部的寄生蟲死了，那牛男也就真的一命嗚呼了。

牛男胡亂舞動重獲自由的雙手，但海鳥在退回天空之後，馬上又會衝下來偷襲。將手肘靠在沙灘上，轉動身體趴伏著，因為牛男認為保持能夠守護腹部的姿勢是目前的最佳選擇。趴倒的同時，肉片及汁液啪噠啪噠從頭上往下掉。

後腦勺受到強烈攻擊，牛男把臉埋進沙子裡，海鳥則不停啄著他的頭皮。

把頭抬起來的時候，眼前出現了一根鐵釘，被黏稠的分泌物和血塊弄得黏呼呼的。看來是從頭上掉下來了。

牛男用右手握住鐵釘，一回身就往海鳥刺去，鈍鈍的觸感傳來，鐵釘的尖端刺中了海鳥的腹部。啾啾啾，海鳥一邊慘叫一邊飛遠。

「啊哈哈哈哈，累死我了。」

海鳥像是吸了太多血的蚊子一樣，緩慢地往懸崖飛去。

牛男以大字形的姿勢躺下，斜斜的月亮高掛天上。七點的鐘聲從天城館傳來，好像，僥倖活下來了。

摸摸自己的臉，手指頭碰到了一個硬硬的東西，原來是肌肉被掀開之後，骨頭裸露在外了。算了，反正早就變成怪物了。

突然間，牛男聽到了呼吸聲。

他轉動脖子，看到支架的方向有個人正盯著他。

「好呱張喔，你還活著嗎？」

聽來好像舌頭不靈活的兒童在說話。

「妳為什麼不早五分鐘醒來啊！」

聽到牛男的抱怨，愛里咧嘴一笑，露出了那顆銀白色的牙齒。

「抱歉抱歉，女英雄又遲到了。」

※

宛如瀑布的雨聲轟隆響著。

金鳳花沙希醒來的時候，發現自己正躺在床上。

一方面很想睡，一方面卻又把神經維持在最緊繃的狀態。

牆上的時鐘比著六點十分，自發現店長及肋的屍體以來，已經過了三個小時。

為了不讓壞人潛入，沙希將電線綁在門把及床腳兩端。窗戶是封死的，所以只要固守在這個房間裡，就不用擔心受到襲擊。雖然明知如此，但看著窗外的雨霧時，還是忍不住被恐懼吞噬。

從口袋裡拿出口香糖，打開包裝後塞進嘴裡。沙希只是想要嚼點東西而已，根本無法分辨那是什麼味道了。

對於自己如此害怕殺人犯，進而完全失去冷靜的狀態，沙希覺得有些訝異。平常不管遇到什麼事，她都可以冷靜以對，從沒想過自己會像現在這樣驚慌失措。

沙希的生存之道，就是把真實的自己隱藏起來，所以有時候她會是文壇前輩們眼中天真浪漫的文學少女，有時候則會是腦袋有點不靈光，因而深受男人喜愛的應召女郎。

能在高中時就快速出道，並且擄獲海量讀者的心，靠的也是這樣的生存之道。畢竟，大部分的大人對於小說並沒有太大的興趣，但是對於喜歡文學的少女可就興致盎然了。

當初出道的時候，沙希就已經想好了，只要書開始賣不動，她就會換個風格改為操作其他話題。此次會答應天城菖蒲的邀請，其實也是以自身的未來作家之路為考量，能夠跟天城一起度過假期，想必不會毫無斬獲。

然而在過去的一個禮拜，沙希的假面具被拆穿了，店長已然得知她是作家。她分別使用「作家金鳳花沙希」以及「應召女郎愛里」這兩個身分，平常她必須徹底分開，讓別人認為這是全然不同的兩個人。然而真實的她就是幼稚、倔強，並且非常喜歡小說的一個人。

現在回想起來，會覺得店長跟沙希說不定更合得來，畢竟兼職工作是應召女郎的推理小說家，在這個世界上是很難遇到的。便利商店遇襲發生過後的一個禮拜，跟著店長回到能見市的沙希，可以說是把最真實的自己坦露出來了，那是連父母都不曾見過的她。

「────」

眼瞼陣陣抽動。

沒想到居然連店長也被殺了。

作家一個一個被殺害，過程中不可能有人可以用替身來取代自己。沙希跟著齊加年及饂飩往工作室追去，在那個當下，她完全就只是個執著於「讓自己活下去」的平凡人。

「到底什麼意思啊……」

沙希拿出晴夏送的禮物，雙手緊緊握住。

晴夏是一個無論何時都不會想要隱藏自己的人，即使受到父親殘酷的虐待，心都變得支離破碎了，還是可以將所有的一切說出來跟沙希分享。這樣的性格跟沙希可以說是完全相反，沙希非常在意他人的眼光，所以一心只想把自己隱藏起來。

自己到底算不算是晴夏的情人，沙希搞不太清楚，然而她非常喜歡晴夏，這是可以確定的一件事。

沙希搖搖頭。拿自己跟晴夏做比較一點意義也沒有。

把嘴裡的口香糖吐掉，手伸到化妝臺上的面紙盒裡面，就在這時候。

鏗鏘、鏗鏘。

某種東西撞到窗戶所發出的聲音傳來。

「晴夏？」

從床上伸出手將窗簾拉開。

被雨水淋濕的窗戶外頭，數不清的眼球正往屋內看。

「————！」

沙希用力哀號但卻發不出聲音。

鏗鏘、鏗鏘。

怪物似乎想要闖進房間。

沙希從床上跳起來，晴夏送的禮物掉在地板上。她一股腦衝到房門前，想要把電線解開，但手太滑了導致進度有點慢，僵直的雙腳也讓她幾乎快跌倒。

啪嚓！玻璃碎裂的聲音響起。

就在沙希覺得萬念俱灰的時候，電線鬆開了，緩慢地掉到地上。她立刻扭開門把，衝到走廊上去。

「————」

來到走廊時，她看到正對面的更衣室房門開著。

三個小時前經過這邊的時候，記得這扇門是關著的。裡頭的浴室也房門大開，隱約看得到浴缸裡有東西浮在水面上。

轉身一看，怪物似乎並沒有進到她的房間。

沙希屏住呼吸走進更衣室。由於浴室的窗戶也被打破了，所以雨聲格外明顯。牆上破掉的鏡子映照出她的側臉。

「咦？」

粉紅色浴缸中漂浮著一具碩大的屍體。

沙希心想，該不會是店長吧？霎時之間氣血翻騰，不過冷靜一想，店長早就已經被殺死了。會讓她認錯的胖子，就只剩下餛飩而已。

汙濁的水讓餛飩的幾乎變得黑黑的，而且他的頭髮上黏了好多泥塊，看起來就像有大便掉在他的頭上一樣，感覺非常滑稽。

戰戰兢兢地摸了摸餛飩的背，鬆垮垮的肌膚已經毫無餘溫。

浴缸及身體之間，夾著一尊薩比人偶，不知道是為了褻瀆屍體，還是施了某種咒術，沙希搞不清楚。她將薩比人偶從浴缸裡拿出來，放到浴室的地板上。

店長、肋，再加上餛飩，這三個人都陸續遭到殺害了，還活著的剩下齊加年及沙希。這麼說來，那麼把大家叫來条島的犯人，就是那個醫生。

遇到這種事情，晴夏會怎麼處理呢？應該是會盡全力活到最後吧。齊加年近在咫尺，必須要趕快逃跑。

走出浴室正想轉換方向時，突然聽到鈍重的東西劃開空氣的聲音。

「哇！」

頭上傳來劇烈疼痛。

在看到髒汙黴菌滿布的地板時，沙希失去了意識。

※

睜開眼睛，看到鐵皮屋頂。

高大的櫃子俯瞰著沙希，看來她正躺在工作室的地板上，應該是齊加年把她打昏了之後搬到這裡來的。牆壁上的時鐘指著七點。

摀住嘴巴深呼吸了一下，結束之後手一離開嘴唇，沙希就看到指尖沾了血液。可能是被搬運的過程中自己咬到舌頭了。

用手肘撐起身體，發現上半身沒有穿衣服，居家服就掉在作業臺下方。

伸手要拿居家服的時候，沙希看見怪物的手從她背後襲來。

「不要——」

肩膀及腰部被猛力推一把，但身體下方並沒有地板的支撐。這個世界正把沙希往地面拉，這樣的結果真是讓人感到失望。早知道會死在這裡，就讓自己活得更加自由、更加奔放了。

身體撞擊到沙灘的時候，沙希再次失去意識。

慘劇（五）

「雖然粉難相信，但也只能先醬。」

牛男說完事情經過之後，愛里低下眼睛嘆了一口氣。雖然腹部被硫酸侵蝕得軟爛不堪，但跟牛男比起來狀況還是好很多。剛剛為了爬上支架，她的手掌全都弄髒了。

「我不是犯人，妳能相信我嗎？」

「我不豬道啦，一個晚上殺死四個仍，只能說真的粉厲害。」

愛里臉上浮現出諷刺的笑容。也不知道是在讚美，還是在貶低。

「妳是不是也有看見犯人的臉？」

「嗯，記得不是很清尺，但就是有很多很多眼球。」

「那就是薩比面具對吧？」

「應該四。」愛里點點頭。

「不過，妳的房間就在我隔壁對吧？窗戶外面就是懸崖？」

「嗯，的確四。」愛里用手擋住自己的嘴巴。「那個怪仍難不成飄在半空中？」

「那應該是為了讓妳逃出房間的詭計吧。用麻繩綁住薩比人偶，從屋頂上垂到妳的房間。」

愛里腦海中浮現了在滂沱大雨之中爬上屋頂，並把薩比面具往下垂放的怪人身影。

因為館內有準備梯子，所以要上去住宿館的屋頂並不是一件難事。再者，因為排水溝繞了屋頂整整一圈，可以供人行走，所以只要用痲繩綁好，垂放面具根本不費吹灰之力。此時只要面具被狂風一吹，搖搖晃地打在窗戶上，就能讓愛里認為是怪人要入侵了。在愛里發現異狀之前，犯人趕緊回到自己的房間，等到她衝出去的時候，就追上去將之殺害。如果愛里真的沒有察覺到面具，那犯人應該會拿著棒狀物品在牛男的房間敲窗吧，總之就是要讓愛里注意到窗戶外面的動靜。

「真是高招，我完全被騙了，好森七喔。」

「放心吧，我們每個人都一樣。」

「總豬，我們會去天城館吧。」

愛里站起身，拍了拍家居服上的沙子。

「等等，妳想去做什麼？」

「我想洗個澡，手好髒喔，身體也黏黏的。」

「妳想把我丟在這裡，自己回去那邊嗎？如果海鳥再來攻擊我，我應該就會直接成仙了。」

「那，要一起區嗎？」

「別開玩笑了，齊加年他們會做出什麼，我可不知道。」

牛男怒喊一聲，害得愛里呆愣地皺著眉。

「那我必須得留在這邊守呼店長嗎？」

「他們認為我是來到這裡之前就已經死了，所以希望我能證明先前自己是活著的。」

「嗯嗯，」愛里抬起頭望向天空。「如果能證明你有痛覺就可以了對吧。啊，對了，店長在那時候有縮很痛啊。」

「那時候？」

牛男下意識站起身，下顎的肉往下垂，看起來像是正在做鬼臉。

「你在便利商店的停車場，不是遇到一個頭腦怪怪的客仍襲擊你嗎？店長，你的臉吃了一記金屬球棒揮出的全壘打，搞得你痛不欲生的。當時流出來的血也是紅色的。」

牛男不自覺放鬆了肩膀。這是哪時候的事呢。

「記得這件事已經過了一個禮拜吧，那就沒有意義了。」

「沒有這回四。從那天開始一直到前天，店長都沒有休假對吧？我們公司是從上午十一點開始工作，最後的接送通常都會超過深夜十二點，所以店長休息的時間只有十一個小時。一不小心遲到的話，就會被老闆辭退的。從死亡到復活需要十二個小時，這就表示店長從沒有死過一次。」

仔細想想，愛里的確說得很有道理。自從三紀夫掛病號之後，牛男根本就連悠閒地等死的時間都沒有。

「……為什麼妳不早一點復活過來啊？這樣的話我就不用被海鳥欺負了。」

「該怎麼說呢，其他四個人相關的推理也都能說得通，那不就表四並沒有犯仍存在嗎？最後會不會是我們彼此互相指責懷疑。」

「犯人到底消失到哪裡去了?」

牛男往沙灘上一躺，突然間……

「咦?」

愛里彎下腰，從沙灘上撿起一支手錶。應該是牛男在跟海鳥搏鬥的時候掉下來的。背蓋上的 DEAR OMATA UJU 字樣被沙子摩出了刮痕。

「怎麼了?羨慕嗎?」

「我想起了一件四。」

愛里俯瞰著牛男說道。

天城館宛如一座廢墟。

遮住月亮的雲層快速流動，只有一個方向能照到淡淡的月光。四周很安靜，聽得到葉子摩擦的聲音。

愛里看了空地上的拖車一眼，接著往懸崖邊緣走去。住宿館的雨水槽上垂掛著蜘蛛絲，風一吹就開始搖搖晃晃。

「果然如此。」

牛男把頭往外伸出去，看著住宿館面海方向的牆壁。窗戶玻璃碎裂的是牛男的房間，出現裂痕的是愛里的房間。牛男房間的窗戶上，還有紅黑色的液體不斷往下滴落。

「跟妳說的一樣。」

牛男壓低聲音說著，愛里則理所當然似地點點頭。回到空地，走向天城館的玄關大門，餐廳的方向透出城色的燈光，應該是其他三人聚集在餐廳吧。

打開玄關大廳牆壁上的電燈開關，天花板下方的球形燈具依舊沒亮起。想必燈泡是真的壞了。

牛男跟愛里經過走廊，往住宿館走去，在房間裡換上居家服之後才又再出來。從更衣室走出來的愛里，右手出現了時隔一天沒配戴的手環。

「那我們走吧。」

兩人經過大廳及走廊，往餐廳方向走去。

愛里沒有敲門就直接打開。肋嘴裡叼著菸，從椅子上直接跌下來；齒飩站起身，把刀子和叉子架在胸前；只有齊加年還坐著，瞪視著門口的兩人。

「久等了，泥們也復活了啊。」

宛如石沉大海般的沉默。餐桌上的花瓶滾到了地板上。

「不要隨便拿刀對著別人啦，我跟店……我跟牛汁老師又不是犯仍。」

愛里回頭看著牛男說道。看到牛男又糊又爛的臉，齒飩「咕嚕」一聲吐了出來。

「多虧了你們，讓我差點成了海鳥的宵夜。看來我越來越像怪物了。」

牛男一邊講，下巴的肉一邊彈動。

「沙希老師，妳被那個男人騙了，他是殺了我們的凶手。」

「我有經聽他縮過了。」

愛里在椅子上坐下，開始闡述自己跟牛男一起工作的事情，並說明牛男遭到可疑人士偷襲，但卻沒有時間悠閒等死的事實。其他三人的臉色不約而同變得越來越糟。

「……這麼說來，就等於沒有誰是犯人囉？」

肋爬回椅子上，好像在呻吟似地說著。饂飩則不安地在旁點點頭。

「你們的推理基本上是錯誤的。」

「沙希老師知道事情的真相嗎？」

「我們就是為了說明原委才來的，不過在此之前……」

愛里打開沒有舌頭的嘴巴，並嘆了一口氣。

「……肚子好餓啊，烤雞還有剩嗎？」

「我們五個仍從昨天晚上到今天早上，陸陸續續遭到襲擊而喪命。由於島上只有我們五個賓客，所以等於全軍覆沒，而犯仍則像煙一般完全消失了……至少目前為止我們能設想到的狀況就是如此。當然，事情的真相絕不可能是醬。所以說，這座島上到底發生了什麼速呢？」

愛里漫不經心地依序看了看其他四個人的臉。到目前為止的所有推理過程，牛男都已經跟她說過了。

「說實在的，就連是誰邀請我們來這座島，我們都不豬道。可能是某個跟晴夏關係密切的仍，為了向我們傳達某個訊息，所以才做了這件事，但真相依舊不明。所以我接下來要說的，是這座島發生的事情。

最先復活過來的是店長，陸續發現屍體的他，認為四具屍體之中可能有假的混雜在裡面，犯仍就是用偽造的屍體來假裝自己已經死了。由於肋的屍體被蠟完全覆蓋，無法分辨到底是真是假，所以他便推斷肋是犯仍。

就他的角度來看，的確是合理的詭計，但現在回想起來當然不可能是正確答案。我們五個仍都復活了，而且還像這樣再次碰面，所以不可能有誰是用了別人的屍體來替代。大家看起來都是本仍無誤。」

五個人的視線相呼交疊，肋得意地點點頭。

「接下來復活的是肋老師，他推斷出犯仍把自殺布置得像他殺一樣，能夠做到這件事的只有最後被殺的那個仍而已，那會是誰呢？肋老師觀察了三具屍體之後，認定我就是犯仍，我潑了自己一身硫酸之後，把玻璃瓶的碎片吞下去，就可以佯裝成是他殺的屍體。

很可惜，這也不是正確答案。就像店長所說的，我在沙灘上是水平躺下的，所以玻璃碎片沒辦法滑落到胃裡。當然我也沒有為了要吞玻璃而用刀子把自己的舌頭割掉。」

肋顯得有些不好意思，把臉埋了起來，齊加年在旁投以輕蔑的眼神。

「第三位醒來的是齊加年醫師，跟肋老師一樣，醫師也認為最後一個自殺的死者就是犯仍，在他眼中，最大的嫌疑犯就是鑑飩老師。只要利用屍體腐爛的反應機制，就可以把現場布置得像是有人在事發之後來過現場，並且把人偶撈出來。

現在來看這當然也不是正確解答，鏂飩老師比我還要早醒來，所以他不會是排最後的死者。」

齊加年看起來不太開心，連續咳了好幾聲；鏂飩的笑意湧上臉頰，趕緊像要打噴嚏似地用手遮住了臉。

「第四位醒來的是鏂飩老師，他把犯仍的行蹤全部重新盤點了一次，從店長的運動鞋鞋帶綁得太漂亮為起點，推理出犯仍就是腳刺到了釘子也渾然不知的人，也就是打從一開始就已經死了的人。結果大家紛紛展開驗證，想找出誰在抵達這座島之前就身亡了，最後認定店長是犯人。

這個推理也不是正確答案，理由我剛剛也說了，店長從遭到可疑人士襲擊那天開始，就一直埋首工作，沒有閒工夫可以花十二個小時等待復活。」

鏂飩的眼睛轉來轉去的，看來有些氣結。

「也就是說，來這座島的五個人全都是活生生地上島的對吧。」肋一邊按著太陽穴一邊說著。「那犯人到哪裡去了？」

「抱歉，大家都想錯方向了，我從最初的地方開始說明。讓我察覺到事情真相的，是這個……」

愛里從口袋裡拿出牛男的手錶，並放在餐桌中間。三人紛紛站起身觀察髒兮兮的錶面。

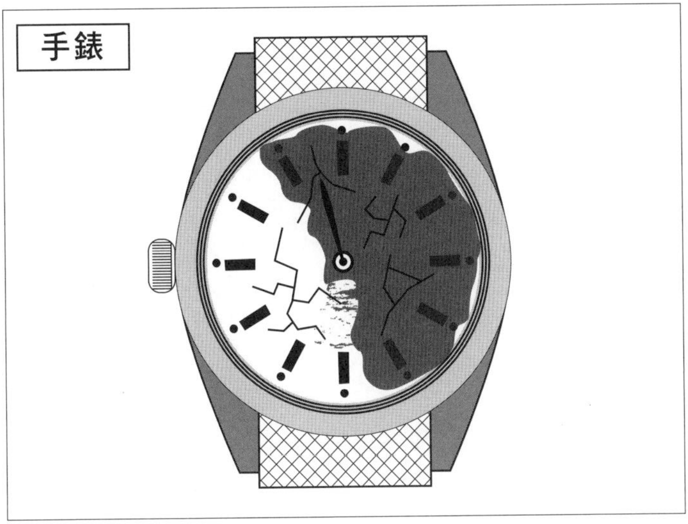

「這是店長的手錶，上面沾到了血，錶面也有裂縫，看起來很慘對吧？上面指針停在十一點半的位置，所以乍看之下會覺得那是店長被殺害的時候弄壞的，但實情並非如此。」

「咦？為什麼？」

「錶面的裂痕下方沒有任何血跡對吧？店長遇襲的時候，錶面撞出裂痕，而且他本人的血四處噴灑，所以理論上血液應該也會順著裂痕流進裡面的數字盤才對。也就是說，從血噴到手錶上之後，一直到血乾了為止，只有這中間的空檔有機會讓血從裂縫流進去。

那麼，手錶停止轉動的時間點是什麼時候？應該就是撞出裂痕的當下吧？店長遇襲的時候，牆上的時鐘指著十一點半，這時候，手錶已經噴到血了，但只要在血乾掉之前別流進裂痕裡面，指針應該就會停在更晚一點的時間點。」

肋、齊加年、餛飩等三人把頭湊在一起，專注盯著錶面看。

「的確是如此，但這跟犯人有什麼關係？」

「不要心急，聽我慢慢說下去。店長在遇到犯人襲擊之前，錶面就已經沾到血跡了。那麼，先前造成流血的事件是什麼呢？在搭遊艇的時候，餛飩的耳朵割傷引發了不小的騷動對吧。當時的時間是晚上八點，店長就睡在餛飩的隔壁，所以耳朵流出來的血就這麼沾到手錶上。

緊接著災難持續發生，在跟鯨魚對撞的時候，肋老師從床上摔下來，跟睡在底下的店長撞在一起。肋老師的手腕骨折了，同時店長的手錶也壞掉了，錶面上的裂痕就是在這時候產生的。撞到鯨魚的時間是十一點半左右，跟指針停止運轉的時間是一致的。手錶沾到餛飩的血已經有三個小時以上，所以才沒有順著裂縫流進去。

不過，這麼一路思考過來，又出現一個非常奇妙的狀況，數字盤的六點附近，留有同心圓狀的摩擦痕跡，這是指針在通過血液上方的時候所形成的痕跡。但是，餛飩老師的耳朵被割傷是晚上八點的事，肋老師從床上摔下來則是十一點半左右的事。**從沾上血液一直到形成故障為止，短針並沒有機會指向六點的位置**。這就矛盾了對吧？這個同心圓狀的痕跡，到底是什麼時候形成的呢？」

「難不成……」齊加年的眼睛瞬間張大。

「嚇一跳對吧？但證據都擺在那裡了，我們也只能選擇相信。餛飩老師的吊環剝落是十五號晚上八點的事，撞上鯨魚則是隔天，也就是十六號晚上的十一點。我們五個仍本來就打算要在船艙中過一夜，但實際上誰也沒有注意到，其實已經過了完整的一天。

當然一般的普通人應該不可能發生這種集體催眠的狀況，**但如果當時船上的所有人都死了的話，那這種奇妙的狀況就有解了。**」

「所有人都在船上死了？」鰮飩雙眼圓睜。「這有可能嗎？」

「有可能。」原因應該是一氧化碳中毒。在吃燒烤的時候，炭烤臺底下的木炭燃燒不完全，就會形成一氧化碳。

我們在就寢的時候，通風口傳來怪異的臭味，於是店長用膠帶把通風口擋了起來。正因為如此，室內無法做到充分換氣，再加上一氧化碳沒有任何味道，喝醉酒的我們就這麼毫無察覺地奔赴黃泉了。

鰮飩老師的耳朵割傷，是發生在十五號晚上八點，當時大家想必都還活著。我們應該都是在那之後才死掉的，因此，復活所需時間可能比我們推測的還要長。如果說恢復意識的時間點是十六號的晚上，那就表示我們沒有任何人發現時間已經過去了一整天。」

「這麼說來，先前我的確覺得燃料減少得好快。」

齊加年說道，臉上的表情看來有些失魂落魄。

「那是因為多用了一天份的燃料，十六號當天，遊艇理應航行到預定航線之外的地方去了，只是醫師應該是把航線改變的原因誤認為是撞到了鯨魚的關係。

我們五個人抵達這座島的時候，全都已經身亡了，所以登島之後，沒有發生任何一起殺人事件。這就是条島殺人事件的真相。」

一陣沉默，感覺好像時間都停止了。

肋、齊加年、饂飩等三人直直盯著愛里的臉看。

「那麼，戴著面具的怪人是誰？」

肋勉強擠出話來。

「那傢伙並不存在，硬要說的話，就是這座島，以及這片海。」

「什麼？」

三人不約而同露出了失智的表情。

「我可不是腦袋壞掉隨便縮縮喔。昨天的大雨讓河岸變得泥濘不堪，雜草被連根拉起的情況也隨處可見。不過，就算雨下得再大，應該也不至於發生這種事，亞熱帶地區經常會下豪大雨，但為什麼偏偏昨天的雨讓河岸的草被連根拔起，並且被流水捲走呢？大家還記得遊艇旁的海被染成紅色嗎？雖然我們復活過來的時候已經消退不少了，但這個紅色沉積物的真實身分並非燃料，而是血。巨大生物的遺骸擋住了河川的流動。」

「巨大生物？」

「就是鯨魚。撞上遊艇的那條鯨魚，漂流到条島來，擋住了河川的出海口。

那麼，鯨魚的屍體跑到哪裡去了呢？事實上，鯨魚的屍體是會爆炸的，這在世界各地都有紀錄。屍體因為腐敗氣體而膨脹起來，最終一舉爆裂。這傢伙也是一樣，屍體炸得稀爛，被海浪捲走，現在應該成為海鳥的高級盛宴了。」

「那個，妳到底在說什麼啊？」

「聽不懂是吧。我為了要擊退鯨魚的追趕，在鯨魚身上丟了釘子，昨天夜裡十一點半，釘子受到鯨魚爆炸的衝擊往空中飛去，就這麼剛好穿過店長房間的窗戶，刺進了他的頭部。店長之所以會看起來血流滿面，是因為鯨魚的血水也跟著釘子噴了過來。店長房間外側的牆壁上，就留有當時的爆炸衝擊所造成的痕跡。

當然已經身亡的店長就算頭部被釘上鐵釘也沒有太大影響，寄生蟲會立刻啟動神經細胞的再生。然而運氣很不好的是，釘子刺進頭部的衝擊讓他失去了意識，所以才會看起來像是遭人殺害的犯罪現場。」

三個人臉色蒼白地看著牛男，好像要把他的全身都舔過一遍似的。

「這時，鯨魚體內所噴出的大量甲烷，順著風勢來到了工作室。由於甲烷比空氣輕，所以穿過了地板的洞流進室內，不久之後整間工作室就充滿了甲烷氣體。

第一次的爆炸之後，過了差不多一個半小時，也就是深夜一點，肋老師在紙條的指引之下來到工作室。這張紙條是誰寫的，在此我們先不探討。由於甲烷無色、無臭，所以肋老師進入工作室的時候並沒有發現異狀。為了消磨時間，他想著要抽個菸，點燃打火機的瞬間，甲烷起火爆炸，衝擊波把肋老師推到牆壁上，不管是意識還是項鍊，都被炸飛了。

火焰很快讓肋老師的身體燃燒起來，肌膚一點一點被火焰吞噬，照這樣下去的話，肋老師體內的寄生蟲應該會被燒死。也不知是幸運還是不幸，旁邊的蠟像遇熱開始融化，蠟液就這麼把肋老師包了起來。因為身體都被蠟覆蓋了，沒了氧氣火也就沒辦法繼續燃燒，慢慢地火也就熄滅了。就這樣，肋老師被包覆在蠟塊之中的場景就布置好了。」

肋露出又驚又怕的表情，還把打火機往餐桌上丟。

「悲劇持續上演，鯨魚屍體擋在出海口，使得河川的水位不斷升高，く字形彎曲的地方終於潰堤氾濫了。演變成滾滾洪水的強力水流，拍打著住宿館的牆壁，這個衝擊傳到了本館，使得玄關大廳的燈具像鐘擺一樣晃來晃去。在二樓走廊的窗戶旁觀察外面狀況的齊加年醫師，不小心跌倒的瞬間剛好球型燈具從他頭上晃過，雖然閃過了第一次的攻擊，但在醫師穩住身形之後，臉部正好被擺動回來的燈具猛力撞上，額頭當場裂開，頭部被撞出欄杆之外，人也因此失去了意識。玄關大廳的燈打不開了，就是因為燈泡在這時候被撞壞了。」

齊加年不發一語，用手托腮並摸著頭上的繃帶。

「這波大洪水還造成了另一樁慘劇。當時水流猛然衝進了直接面對河川的浴室，大量的水從破掉的窗戶衝進來，讓餛飩老師失去了意識。臉上的吊環也是在這時候脫落的。由於浴室裡面沒有換氣扇，房門也沒有留縫隙，所以整個房間就變成了一個巨大的大水槽。

河流的水慢慢地從浴缸底部的排水管流出去，而餛飩老師的身體也被水流帶著往浴缸的方向靠近。不久之後，河水排得差不多了，剛好滾來滾去的塞子也堵住了排水口。餛飩老師陳屍浴缸裡的場景就是這麼形成的。浴缸裡的水之所以會如此混濁，並不是薩比人偶的泥水融化造成的，那些水實際上就是河川中的泥水。」

「但是牛汁老師在發現我的屍體時，浴室的門是打開的對吧？」

「我發現的時候其實就已經是打開的了。這是我自己想像的，有可能是河水退去之後，鯨魚發生了第二次的爆炸，衝擊波造成房門敞開。因為是衝擊波是從地下傳來的，而房門的卡榫是水平方向的，那股力量一襲來，讓卡榫咬不住房門，進而呈現出敞開的狀態。」

齷飩可能正在想像自己被河水吞沒的畫面吧，嘴巴張得大大的，表情看來好像快溺斃了似的。

「最後登場的就是我啦。我是在浴室失去意識的，再次醒來時卻發現自己倒在工作室。的確是有人把我搬運過去的，但究竟是誰做了這件事，我們之後再揭曉。

總之，在我恢復意識的時候，鯨魚正好發生最後一次爆炸，衝擊波讓工作室整個晃動起來，害我從地板上的洞掉落到沙灘上。因為身體受到猛烈衝擊，我又失去了意識，就在這時候，鯨魚體內噴出的大量血液及胃酸傾注而下。後來幸好雨水把支架上的血液及胃酸沖洗掉了，所以才會形成我自己一個人被硫酸淋了全身的場景。」

「沙希老師的舌頭呢？應該不會碰巧被割掉的吧？」

「啊，這件事啊，」愛里壓著自己的下顎，苦笑地說：「其實是我自己切掉的。」

「自己把舌頭切掉？為什麼？」

「應該是因為心裡很想要嚼口香糖，結果誤把舌頭嚼了。我壓根就沒想到自己會失去痛覺，一開始的時候，對於自己身上發生了些什麼事，也都毫無頭緒。直到發現嘴唇有血，而且嘴裡有異物，吐出來一看才知道是舌頭。」

「無痛無汗症患者的確很容易傷到自己的舌頭或嘴唇。妳也是同樣的案例嗎？」

齊加年放下托腮的手說道。

「這麼說來，我也有發現自己把舌頭弄傷了。」

餛飩一副突然想起來一樣的表情，並將舌頭伸了出來。

「看來失去痛覺的人，什麼時候把自己的舌頭咬掉都不奇怪呀。」

「那個，不好意思。」肋舉起手。「我在失去意識之前，有看到一個臉上都是眼球的怪人，那到底是什麼？」

「那個我知道。被殺之前看到薩比面具的有店長、肋老師，以及餛飩老師等三個人。店長是在滿是血跡的房間裡看到的，肋老師則是在被蠟淹沒的工作是看到的，餛飩老師則是浴室被大水淹沒之前，在更衣室的時候看到的。三個房間有一個共通點。」

「共通點？」

「破碎的鏡子。」

啊，驚呼的聲音相當大。

「鏡子一旦破裂，就會形成很多不同的反射角度，也就是可以用各種不同的方式把臉映照出來。你們三人在失去意識之前看到那個畫面，立刻就誤認為是很多眼睛的怪物出現了。」

「但牛汁老師不是說他看到了犯人的腳嗎？」

肋看著牛男說道。

「關於這一點我也問了，店長最後看到的運動鞋，上面沾有嘔吐物。在我們之中，昨天有誰吐了嗎？就只有店長而已。他在出去散步之前，還有吃完晚餐之後，總共去吐了兩次。」

店長陳屍的房間有一張沾滿血的椅子，他在失去意識之前，就坐在這張椅子上，朦朦朧朧地彎下了上半身，如此一來，眼前就出現了自己的一雙腳。他把自己的腳錯認為犯人的腳了。」

「那現場擺放的那些薩比人偶呢？它們是怎麼跑出去的？」

肋慌忙把問題丟出來。

「這件事不能用單純的意外或偶然來說明。為了把意外現場布置得像殺人現場，的確有個人把薩比人偶放到那些地方去，徒增許多困擾，那傢伙到底是誰呢？

這並不是一個困難的問題，但我必須要先說，鯨魚的爆炸及洪水氾濫，都不可能用人為的力量刻意創造。所以擺放薩比人偶的犯人，在災厄降臨到自己身上之前，應該都沒想過自己正在做的事情會變成這樣。

屍體及薩比人偶成對出現的狀況，首先是發生在我和齊加年醫師，以及齷鈍老師的場景之中，而發現者正是渾身沾滿血液的店長。在這個時間點，捲入意外慘劇的只有店長及肋老師兩位，但由於肋老師全身都被蠟覆蓋了，所以想必只能待在工作室，哪裡都不能去。也就是說，到處擺放薩比人偶的人，就是店長。」

四個人的臉一起轉向牛男，而他也只能搔著頭苦笑。

「你的意思是，當我們四個人發現牛汁老師的屍體時，他是有意識的？」

「當然，那時候店長已經把薩比人偶拿到工作室，並且塗上了蠟，然後回到自己的房間，把薩比人偶擺好了。想必沒有人會發現頭上插了鐵釘的人居然還活著，所以店長在那時候只是屏住呼吸靜靜坐在椅子上。」

「那在其他現場放置薩比人偶的人又是誰？」

「還用說嗎？都是店長啊。這個人把第一個被殺，喔不，是第一個發生意外事故，當成是一件好事，一路忙著把薩比人偶放到其他現場去，搞得這座島好像發生了連續殺人案一樣。原本他以為扮演受害者的只有他自己和肋老師，沒想到其他人也一個接著一個倒下了，所以他只好在每個現場都放了人偶。」

「為什麼要模仿這件事？」肋的聲音聽來相當氣憤。

「為了要掩蓋自己害五個人中毒身亡的事實。店長的頭被插上鐵釘之後，只花了幾十分鐘就恢復意識了，當下他就知道自己並非遭受怪人的襲擊，而是身體產生了未知的變化。雖然他不像齊加年醫師一樣能用醫學原理來解釋這一切，但終究還是能夠感受到自己已經死過一次。

就在這時候，他回想起自己前天晚上堵住通風口的舉動，很有可能害連同自己在內的五個仍喪命。如果大家發現真相的話，不知道會對他做出什麼事情來。就在他身陷不安與恐懼的同時，肋老師發生了意外，店長看到肋老師整個人都被蠟覆蓋了，如果安排得宜，那麼大家就會誤認為肋老師是來到這座小島之後才身亡的。這就是店長的想法。」

「真是自私的傢伙。」齊加年喃喃抱怨。

「雖然我剛剛說的都是事實，但在条島所發生的一切真的都太誇張了。就算我們是小說家，但是聽到自己的身亡原因是源自於鯨魚爆炸以及大洪水所造成的意外，我想我們都不會是單純選擇相信的仍。所以，店長為了讓故事架構變得更加通俗易懂，就把一切布置得像是殺人狂把幾位作家全部都殺掉的事件。」

「那，把妳搬到工作室的人是？」

「也是店長。不過理由有點差異。基本上如果我不在了的話，他是會感到很困擾的，畢竟得面對非常可怕的老闆，如果他害我受傷的話，很有可能會被殺掉。雖然說我們一個接著一個倒下純粹是意外造成，但店長還是忍不住感到驚慌失措。這時候，他想起了肋老師的建議，用拖車把我搬運到工作室去。可惜事與願違，忙了半天卻落得這樣的下場。」

愛里捲起居家服的袖子，露出潰爛的手腕。

三人臉上的表情混雜著憤怒與震驚，就這麼瞪著牛男看。

「這是真的嗎？」餛飩呆呆地問。

「別用那種表情看我啦。說實在的，昨天晚上我真的是嚇傻了，所以大部分的事情都記不得了。不過，就算沙希說的都是真的，我也只是把薩比人偶搬來搬去而已，實在沒有理由怪我……」

「把你吊在工作室外面真是一個正確的決定。」

齊加年用認真的語氣說出可怕的話來。

「我們算是對不起海鳥，給它吃這種垃圾食物。」

肋的表情一副好像是咬到了自己的舌頭似的。

「還有他肚子裡的寄生蟲，應該會後悔寄生在這麼沒用的人身上。」

艦飩搖了搖頭，然後慢慢地閉上眼睛。

這些無情的人，完全不知道人家的心意。牛男嘖了一聲，轉頭望向窗外。

天空開始泛白了，漫漫長夜總算要過去。

始末

第五天的清晨，地平線上終於出現了一艘漁船。

「船開過來了！」

饂飩把窗戶打開並大吼大叫，剛吃完早餐的牛男等人則正在吹海風。

「應該是我的同事們找來了吧。」

齊加年一隻手拿著咖啡杯，喃喃說道。

「應該是我的讀者追到這裡來了吧，畢竟熱情的粉絲真的太多了。」

肋提出反駁，臉上掛著驕傲的表情。

話說回來，「慾轉學園」原本預定今天再次開張營業的，如果牛男曠職的話，老闆可是會追到世界的盡頭，並強制要求他繳出懲罰金來的。所以如果漁船上有那個男人，那將會是最糟糕的情況。

由饂飩開始，一行人依序從天城館往沙灘的方向走。饂飩開心地在石階上揮舞雙手。漁船似乎擔心會擱淺，所以在距離沙灘三十公尺的地方就關掉了引擎。船長室的門打開了。

「嗚哇！」

愛里發出了跑調的聲音。

出現在眾人眼前的是一個身穿大紅色外套的男人，簡直像聖誕老人一樣紅，而且也頂著像太鼓一樣的啤酒肚。他的左右兩側捲髮被風吹得搖搖晃晃。

「愛里，妳沒事吧？」

男人的聲音跟小孩子一樣尖銳。肋和齊加年面面相覷。

「那是齊加年老師的同事嗎？」

「才不是！是你的粉絲才對吧。」

「啊，那傢伙是常來我們店的跟蹤狂。」

牛男嫌棄地說。

「跟蹤狂？跟蹤牛汁老師嗎？」

「是跟蹤她啦。」

牛男用下巴比了比愛里。而愛里則露出了嫌惡的表情，肩膀也跟著垮了下來。

「就是因為店長不夠強悍，所以才會發生這種事。」

「喂，愛里……」

佐藤揮動雙手大喊著。

「多虧有他，我們可以回去本土了。」

牛男說完一句玩笑話後，愛里靠近他的肩膀，並打了一拳。

五人返回天城館，拿了行李之後前往沙灘。

齊加年及饂飩登上遊艇，將船上的小艇放到海面上。海水掀起波瀾，使得懸崖上的海鳥都飛了起來。

眾人接續把行李放到小船上之後，齊加年開始用槳划船，搖搖晃晃的小船慢慢靠近漁船。

佐藤站在漁船甲板上，顫抖到幾乎快站不住。想想也是，面對宛如妖怪軍團成員的五人組，每個人的樣貌都非同小可，會害怕也是理所當然的事情。

齊加年用繩子固定小船，然後爬梯子過去漁船上。甲板堆滿了起重機、飼料罐等等的雜物。牛男等人也跟在齊加年後面登上了漁船。

「這艘船是你的嗎？」

「不是，我是借來的。」

「那，可以借給我們？」

愛里站上船舷說道。佐藤花了五秒鐘才好不容易確認那真的是愛里，嘴巴跟眼睛都撐大到幾乎要裂開的程度。

「愛、愛里，這些人是？」

「你閉上嘴巴，照我們說的去做，不然就殺了你。」

牛男出聲恐嚇，佐藤連連說著「對不起」，額頭都快碰到甲板了。

「回到本土之後，我們幾個一定會像現在這樣，被當成是來自日本的怪物。」

愛里站在甲板上，看著潰爛的手腳說道。

「來我們醫院吧。究竟我們的身體發生了什麼事，必須要徹底檢查一下，要公諸於世的話，等檢查完再處理也還不遲。」

齊加年一邊搬行李一邊用冷淡的語氣說著。

「由小說家來負責麻醉的醫院，令人堪憂啊。」

「那你就去別的地方啊，去告訴大家你的身體裡有寄生蟲，看會不會被抓去精神病院。」

「齊加年醫師的醫院，會相信我們說的話嗎？」

鏂飩不安地摀住嘴巴。

「研究所裡有專研寄生蟲學的醫師，我會請他過來幫忙。」齊加年像是想起了什麼似的，回頭望向佐藤。「你有帶手機嗎？」

「是的，有帶。」

佐藤伸直背脊，從外套裡掏出手機。齊加年看著螢幕，微微地搖了搖頭。「沒有信號。」

「回到本土之前能聯繫上就好了，在碼頭被當成怪物抓起來是最糟糕的狀況了。」

「可以把手機借給我們嗎？」

齊加年粗聲粗氣地詢問，結果佐藤像發了瘋似地一顆頭點個不停。

「等到靠近本土有了信號之後，我立刻聯絡院長，最好可以盡可能地避開人群、直奔醫院。」

「只要別從肚子裡把寄生蟲抓出來就好了。」

餛飩摸了摸渾圓的肚子，牛男也下意識地摸了一下自己的下腹部。不知道是不是心理作用，總覺得跟剛復活的時候比起來，腹部好像變大了。

搬完五個人的行李之後，齊加年走進船長室啟動引擎，隨著震動聲傳出，水花開始飛濺。

牛男站在船舷，視線移向条島。每天都讓人宛如置身惡夢之中的島嶼，漸漸變得越來越遠了。這座島給人的感覺就像是通往地獄的入口，不過現在看來卻只有一些小小的岩石，真的太不可思議了。

過了半天，太陽落入地平線。

甲板上只剩下牛男一人，透過船長室的窗戶則能看到齊加年的身影，其他四個人全都在船艙裡面休息。

就算睡著了，感覺好像也不會多好過，所以牛男寧願出來看看海。夜晚的海非常寧靜，天空中只有偶爾會出現飛機的燈光，四周沒有船也沒有海島。

牛男伸了伸懶腰，收回垂放在海面上的雙腳，接著走下樓梯進入船艙。

一打開門就聽到幾個睡得很熟的呼吸聲，這艘漁船跟去程搭的遊艇不同，船上並沒有床鋪。只見那四人用毛巾被捲住身體，擠在一起睡覺。餛飩的打呼聲真令人懷念。

牛男也在船艙角落鋪好毛巾被，接著仰躺在上頭。

大概過了十分鐘左右吧，遠處傳來布料摩擦的聲音，然後是腳步聲，以及門把被擰開的聲音。月光很昏暗，不過看得出來是肋往甲板走去，大概是想尿尿吧。

突然之間，牛男覺得有點焦慮不安，於是屏住呼吸站起身來，打開門之後便躡手躡腳地走上階梯。

甲板上沒有看到人，往船長室一看，剛好看到肋準備把門打開。

「齊加年老師，手機還是收不到信號嗎？」

「信號？不知道耶。」

雖有引擎聲干擾，但還是聽得到兩人在說些什麼。齊加年把放在操控臺上的手機拿起來，誇張地搖了搖頭。

「沒有信號。」

「啊！那是幽靈船！」

肋拉高聲調，並趁著齊加年回頭的空檔，一把將手機搶過來。

「啊哈哈哈哈，等等，明明就有訊號啊！為什麼要說謊呢？」

肋盯著螢幕看，然後得意洋洋地大聲叫喊。齊加年沒有說話，只是靜靜地站著。

「跟我想的一樣，今天是二十號，沙希的推理果然是錯的。」

肋把手機螢幕轉向齊加年。

「我們在碼頭集合的日期是十五號，如果因為一氧化碳中毒而浪費了一天，那麼抵達条島的日期會是十七號。今天是我們登島的第五天，十七、十八、十九、二十……所以今天應該是二十一號。但是你看，手機顯示今天是二十號。」

肋質問齊加年，但齊加年依舊動也不動。

「你覺得我為什麼會知道呢？我在遊艇的船艙中從上鋪掉下來，那時真的非常痛非常痛，但根據沙希的推理，當時的我已經因為一氧化碳中毒身亡了，這點就產生矛盾了。」

肋把手機放在操控臺，接著像名偵探一樣咳了幾聲。

「雖然說那是我的主觀感受，有可能痛覺是源自於我的錯覺，但決定性的證據就在我們眼前，就是這個。」

肋像是把槍口對準敵人一樣，將雙手往前伸出。

「我在工作室醒來的時候，右手的大拇指及左手的繃帶，全都有血跡。兩者應該都是蠟澆淋下來時所受的傷。不過，請你仔細看看，這些血跡，是紅色的。如果我已經死了，傷口應該會流出黃色的汁液對吧。這就表示在工作室失去意識的時候，我仍舊是活著的，這是客觀事實。

那有沒有可能只有我一個人運氣這麼好，沒有被一氧化碳毒死呢？這當然也是錯誤的。撞到鯨魚之後，沙希的食指也因為受傷而出現紅色的痂。所以實情是，我們都沒有死。」

彷彿時間靜止的沉默。

看到齊加年沒有反駁，肋開心地笑了起來。

「不過，有一件事情很奇怪。齊加年老師在遊艇的船艙中，幫我包紮骨折的手腕。那時候齊加年老師有碰到我的手腕對吧，如果當時我已經死了，那麼你不應該沒有注意到我的體溫很低。」

齊加年默默地關上了門，然後再次面對肋。不好的預感升起。

「齊加年老師，你應該有發現到沙希的狗屁理論錯誤百出對吧。為什麼不出來反駁呢？難不成是因為，沙希的推理對你來說正中下懷？畢竟那個推理的結論是，沒有殺人犯……」

齊加年揍了肋的臉一拳，肋撞到操控臺之後仰著臉倒下。齊加年從抽屜裡拿出折疊刀。

「真的假的啊。」

齊加年拉起肋的上衣，用刀刺進肚臍。肋睜大雙眼。齊加年把刀子拔起來，如湧泉一般的汁液從腹部冒出來，襯衫慢慢地被染成黃色。

肋的雙手慌亂揮動，弄倒了一個罐子，裡頭的液體流了出來。

「店長，怎麼了？」

愛里打開船艙的門問道。在她身後還有包著毛巾布的艦飩及佐藤。應該是東西碰撞的聲響吵醒他們了。

「齊加年刺了肋一刀。」

牛男說出自己看到的狀況。

船長室傳來喀噔一聲，肋抱著腹部蹲在地上，肚子看起來就像懷孕的婦女一樣大。他的肩膀顫抖、口水直流。明明應該感覺不到痛楚，但現在卻一臉因痛苦而扭曲的表情。

折疊刀從齊加年的指尖滑落，他的表情非常茫然，眼神裡透露著求救訊號。

那一瞬間，肋的腹部左右兩邊都裂開了，還發出氣球爆破的聲音。五公分左右的線蟲大量跑出來。齊加年雙腳發軟，瘋狂地哀嚎吶喊。

一隻隻線蟲扭動著、糾纏著、交疊著、蠕動著，從肋裂開的腹部傷口不斷溢出來，轉眼間已經完全覆蓋了船長室的地板，然後向液體一樣往齊加年的鼻子和眼睛裡流進去。

「不要過來！不要過來！」

遭到線蟲吞沒的齊加年，變得像馬爾濟斯一樣的怪物，並發出哀號聲。就算把身上的線蟲拍掉，立刻就會有好幾倍的群體蜂擁而上。為了喘氣而張大的嘴巴，鑽進了一大堆線蟲。

「店長，危險。」

愛里指著船長室的門下面，鐵門及地板之間的縫隙有不少線蟲跑了出來。

「糟了。」

牛男衝到門邊，用運動鞋狂踩線蟲，踩起來的感覺像是把水果踩爛一樣。噗滋噗滋，黃色液體越流越多。

「討厭討厭討厭。」

愛里瘋狂大叫，門與地板間的縫隙跑出兩、三隻線蟲。牛男奮力踩著線蟲，儘管知道這樣下去是踩不完的，但眼下卻也沒有其他更好的辦法。

「……唔？」

右腳裡傳來奇怪的感覺，鞋子裡有東西在動。抬起腳看看鞋底，有線蟲往被鐵釘刺穿的洞口鑽了進去。牛男頓時一陣慌亂，腰部撞上了船舷。

「救、救救我！」

牛男擠出了這句話。線蟲持續從他的腳底侵入。愛里跑了過來，皺著眉不停抓線蟲，而線蟲則像跳舞一樣扭動著身體。

「快一點！」

「吵死了，住嘴啊！」

愛里一抓起線蟲就往海裡丟，水花噴濺的聲音傳來。愛里靠著船舷劇烈喘氣。望向船長室裡面，齊加年的身體已經被一大群的線蟲吞沒，幾乎都快看不到了，看起來就好像老鼠屍體上的螞蟻群一樣。肋用失魂落魄的表情看著齊加年。

鐵門下方又跑出大約二十隻線蟲，再這樣下去肯定完蛋。

突然，四周飄散著加油站才會有的刺鼻臭味。船長室的地板上，有一罐油被打翻了，透明的液體蔓延的區域越來越大。那是燈油。

「喂，佐藤，把打火機給我。」

牛男朝船艙大喊。船底傾斜搖晃。

「打火機？裡頭已經沒有油了，可以嗎？」

佐藤從外套拿出打火機，喀噠喀噠試著點燃好幾次。

「那沒用啊。那給我菸！把菸丟過來！」

「唔？」

佐藤把菸盒整個丟過來，牛男一拿到盒子之後，做了一次深呼吸就轉開船長室的門把，縫隙變寬了，導致大量線蟲蜂擁而出。腳底又傳來搔癢的感覺。也聽得到愛里非常驚慌的聲音。

「肋，永別了。到那個世界之後就不能抽菸了吧？」

一個菸盒被塞到蹲在地上的肋面前。肋臉色蒼白地看著牛男，在碼頭集合時的氣勢如今已不復見。

「我會死嗎？」

肋的瞳孔發散、無法聚焦，腹部像洩了氣的氣球一樣。

「那是當然的，你的肚子只剩空殼了。」

「是喔，謝謝你。」

肋用顫抖的手指拿出一根菸，然後從口袋裡拿出打火機。把菸含在嘴脣上點火。

「到那個世界別忘了要感謝我！」

當肋把菸點燃之後，牛男就一把搶過來，並往地板上的燈油一丟。肋的表情看來非常困惑，砰一聲，大火開始燃燒。

牛男轉身飛速離開船長室，接著非常有默契地跟愛里一起把門關上。

船長室被火舌包圍，覆蓋整個地板的線蟲也被火舌吞噬，扭動的身體像起司一樣融化了。齊加年也被火燒到，不成聲的吼叫傳了出來。大量線蟲像體毛一樣紛紛掉落到地板上。好像荷包蛋破掉一樣，齊加年腹部也開始溢出線蟲。

「啊哈哈哈哈哈，去死吧！」

牛男持續在甲板上踩踏跑出來的線蟲們。

關上門等待了一下，大火差不多燒了有十五分鐘。船長室裡的兩人，身體已經全都變得紅腫潰爛，腹部也出現了凹痕，肌肉跟骨頭都裸露出來。地板上也滿滿都是線蟲的屍骸。

「糟糕了，操作面板損毀了，看來我們回不去本土了。」

愛里看著掉落在地板上的手機，螢幕已經碎裂，電路板都掉出來了，根本不像是可以拿來打電話的狀態。

「發、發生什麼事了？」

齷飩從船艙冒出頭來，臉色非常慘白。

「肋的肚子裡跑出非常多幼蟲，我們用火燒的方式全都殺掉了。」

「這我知道啦，剛剛齊加年老師在刺殺肋老師的時候就有說過了。為什麼齊加年老師要做這種事呢？」

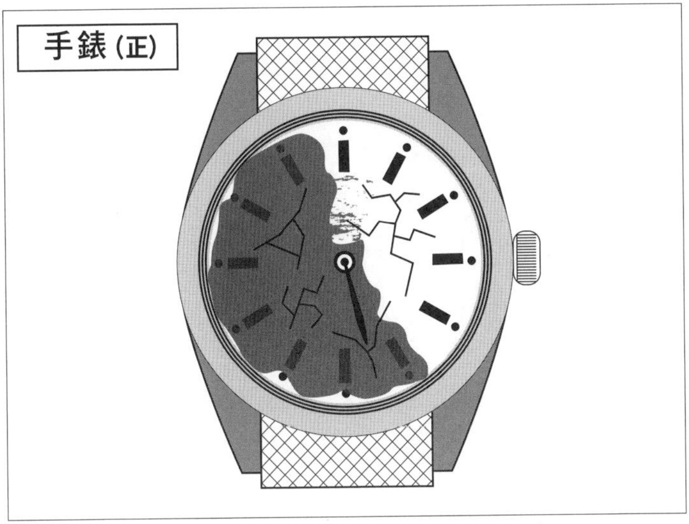

饂飩不曉得為什麼瞪著牛男。這讓牛男和愛里兩人面面相覷。都已經這樣了，再繼續說謊也沒有意義了。

「我來告訴你真相吧。三天前的推理全都是胡說八道，殺了我們的人既不是鯨魚，也不是大洪水。而是他。」

牛男快速地說明，並看著被燒成空殼的齊加年。

饂飩爬上階梯，看到船長室的狀況之後，膨脹的臉頰都歪斜扭曲了。佐藤則還是躲在船艙不敢出來。

「齊加年老師殺了我們？那麼肋是因為說出了真相，所以才會被齊加年殺掉的嗎？」

「應該是這樣沒錯。他或許沒有挖出所有的真相，但肯定有注意到齊加年想要隱瞞某些事情的企圖心，所以齊加年才會用刀刺進肋的腹部，用殺了他的方式來讓他閉嘴。」

「哎呀哎呀，等一下啦。」鰮飩嘟起嘴來。「我們在毫無知覺的情況下一氧化碳中毒身亡，是從牛汁老師的手錶血痕考察推理而來的對吧。我覺得邏輯很通順、很有道理耶，但這全都是騙人的？」

「手錶沾上血跡、錶面產生裂痕，這些都是真的，但那個推理路線是錯的，完全只是為了讓通順的推理更有說服力而已，其實狗屁不通。你好好看看這個。」

牛男從口袋裡拿出手錶，在左手腕上戴好之後，將錶面轉向鰮飩。

「有沒有覺得哪裡怪怪的？」

「如果連這種程度的詭計都會被騙的話，就沒資格當推理作家了。調整時間的旋鈕在左邊，這支手錶是戴左手的，所以得用右手來轉動旋鈕。照這樣來看，旋鈕如果設定在錶面的右邊就有點奇怪了。」

「啊，的確是。」鰮飩的嘴巴張得大大的。「有些高級款的手錶，旋鈕會放在左邊，也就是左手使用模式。我們家店長是右撇子，基本上沒有必要特別去買不合用的手錶。」

愛里抓住鰮飩的手腕。

牛男在抵達条島的那一天，曾將刻有 DEAR OMATA UJU 字樣的背蓋拿給其他四個人看，然後便翻回來戴到左手上。這時，原本朝向其他四人的錶面並沒有轉回來，所以對牛男來說，指針會往另一個方向走。

「將它調整回來吧。」牛男脫掉錶帶，上下翻轉之後重新再戴上。「指針並非停在十一點半，而是五點半。肋從床上掉下來的時間點是深夜十一點半左右，跟手錶的故障一點關係都沒有。」

「那就表示沙希老師刻意發表錯誤的推理囉。為什麼要故意包庇真正的犯人呢？」

「因為我知道真正的犯人，也就是齊加年醫師，並沒有打算要殺了我們。」

愛里慢慢地挑選字句來回應。

「沒有打算殺了我們？這是什麼意思？」

「就是字面上的意思。齊加年醫師只殺了我們一次，在我們復活之後，他並沒有打算再殺一次。

他會選用薩比面具來遮擋自己的臉，一定是因為事先知道我們有可能會復活。如果他真的有意要殺死我們，對付腹中的蟲可說是易如反掌。把我們四個人的屍體綁在柱子上，每當有人復活的時候，依序把我們開腸剖肚就可以了，但那傢伙卻沒有這麼做。」

「妳越說我越糊塗了。到底為什麼要包庇犯人呢？」

「為了假裝醫師也是被殺的受害者。只要一路裝下去，醫師就會被當成是受害者，然後跟著我們一起回到本土對吧。只要不被拆穿，醫師應該是打算繼續扮演受害者。

三天前的晚上，我聽店長說完所有事情之後，就知道犯人是齊加年醫師。但是進到餐廳直接詢問醫師的時候，卻搞不懂他有什麼目的。如果真實身分被拆穿了，他也就沒有理由繼續裝作受害者了。反正他本來就沒有意思要殺掉我們，所以低調地選擇不會帶來刺激的方法是最安全的吧。」

「我們原本就沒有懷疑到齊加年老師身上，所以根本沒必要特地弄一個假的推理不是嗎？」

「那是為了幫助他人。」愛里看了牛男一眼。「那時候店長被海鳥攻擊，整張臉被啄得稀爛，不管再怎麼樣我也不會把店長自己一個人留在那片沙灘。但如果能證明店長不是犯人的話，大家一定又會自顧自地開始推理起來。被找來的全是小說家，眼前若有未解之謎，相信沒有人會輕易放過。誰能在不經意間找出真相，就成為團體中最重要的大事。所以我跟店長兩人絞盡腦汁，想出一個沒有任何人是凶手的推理。怎麼樣？我們做得還不錯吧？」

「居然想到那一層去了。」錙鈍露出一半理解一半質疑的表情。「不過，為什麼妳會知道齊加年老師是犯人？再來，齊加年老師這麼做的目的又是什麼？」

「冷靜一點，凡事都是有順序的。」

牛男靠著船舷叼著菸，想要點火卻發現自己沒有打火機。船長室裡的肋應該有打火機，但牛男並不想進去拿。

「我們之所以會發現真相，主要是有賴於齊加年犯了錯誤。」

「在現場留下了指紋之類的嗎？」

「不是啦。齊加年臉上流著血，倒臥在二樓的走廊上。現場的狀況是，走廊上有血，從欄杆之間滴落的血，也把一樓的玄關大廳染紅了。

我從二樓的走廊往一樓看時，發現到屍體的頭部所流出的血，直直地滴在一樓的地毯上。仔細想想，這傢伙真的很奇怪。」

「為什麼？東西從上往下掉不是理所當然的嗎？」

鏂鈍鬆軟的頭歪向一邊。

「問題在於血直直地往下滴，不知道是不是土石流的關係，總之天城館的地板傾斜了有五度左右，不過，無論地板多斜，液體還是會在重力的影響下垂直掉落。所以在天城館之中，液體對地板來說，應該會落在斜一點的地方。」

「走廊的高度是五公尺，地板的傾斜角度是五度——算出來是四十三點七五公分的偏移。」

愛里說道，並用雙手比出與肩同寬的距離。

「就是這樣。這就是一樓的地毯並非事件真品的證據。那是有人捏造的，只是為了讓人誤以為血真的從二樓滴下來而已。當然有需要去做這件事的人，只有齊加年。」

「為什麼要做這麼麻煩的事情？就算齊加年老師是自殺的，看到頭部流血就會覺得是真的了，根本沒必要再去弄假的血跡。」

「不是這樣的。為了讓自殺看起來像是遇到襲擊的他殺，就必須讓凶器消失在現場。如果沾了血的凶器跟屍體擺在一起，無論如何都只剩下自殺一個選項了。

那要如何才能做到死了之後不要在現場留下凶器呢？一般來說會找一個第一現場先讓自己受傷，接著把凶器處理掉，最後移動到屍體被發現的第二現場。然而，若是邊流血邊到處晃的話，就沒有意義了，所以受傷之後要先止血，吃一些具有延遲效果的藥物，並在開始出現效果之前，趕緊衝到第二現場。

不過在這個場景之中，有一個問題，原本在發現屍體的現場應該要有的血跡，憑空消失了，所以齊加年才會讓自己再次流血，並且假裝滴在樓下大廳的地毯上。」

「原來如此，偽裝工作變成犯人的致命傷。」

鏂鈍低頭看著焦黑的齊加年，臉頰不由得抽動了一下。

「把薩比人偶的泥塊剝下來塗在自己臉上，也是基於同樣的理由。乍看之下是企圖用泥巴來止血，但實際上是想要用泥巴把走廊弄髒，讓他看起來更像是在現場受重傷。」

「但為什麼要安排讓血滴到一樓的地毯呢？如果把現場鎖定在二樓的話，說不定真相永遠都不會被發現。」

「光只是倒在二樓的話，屍體應該很難被發現吧。如果都沒有人找上去，且時間就這麼過去了，他就很有可能自己復活過來。但齊加年必須要讓別人發現他已經死了。」

「唔？那就別選在二樓走廊啊，找一個更容易被發現的地方自殺不就好了？」

「他一開始應該也是這麼想的，所以我猜，齊加年應該是真的不小心在那裡受傷了。」

事件過後，玄關大廳的電燈就變得打不開了對吧？球形燈具之所以會垂下來，原因就在於那傢伙死在二樓走廊，離燈具很近的地方。由於地板是傾斜的，所以從走廊這邊看過去，燈具也是斜向一邊的。當他在眺望風景的時候，不知為什麼後腦杓剛好撞到燈具。他說他是因為聽到雷聲，所以想看看外面的狀況，但由於雷聲太嚇人了，所以可能令他害怕地往後退去，球形燈具像鐘擺一樣晃動，最後終究會回到原本的位置，再加上地板式傾斜的，所以他應該是沒料到自己的頭部會遭受到燈具的痛擊。額頭受傷了，走廊地板不小心留下了血跡。

這時，齊加年慌了。這些血跡要是被發現，等於就是讓大家知道有人在走廊受了傷，而且還負傷移動到其他地方去。受傷的地方跟身亡的地方不一樣這件事若是被得知，那麼凶器和血跡等等的偽裝，也會跟著一一曝光。

就在這時候，齊加年的想法徹底翻轉，放棄隱藏血跡，變成真的在二樓走廊了結生命。同樣地，屍體如果沒有被發現的話，這一切就沒有意義了，所以他才會讓血從二樓滴下去，並在一樓玄關大廳偽造血跡。」

「都做到這種程度才讓屍體被發現，到底意義在哪裡？」

齷齪按壓著太陽穴，似乎覺得太難了。愛里原本打算開金口，卻被牛男舉起右手阻止了。

「想要理解齊加年做的事情，就要好好地了解一下他的目的。正如同剛剛沙希提到的，齊加年做起事來前後不一致，明明就是他殺了我們，但卻感覺不到他有殺人的打算。如果他對我們真的懷抱著恨意，那就先把我們殺了，然後一個一個綁起來，等到復活之後，再刺穿我們的腹部不就好了。

回頭看看齊加年所做的事情，總歸來說就是兩大目的。

第一，殺了我們四人。這裡的『殺』，並不是懲罰對方，或是為了復仇，單純只是物理上的含意，也就是讓生命活動終止。他把我們殺掉是有原因的，這個之後再回過頭來說。

第二，為了不要再殺更多人。換言之，就是復活過來的五個人，之後都得好好活著。」

「犯行之後，他的想法改變了嗎？」

「不是。齊加年只是一個單純的麻醉科醫師，並非沉浸在殺人快感中的殺人狂。就是因為有某種理由，讓他必須對我們動手，所以打從一開始他就沒想過要殺更多人。到今天為止，他都沒有打算要了結我們，而且還要把活生生的我們帶回本土去，這就是最好的證明。

事實上，齊加年一醒來之後就立刻拉著我和肋，詳細說明寄生蟲的狀況，希望我們不要以為自己是不死之身，進而步上奔拇族的後塵。

其他還有些更顯而易見的證據。齊加年在殺我們的時候，用薩比面具把自己的臉遮起來，如果他不惜一切也要殺死我們兩次，那根本不需要隱藏自己，只要在對方醒來的當下，立刻動手殺害就可以了。所以他把臉遮住，為的是要在我們復活之後，不要再對我們動手……他其實是在守護我們的生命啊。」

「原來如此，這樣的說法也是挺有道理的。」

齷鈍的表情看來好像喝了什麼很苦的飲料。

「話雖如此，可是要把人殺死，而且還不能被懷疑是凶手，其實並沒有那麼簡單。主要是因為我們幾個人死了之後，都在差不多的時間點醒過來。在所有人都復活的狀況下，有什麼詭計可以用呢？想來想去結果就變成『最後醒過來的那個人是凶手』。」
「的確，如果沒有做任何布局的話，犯人的身分根本昭然若揭。」
「嚴格來說，預先以死亡的狀態登島也是非常有創意的作法，你在前面的推理也有講到。不過可惜的是，在搭乘遊艇的時候並沒有任何人身亡，這也已經證明過了。齊加年在經過自動門的時候，有順利讓感應器作動；餛飩在黑暗中能感覺到自己的吊環脫落；肋則是充分感受到手腕骨折的疼痛；沙希受傷的指頭上留有紅色的血痂。至於我，沙希的證明我當時仍好好活著。一氧化碳中毒的說法是胡亂瞎掰的，剛剛也說明過了。我們剛來到這座島的時候，犯人仍活得好好的，事實就是如此。」
「那麼犯人只能是最後復活的沙希老師了吧。」
餛飩帶著歉意望向愛里。
「並不是。我再說一次，齊加年為了守護我們的生命，可算是煞費苦心。但要是有人識破真相的話，就不得不斬草除根。如此一來這整件事就失去意義了。想隱藏自己的犯人身分，方法就是不要成為第五位死者，所以齊加年才會去思考自己死了之後還可以去殺人的手段。」
「自己死了之後，去殺人？」餛飩以鸚鵡學舌的方式提問。
「死人當然不可能把人打一頓，或是緊緊勒住脖子，所以齊加年想的是讓餛飩和沙希代替他去完成殺人任務，而非自己動手。所以說，線索還是在這東西上面。」
牛男拿下手錶，遞到餛飩的眼前，指針依舊停止不動，指著五點半前後。

「話說回來，我到現在都還不知道你的手錶是怎麼壞的吧？」

「是喔。無論是肋在船艙內的上鋪掉下來，或是在天城館內遭到戴著薩比面具的怪人偷襲，時間都是落在深夜十一點半左右，而手錶上的指針停在五點半，沒辦法當成證據。」

「是碰巧電池沒電了嗎？」

「並不是。錶面上的十二點左右不是有摩擦出來的同心圓血跡嗎？這就是我在十一點半遭到襲擊的時候，錶面只沾到血液，但是手錶並沒有壞掉的證據。

然而，在我復活的當下看手錶，指針已經不會動了，所以手錶就是在我身亡的期間壞掉的。當我在清晨五點半徘徊於冥河三途川的時候，有東西掉到我身上，因而把手錶弄壞了。」

「唔，是什麼啊？」齷飩磨著牙齒問道。

「坦白說，在這之中有唯獨我知道的一個線索。當我醒過來的時候，嘴裡有個東西，很像血和嘔吐物混合在一起。」

光是回想起那種黏糊糊的感覺，牛男的心情就變得異常沉重。

「是不是死的時候吐了啊？」

「不是，我在睡覺之前已經吐到胃都清空了，那並不是嘔吐物。」

「不然是什麼？」

「應該很難猜到。肌膚被刺到的話會流血，胃被刺到的話會吐。齊加年在我頭上釘了鐵釘，那麼，頭部會跑出什麼來？就是大腦，我的嘴巴裡有我的腦。」

「嘴巴裡……是腦？」饂飩原本就歪歪斜斜的臉，現在變得更扭曲了。

「如果光是從後腦勺敲釘子進去的話，應該不會有腦跑進嘴巴裡。主要是齊加年在深夜十一點半的時候，在我的後腦勺釘入鐵釘，接著在清晨五點半把釘子拔出來，再從後腦勺往嘴巴的方向又釘了一次，導致我的上顎出現了一個洞，頭蓋骨下面包覆的東西也就這麼流進了嘴巴裡。他就是在這時候強行動我的身體，才導致手錶壞掉。」

「到底為什麼要這麼做？沒必要不是嗎？」

「為了要讓他人推論出錯誤的死亡時間。我在深夜十一點半被戴著薩比面具的齊加年偷襲，因而失去了意識，等到意識恢復的時候，我的身體已經是一具沾滿血液的屍體了。所以理所當然地，我會認為自己是在深夜十一點半被殺的。

但是仔細想想，**沒有意識的時候，人怎麼知道自己是否還活著？我只能說，意識消失跟死亡並不能畫上等號**。齊加年在深夜十一點半奪走了我的意識，並且還施打了靜脈麻醉針，以防我恢復意識，接著就一直等到早上五點半才動手殺了我。這個時間差，就是齊加年為了不要讓自己變成第五位死者的祕密計策。」

「這不太對吧，我跟沙希老師是在深夜兩點半發現牛汁老師的屍體的，當時牛汁老師全身是血，貫穿頭蓋骨的大釘子還從額頭冒出來。」

饂飩輪番看著牛男及愛里的臉。愛里臉上浮現出淡淡的微笑，並點了點下顎催促牛男繼續往下講。

「你們只是看到了而已，對吧？實際確認我是否已經死亡的人是齊加年。那傢伙非常刻意地假裝確認我的脈搏，並讓你們相信我已經死了。而且他還提出了『奔拇族的滅亡原因很有可能是敗血症』的說法，讓你們不要去碰屍體。我之所以會起來渾身是血，原因就是齊加年用工作室拿來的血漿塗在我身上。」

「不不不，雖然我們真的沒有碰到你，但你的頭上可是釘了鐵釘耶！」

「你沒有看錯，**我的頭上的確有根鐵釘，但在那時候，我仍活著**。」

「什麼？頭部被釘入鐵釘的人必死無疑啊！」

「那可不一定。大腦在人體之中負責各式各樣的工作，我頭上的鐵釘是從後腦勺貫穿頭蓋骨，然後從額頭正中央穿出來，鐵釘刺穿的部位是大腦半球的一部分，也就是負責統合視覺及觸覺資訊的頂葉腦，以及掌管記憶及認知的前額葉這一區塊。這部分即使有所損傷，也不至於會死。」

「大腦休兵但腦幹還繼續工作的情況，其實就是延遲性意識障礙，也就是俗稱的植物人。」

愛里用手指著額頭附近。牛男想起九年前跟晴夏到義大利餐廳吃飯的時候，她也做了同樣的事情。

「頭蓋骨或硬腦膜被鑿出了一個洞，當然會讓人感到奇痛無比，再加上如果出血量過多的話，也是有可能真的身亡。但只要鐵釘敲進去之後不要再移動，血液就不太會從傷口大量噴出。組織壞死之後總有一天會死的，不過應該不至於在幾個小時之內發生。」

「怎麼會？牛汁老師，那個時候你真的活著？」

餛飩的表情感覺好像被人揍了一拳。

「我自己都感到很訝異，齊加年十一點半來偷襲我，還打了靜脈麻醉針，讓我無法動彈，接著才開始釘我的大腦。如此一來，當你和沙希來到我的房間時，就會目擊到我的死亡現場。然後等到五點半，他才來給我致命的一擊。

這時候如果他是用掐脖子的方式，就會留下原本並沒有的勒痕。因此齊加年選擇把貫穿的釘子拔出來，往下面的方向釘進大腦深處，只要碰觸到腦幹，人就會失去呼吸能力，進而身亡。我的嘴巴裡之所以會有腦，就是因為他將釘子刺進腦幹的時候，貫穿到口腔去了。」

牛男被薩比面具襲擊之後，朦朦朧朧地思考了一些事情，並且想起了那個惡夢般的畫面。世界即將毀滅，而他的嘴巴裡則冒出了昆蟲堅硬的肢臂。

回頭想想，那應該不是單純的幻覺，齊加年釘進頭部的鐵釘，貫穿了上顎，從嘴唇之間冒出來。牛男的大腦在受盡折騰的同時，似乎也捕捉到那個畫面。

「但是，牛汁老師恢復意識的時間點是上午的十一點半對吧。實際上被殺害的時間卻是早上五點半，等於只花了六小時就復活過來了？」

「那已經很足夠了，被寄生蟲入侵的宿主，從死亡到復活需要花六個小時的時間，我們會覺得是十二個小時，整整多出一倍，主要也是齊加年的詭計。」

「咦咦咦？」餛飩雙眼圓睜。「我們都算錯了嗎？」

「是啊。齊加年應該是在晴夏死亡之前就發現到她身體的異狀。晴夏的肌膚非常冰冷，而她自己也沒有打算要隱藏這件事。齊加年以晴夏的自述為基準，搜尋了類似的病例，這才了解到被這個寄生蟲感染的，在死後六個小時左右會復活過來。」

「不過，除了牛汁老師之外，其他人都是花了十二個小時才醒過來的啊。」

「不不不，你掉進齊加年設好的陷阱裡了。在我之後死亡的幾個人，齊加年都做了類似的事情。

在工作室下方調查沙希屍體的時候，我不是在她的頭部下方找到肋的兵籍牌嗎？如果是在被蠟覆蓋的時候掉落的，那兵籍牌沒有被蠟埋起來就很奇怪了。所以說，兵籍牌不是在蠟覆蓋的時候掉的，而是在撥開蠟塊的過程中，從他的脖子上滑落的。齊加年曾把肋身上的蠟清除了一次。

讓我稍微整理一下齊加年對肋所做的事情。先用奇怪的紙條在深夜一點把肋找出來，接著在工作室把他打到失神，同樣地也替他施打了靜脈麻醉針，以防他恢復意識。然後他就把肋的臉壓在工作室的牆上，將他全身淋上熱蠟。因為牆壁是由圓木疊起來的，中間的縫隙會有風灌進來，所以不需要擔心肋會窒息。

基本上由於蠟把肋整個淹沒了，所以他的臉朝向屋外也沒有人會知道。再者，齊加年還用石膏模型在肋的後腦勺附近輕壓了一下，這麼一來感覺上就像在蠟之中有一張凹凸不平的臉浮現出來。如此一般，將肋封在蠟裡，並且不會讓他窒息的場景就完成了。接下來只要等你們前往工作室，親眼目擊肋的狀態就完事了。在那個當下，因為沒辦法直接觸碰到肌膚，所以無法確認體溫及脈搏。

齊加年真正殺死肋的時間是深夜一點往後算六個小時，也就是清晨七點左右。他將肋全身的蠟都先破壞掉，接著讓肋換個方向，變成面向工作室內部，最後再次用融化的蠟澆淋上去。這次就真的沒辦法呼吸了，所以肋也就一命嗚呼了。

兩次都要讓蠟保持同樣的外型是不可能的事，我所看到的肋的屍體，跟你和沙希所看到的應該不一樣。不過，由於找到肋遺體的人是我，所以當中的差異就無從比較了。」

「所以我們三個人找到的屍體，全都是還活著的狀態耶……那就表示，我在遭到殺害的前一刻所看到的齊加年老師遺體是？」

「當然是他裝死的。剛剛我也說明過了，將一樓的地毯沾上血跡，為的是讓自己的身體能夠更容易被發現。原本只要稍微碰一下肌膚，就能夠拆穿他的詭計，但因為他在發現我的屍體時，說了敗血症的事情，導致其他人都放棄了靠近屍體的念頭。

如果躺著裝死一陣子都沒有人過來的話，他應該是打算像沙希的場景一樣，在窗戶外面掛上薩比面具，藉以把你逼出房門。用復活的時間往回推算的話，那傢伙真正的死亡時間應該是早上的九點四十分左右。」

「那我也是嗎？」饂飩低頭看著自己膨脹的身體。

「方法都相同，不過你的狀態跟我以及肋的情況有些許不同。基本上用俯臥的方式趴在裝滿水的浴缸裡，無論是誰都會因為無法呼吸而身亡。溺水而亡的屍體絕對不可能是還活著的人，所以齊加年用了一些花招。」

「花招……是戴在臉上的潛水用氧氣瓶之類的嗎？」

「你是笨蛋嗎？用那種東西的話，呼吸聲馬上就會讓事情敗露的。線索就是我的運動鞋，我復活的時候，不知道為什麼鞋帶的綁法變得不一樣了。結果原來是在我死亡的期間，齊加年過來脫了我的運動鞋。

發現是齊加年脫我運動鞋的時候，我就覺得很奇怪，而且那傢伙不只脫了運動鞋，就連居家服、內褲等等的全身衣物都脫個精光。當時我沒有察覺，但現在……我已經知道正確答案了。」

「把牛汁老師的衣服全脫了？這是為什麼啊？」

「你的直覺真的很糟耶，原因就是我的你的體型很接近。**犯人把我的屍體脫個精光，用全裸的方式假裝成是你的屍體**。用俯臥的方式倒在浴缸裡，臉就不會被看見；在頭髮上堆滿泥巴，則是為了擋住後腦勺的鐵釘。所以說起來那一缸的泥水裡，也混雜了我的大腦。」

鰮鈍屏住呼吸，從指甲到五官把牛男整個看一遍。

「但、但是那個時間點還活著的人只剩沙希老師了對吧。特地做了屍體的替換，然而沙希卻沒有去浴室的話，不就白忙一場了嗎？」

「浴室就在沙希房間的對面，在窗戶外面吊一個薩比面具，先將她逼出房門，那麼不管她有多麼不喜歡，也都還是會看到。窗戶破了、浴缸裡漂浮著屍體，浴室裡的異常狀況是非常顯而易見的。雖然我不知道當時她靠浴缸有多近，但只要在她正大受打擊的時候，悄悄來到她身後，接著猛力毆打她的頭，應該可以一擊搞定。」

「她也有可能立刻就逃出去。」

「這個部分齊加年當然也做了縝密的計畫，將浴室的窗戶打破，就是沙希斷然逃走的話，用來收拾善後的招數。從本館逃出去到外面的話，要抓回來就比較困難了，所以齊加年從浴室的窗戶跑出去，然後從外面回到玄關，如此一來就可以給打算逃走的沙希一個當頭棒喝。

從這裡開始，接下來的發展都跟其他幾位的狀況差不多。齊加年也是在你身上施打了靜脈麻醉針，接著在浴室讓你失去意識之後，經過六個小時，也就是來到十一點半左右，將你壓進浴缸的水裡，讓你溺斃。」

可能是遇襲時的不安情緒重新被喚起了吧，飩飩緊張地聳起肩膀。

「第五個人沙希也是如此，她在遇襲的時候因為已經都沒有人了，所以不需要像其他四個人一樣做那麼多準備工作。讓她從工作室上跌下來失去意識之後，施打麻醉針避免她突然醒來，最後只要等六個小時再殺了她就可以了。沙希失去意識的時間是早上七點，所以實際被殺的時間是六個小時之後的下午一點。」

飩飩像是在咀嚼話語似地點了點頭，然後突然停了下來說道：

「咦?不行吧，齊加年老師是九點四十分死的，不可能十一點半把我放進浴缸、下午一點用硫酸潑沙希一身呢啊。」

「你總算發現了，但我一開始就有提到，一連串的偽裝作戲，目的就是讓自己成為第五個死者，為此，有必要在自己死了之後繼續做一些殺人的工作。

齊加年最需要的就是時間，沙希遇襲的時間是早上七點，齊加年死亡的時間是早點四十分，在他自殺之前還有兩個半小時的空檔。為了爭取這兩個半小時，前面才如此辛苦地設計布局，讓人對復活所需的時間產生誤解。」

「他用這兩個半小時安排了自動殺人的詭計吧？」

推理宅的發言讓愛里露出苦笑。

「就是這個意思。那麼，什麼樣的詭計可以奏效呢？這裡所需要的詭計，是不需要自己動手也能啟動的模式。」

「時間走到十一點半，架在弓上的箭就會自動射出去之類的嗎？」

饂飩做出拉弓的動作。

「方法有很多，時裝的作動、漲潮退潮，或甚至利用太陽的傾角來發動的詭計都有。但如果採取了如同精密機械一般的詭計，一旦失敗就毫無意義了。所以最重要的就是能夠成功，其他什麼都無所謂。在自己身亡之後，必須高機率可以完成的機制。」

「有這麼好用的方法？」

「線索就是時間。你死的時候是十一點半，跟我醒來的時間差不多，這並非偶然。

齊加年設計了我一醒來你就死去的詭計。」

「牛汁老師醒來我就死去，唔？」

饂飩驚訝到眼睛瞇了起來。

「並不是我把你殺了，當時我的屍體正坐在房間中央的椅子上。我復活的時候，從椅子上跌下來，摔倒在地板上。

齊加年在這張椅子上綁了麻繩，繩子的一頭綁著重物，另一頭則綁了從工作室拿來的長釘。他打破我房間的窗戶，綁釘子的那一頭從窗戶丟出去，接著去到戶外，架梯子爬上屋頂的雨水槽，然後沿著雨水槽繞了半圈，在浴室窗外垂下綁釘子的麻繩。再次回到館內，將垂下來的麻繩拉進浴室。

釘子的用途是固定你的頭，當時浴缸放滿了水，你的身體趴伏在水中。他把你的頭拉起來，利用兩邊臉頰上吊環的洞，把釘子貫穿過去，最後釘子就固定在浴缸邊緣，如此一來你的頭就可以浮在浴缸上了。

另一方面，繩子的另一頭綁上重物垂掛在我房間的窗戶外面，窗外就是懸崖，下面就是海，窗外的重物沒有落海的原因，就是因為麻繩有繞過我的椅子。

十一點三十分，恢復意識的前一刻，我從椅子跌到地上，椅子失去體重的壓力，綁在椅腳的麻繩立即鬆開，重物也就順勢落海了，綁在麻繩另一頭的釘子，從餛飩的臉部拔出來。失去支撐之後，餛飩的頭就沉入浴缸的水中，鐵釘則被一路帶著飛出窗外、經過雨水槽，最後從懸崖落入海裡。餛飩在浴缸內窒息身亡，證據則消失在海裡，這就是詭計的全貌。」

牛男醒來之前，在沉重的疲倦感之中聽到一些聲音，沙沙沙地好像老鼠在屋頂爬行，其實就是麻繩拖著鐵釘在雨水槽移動所發出的摩擦聲。撲通一聲的落水聲，則是重物掉入海裡、往海底沉沒的聲音。

十分鐘後，牛男在浴室發現了餛飩的屍體，但其實他才剛死沒幾分鐘。但因為屍體整個膨脹變形，還浮在水面上，所以才會讓人覺得已經死亡一段時間了。

餛飩的肌膚會腫脹成那樣，就是因為在還沒死之前已經泡在水裡好幾個小時，而一直懸在水面上的臉部，到沒有像身體一樣腫。

也由於身體浮在水面上的關係，身體裡面不會存留太多因腐爛而產生的氣體。溺水而亡的屍體之所以會沉入水底，只要是掙扎時的恐慌造成的，喝了大量的水之後，把體內的空氣都擠了出來。頭部落水時，餛飩的麻醉針效果還在，所以才能在毫不恐慌的情況下身亡，這也就是他體內能留有比較多空氣的主因。

「順帶一提，釘子在貫穿左右臉頰的時候，最麻煩的就是舌頭了，你的舌頭之所以會受傷，應該就是齊加年不小心弄到的。」

「等於是把我的頭當串燒處理了……就像我們在遊艇上吃的串燒烤肉一樣。」

餛飩一臉恨意地摸了摸臉頰上的吊環。

牛男想起九年前看到的「昆蟲人的人臉串燒秀」宣傳海報，臉頰被針貫穿的女人，臉上掛著空洞的笑容。

「我醒來的時候，薩比人偶在床底下露出上半身，那就是為了吸引我去看床底的安排。萬一我醒來的時間比預期要早，重物落海前就被我發現懸掛在窗外，那這一切的努力就完全枉費了。因此，齊加年用薩比人偶吸引我的注意，讓我忽略消失在窗外的麻繩。

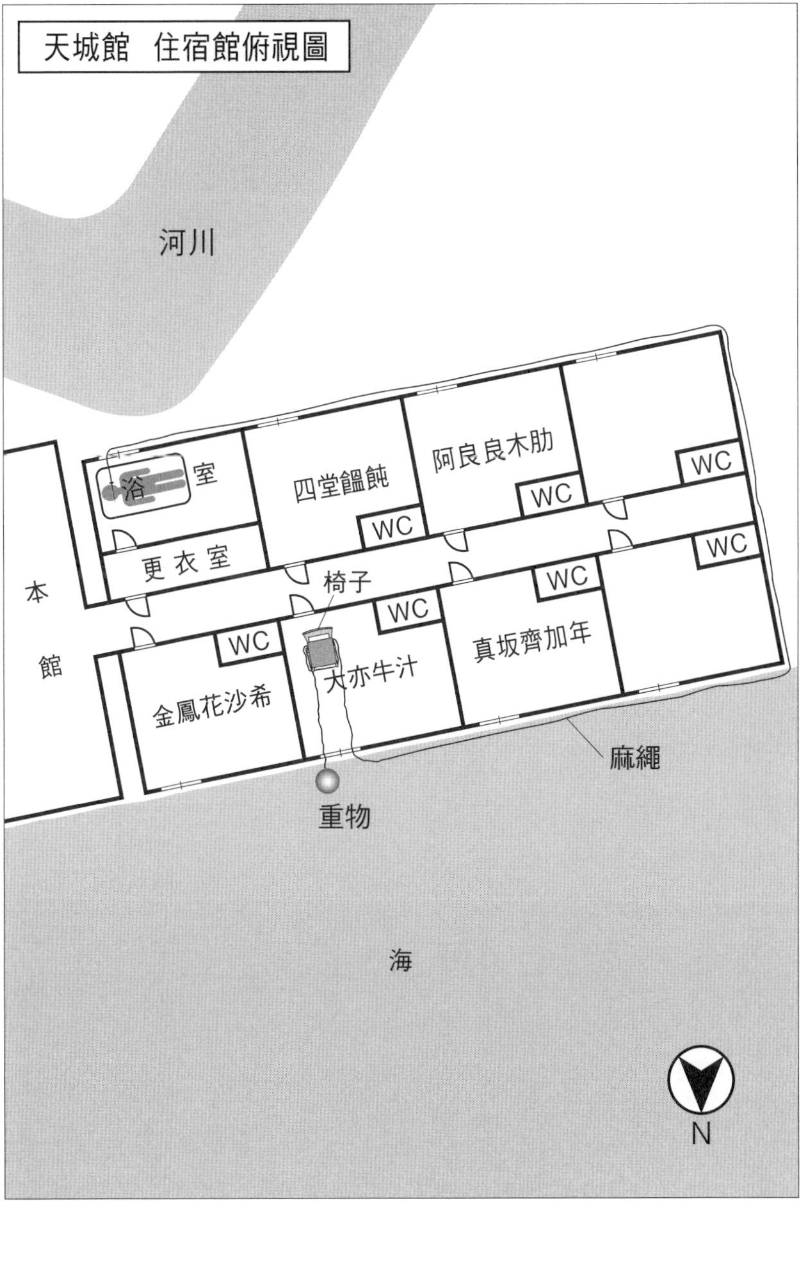
天城館　住宿館俯視圖
河川
浴
室
四堂饂飩
阿良良木肋
WC
WC
WC
WC
更衣室
椅子
WC
WC
本
館
WC
金鳳花沙希
大亦牛汁
真坂齊加年
麻繩
重物
海
N

我房間外面的牆壁上，之所以會留下血痕，就是麻繩在飛出去的時候，連帶把血漿帶出去了。」

「沙希的狀況也跟我一樣？」

「詭計的原理是相同的。沙希死的時間是下午一點左右，肋醒來的同時，她就身亡了。齊加年的設計就是讓肋的復活造就沙希的死亡。」

說到這裡，牛男稍微停下來，吞了一口口水。

當牛男在工作室底下發現愛里的時候，她還沒有死。

「沙希被齊加年襲擊的地方並非工作室，而是在浴室裡。齊加年會特別用拖車把沙希搬運到工作室，就是因為詭計需要兩人的身體靠近一些。那麼問題來了，肋的復活是如何造成沙希死亡的呢？方法是什麼？」

牛男轉頭拿水，齷飩則露出像是上課時被點到名字的學生一樣的表情。

「唔……肋老師，在醒來之前失禁漏尿了。」

「然後呢？」

「會不會是這樣，齊加年老師在毆打肋老師的臉，使之失去意識之後，讓他喝下溶入毒藥的水，為膀胱預先儲存一些尿液。肋老師醒來後失禁漏尿，尿液從地板的縫隙流到下方，經過圓木來到沙希老師的臉上。結果沙希老師就因為喝到尿液裡的毒藥，進而死亡。」

「啊哈哈哈，真是讓人心情愉悅的安排啊。」牛男看了眉頭緊皺的愛里一眼，並發出笑聲。「不過這是不可能的，喝下足以致死的毒藥，肋自己就會把毒吸收了，膀胱還沒來得及製造尿液之前，他就應該死透了。」

「啊，確實是。」

「線索就在工作室裡，想一想你們被齊加年帶去工作室的時候，發生了什麼事。罕見地失控的沙希，從架子上拿起雕刻刀，威脅你們離開工作室……對吧？」

「第一個死的人真輕鬆啊。」

愛里點點頭，並說了句諷刺的話。

「問題是沙希手裡的雕刻刀，不是說她拿雕刻刀威脅人有什麼不對，而是應該說，工作室裡還有更多適合拿來威脅兩個男人的工具。」

「有嗎？」鰮飩歪頭。

「錐子啊，我復活之後過去工作室，就看到錐子掉在地板上，當時我還以為是犯人在融化蠟像的時候，從蠟像胸口把錐子拔出來，然後直接丟在地上。

然而深夜你們去工作室的時候，錐子並沒有在地上，那麼，錐子消失到哪裡去了？唯一的解釋就是齊加年藏起來了。這邊要布局的是殺死沙希的場景，不過錐子並非用來殺沙希的，而是要用來刺蠟像的，如果被沙希當成護身工具帶走的話，那可就麻煩了，所以齊加年才會先把錐子藏在棚架深處吧。」

「用完釘子之後，接下來換成錐子是嗎？應該是差不多原理吧。」

「倒也不是。使用釘子是為了讓你落入浴缸之中……也就是用來完成詭計；相反地，錐子則是用來啟動詭計的。

齊加年有把肋從蠟裡面挖出來一次，換個方向之後讓他靠在牆上，然後才順著圓木爬下來。地板的厚度約為十公分左右，主要是用角材來提供固定支撐，並放上合板而成。詭計所需的關鍵要素錐子，就藏在角材這裡，齊加年從地板下方把錐子從合板連接處的縫隙塞進工作室，然後刺在肋的左手腕上。要做到這件事的話，其他的錐子應該都不夠長。

肋的繃帶上所沾到的血跡，就是錐子造成的傷口流出來的。拿尖銳的東西刺動物的話，很容易可以拔起來，但人類的肌肉纖維很多，所以要拔出來就比較不容易了。」

「刺進店長身體的刀子和玻璃也都很難拔出來，道理是一樣的吧。」

愛里露出惡作劇般的笑容。

「先把錐子的把手固定在一個小瓶子上，接著將融入毒藥的液體倒進瓶子內。打開瓶蓋之後，齊加年回到工作室，用蠟澆淋肋全身，令他窒息身亡。這樣就把所有準備工作都完成了。

六個小時後，肋復活過來，一個動作就會使刺在左手腕的錐子脫落，失去支撐的錐子跟瓶子會一起掉到地上，從瓶身中灑出來的液體通過圓木往下流，最後來到沙希臉上。由於肋此時已經失去痛覺了，所以對於被錐子刺傷的事情應該不會太在意。」

「不過，這麼一來錐子不也就一起掉在地上了嗎？」

「用繩子綁在圓木上不就好了。」

「就算沒有痛覺，但左手腕被開了個洞，難道真的一點都不會察覺？」

「所以才會選擇刺進有包繃帶的左手手腕呀，紗布很粗糙，不會留下痕跡，而且那原本就是受傷部位，即使留有血跡也不會讓人產生質疑。如果肋的手腕沒有骨折的話，齊加年應該也會考慮把錐子刺進本人較難發現的屁股吧。」

「原來如此。不過，從工作室往下流動的液體，有順利抵達沙希老師的臉上嗎？」

「只要事前稍微驗證一下，就可以推敲出讓沙希躺臥的最佳位置。之所以會利用岩壁讓她的上半身斜斜靠著，就是因為不只想讓毒水沾到臉，還要更進一步流到肚子裡面。雖然有些毒藥可以經由皮膚接觸就產生中毒反應，但通過消化道黏膜吸收的話，終究還是更能確實讓人喪命。」

接下來，最麻煩的應該就是舌頭了。如果舌頭向後彎擋住喉嚨的話，液體恐怕就會留在嘴巴裡，無法達到致死的目的，所以齊加年才會事先把沙希的舌頭割下來。」

牛男想起肋在復活之後，曾慫恿他去觀察愛里的屍體。說了幾句玩笑話之後，正好有水滴落到了他頭上。

那時候還以為是肋的尿液，但現在回想起來應該是殘留在瓶子裡的毒藥溶液。即使是像硫酸一樣的液體，但由於牛男已經失去痛覺，所以根本沒有任何感覺。

「等等，牛汁老師在工作室發現肋老師的屍體時，為什麼會看到錐子掉在地板上呢？照詭計來看，錐子應該回到地板下面去了。」

「我所看到的錐子，跟插在蠟像上的那支是不同的。我們每個人都知道蠟像上插了一支錐子，如果大家開始針對『錐子為什麼不見了』展開調查，後續或許就會牽扯出一大堆『用錐子來完成詭計』的相關推理。所以齊加年就在架子上隨便找了另一支錐子丟在地上。」

「那麼，如果牛汁老師很快就能斷定沙希老師的生死，詭計就無法成功了吧。」

「放馬後炮往往都比較容易。齊加年為了不讓我靠得太近，刻意把沙希安排在支架與懸崖之間的地方。他在每一個現場都擺了薩比人偶，也是為了不讓我們發現此時的沙希還活著。」

「薩比人偶？什麼意思？」

「頭布釘了鐵釘的屍體與頭部釘了鐵釘的人偶；被蠟覆蓋全身的屍體與被蠟覆蓋全身的人偶。只要像這樣在現場擺上跟屍體的狀態相近的人偶，任何人都會認為人偶就是用來模仿屍體的。這時候看到被硫酸潑過的人偶，就會直接聯想一旁的沙希也是被硫酸澆淋致死。」

「啊啊，的確是。」

「齊加年捏造了我們的死亡時間，而且還在最後兩個人的現場布置了機關，藉以完成殺人詭計。如此一來，他自己就可以好好地扮演第三位死者了。」

牛男快速說完之後嘆了一口氣。饂飩臉上依舊掛著不滿足的表情。

「不過，這一切還是要靠運氣吧，畢竟誰會復活、誰不會復活，不實際嘗試一遍是不可能會知道的。如果我們就這麼死去了的話，過程中的所有安排就都白費了啊。」

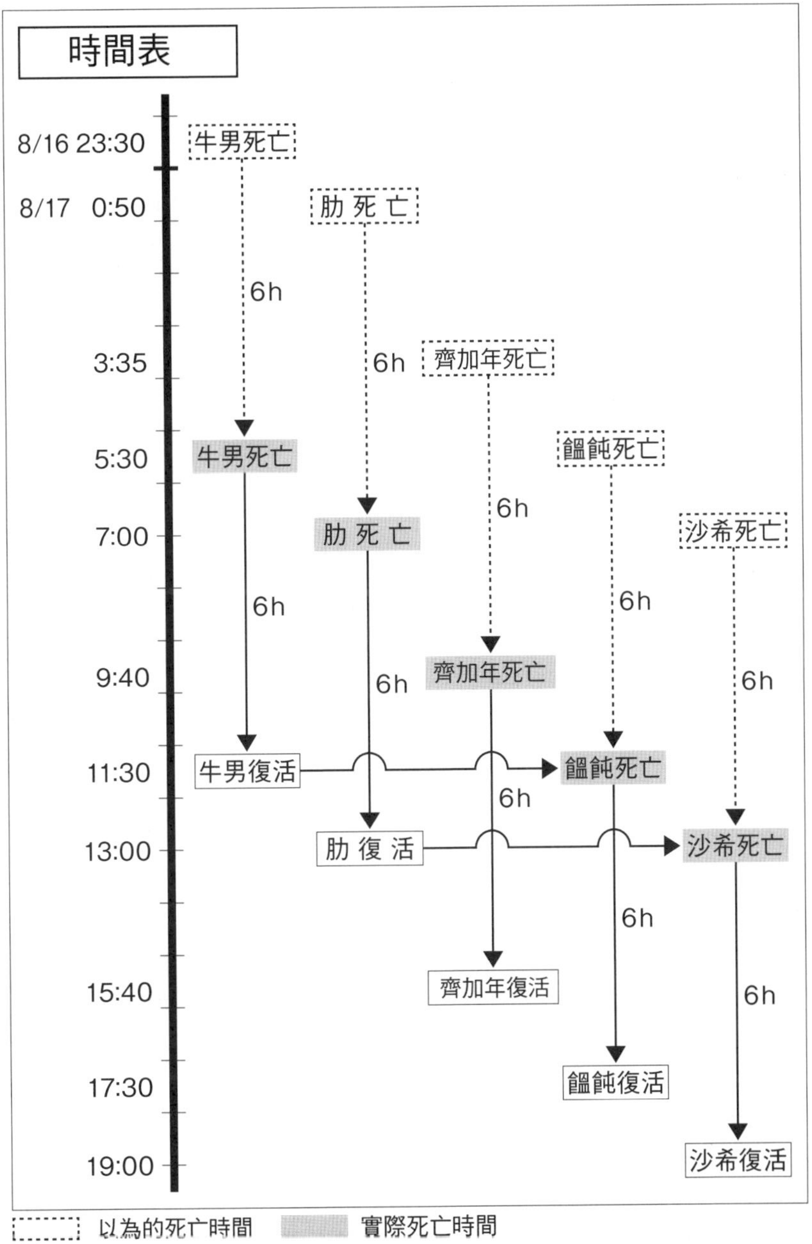
時間表
8/16 23:30
8/17 0:50
3:35
5:30
7:00
9:40
11:30
13:00
15:40
17:30
19:00
牛男死亡
肋 死 亡
齊加年死亡
饂飩死亡
沙希死亡
6h
牛男復活
肋 復 活
齊加年復活
饂飩復活
沙希復活
以為的死亡時間
實際死亡時間

「才不是這樣。我看，你的大腦不管切下哪一塊都比不上齊加年。」

「什麼意思啊？」饂飩蓬鬆的臉頰現在更加腫脹了。

「那傢伙最煩惱的，就是兩個詭計全都沒有順利啟動，導致第四及第五位受害者繼續活著。所以他才會挑復活的可能性較高的兩個人去當第一及第二位受害者。排第一的我，確定跟晴夏上過床，排第二的肋，也宣稱自己九年來沒有再碰過其他女人，這句話背後的含意就是他在九年前曾跟晴夏上過床。

另一方面，第四及第五位受害者會不會復活過來，齊加年無從得知，排第四的你，雖跟晴夏有婚約，但問你到底有沒有跟晴夏上過床的時候，卻沒有得到答案。排第五的沙希在談到肉體關係時，也謊稱跟晴夏沒有肉體關係。

只要是作家，晴夏就可以跟對方上床，所以怎麼想都覺得她們兩人不可能沒發生過關係。不過，萬一要是真的那兩人都沒醒來，最後復活的人就會變成是齊加年。這時就以『走廊的薩比人偶被移動過』當作證據，用來主張饂飩或沙希是犯人。」

「……原來如此。死了之後還要被當成犯人的感覺真不好，幸好有活過來。」

饂飩低聲說著，並將視線移往船尾的海平面。已經完全看不到条島了，而且也全然不知道東南西北。

「結果，就只有齊加年老師的動機仍舊是個謎。都已經把我們殺掉了，卻還在復活復活之後急著要幫助我們。如果真的跟我們有深仇大恨的話，根本不需要這麼麻煩，迅速把我們都殺一殺不就好了。齊加年老師的目的到底是什麼呢？」

「不用想得那麼複雜，的確有個理由促使齊加年殺了我們，但並不是憎恨。這傢伙的目的，只是為了殺我們一次而已。所以在我們復活過來之後，就沒有再次動手，中間所有布局也都是為了完成這樣的任務。」

「這我有聽你說過了，我想知道的是，這麼做的理由是什麼？」

鰮鈍把臉湊向牛男，浴室黴菌的臭味立刻竄出。

「看來你是不知道吧。晴夏死後，秋山雨的家曾遭人闖入，那歹徒十之八九就是齊加年。那個男人在晴夏死了之後，還不斷到處蒐集她的相關資訊。如此深愛且如此相信的女人，竟然會被另一個男人暴力相向，而且還因此一命嗚呼，這讓齊加年不管冒著多大的危險，都想要探究晴夏真實的想法。不過，他心中最想解開的那個謎題，不管做了多少調查也都還是解不開。」

「最想解開的謎題，是什麼？」

「有個男人我希望你可以記住，就是把晴夏害死的罪魁禍首——榎本桶。」

「榎本？」鰮鈍睜大了眼睛。「就是《MYSON》的作者對吧。他跟這起事件有什麼關係？」

「完全沒有關係，這就是最大的問題。聚集在這座島上的，全都是迷戀晴夏的作家，但最重要的榎本桶卻沒有出現，未免太奇怪了。」

「是因為還在監獄服刑吧？」

「不，刑期已經滿了。」

「說不定有收到邀請，只是他沒有來而已。」

「不，在天城館的餐廳裡，只有準備了五尊薩比人偶，如果有邀請其他作家的話，就必須多做準備。

跟我們不同的是，榎本桶因為疑似對晴夏施暴而遭到逮捕。由於判決出現爭議，所以他跟晴夏的關係還在Wide na Show節目上被赤裸裸地拿出來報導，所以齊加年才沒有邀請他。」

「啊，原來如此。」饂飩露出失魂落魄的神情。「那麼，齊加年最想知道的事情是……」

「**晴夏的肉體關係。齊加年為了要知道晴夏上床的床伴，所以才會把我們都找過來殺掉。**」

齊加年異於常人的執念，牛男光是用想像的就已經覺得頭昏腦脹了。

奔拇族光是一個人被感染，就導致整族的人幾乎滅絕，由此可知這個寄生蟲的感染力有多麼強。

被殺的人如果有活過來的話，就表示從晴夏那裡感染了寄生蟲，意思就是跟晴夏上過床。反之，被殺的人如果沒有活過來，就是沒有被晴夏感染，也等於沒跟晴夏上過床。

對齊加年來說，最好的結果當然是自己一個人復活，不過，既然他為了不讓自己的犯行被發現，都可以做那麼多準備了，想必也有覺悟會看到大半的人復活過來。

擬定了縝密的計畫，一舉殺了四個人，結果卻迎來最糟糕的事實。

每個人都在死了之後的六個小時內，重新復活過來。

最終，無人逝去。

「……他就為了這樣的事情把我們殺了？」

從饂飩的語氣中可以聽得出來他正努力壓抑自己的怒氣。

當五個人一起在島上散步的時候，齊加年曾一臉認真地問了一個問題。

——你們每個人都跟秋山晴夏有過肉體關係嗎？

對於這個突如其來的問題，如實回答的只有牛男而已。愛里選擇說謊、肋拒絕回答，饂飩則什麼都沒說。如果所有人都誠實作答的話，大家說不定就不會被殺了。

「想必這對齊加年來說，是足以賭上性命的重要問題吧。他倒也不是恨我們，只是想要知道與晴夏相關的所有事情而已。」

「不管怎麼說，他都太過自私了……」

叩叩叩，敲門聲響起。

牛男轉頭往船長室一看，心臟瞬間停止了。

齊加年扶著玻璃站了起來，潰爛的肌肉垂了下來，眼球還從頭蓋骨中掉出來。身體搖搖晃晃的同時，線蟲的屍體紛紛掉到地板上。

「居然還活著。」

齊加年把手伸往門把，牛男立刻衝上去壓住門，但齊加年早一步把門轉開。

「……水……」

齊加年張開嘴巴的瞬間，線蟲的屍塊就像口水一樣從他的嘴脣往下流，喉嚨深處好像還有線蟲存活著。

「你說什麼？」愛里往後退了幾步。

「**可以給我水嗎……**」

話都還沒講完，齊加年的喉嚨就溢出了數十隻線蟲。餛飩及愛里的尖叫聲重疊再一起。

「別鬧了，快去死吧！」

牛男踢了齊加年的腹部一腳，導致他的背直接撞到門，嘴裡還發出唔唔唔的聲音。接著，齊加年舉起雙手，往牛男身上靠。

「給我水……」

齊加年騎坐在牛男身上，並且將胸部挺了出來。線蟲又再次湧上齊加年的喉嚨，糟糕了，再這樣下去牛男就得被迫洗一次線蟲浴了。

「齊加年醫師！」

愛里的叫聲傳來。

齊加年像老人一樣慢慢地轉動脖子。愛里用癱軟在地的姿勢開口說道：

「醫師，我有件事情忘記跟你說了。」線蟲已經布滿牛男的大腿了。「工作室有一本紅色的筆記本，你記得嗎？那個，是晴夏的日記喔。」

騙人的。

筆記裡的內容，明明就是製作蠟像相關的重點整理。

「晴夏好像跟她的父親一起來過条島。」

齊加年的瞳孔開始縮小，嘴巴微張，眼睛一直盯著愛里看。

突然間，牛男感覺到身體變輕了。齊加年站起身，望著海的另一邊。

「……晴夏小姐。」

齊加年搖搖晃晃地走向船尾，上半身彎成く字形，以頭部朝下的方式跳進海中。船的螺旋槳發出吱吱吱的刺耳聲響。水花噴濺上來、船身上下搖晃。

愛里站起身，看著欄杆下方的狀況；牛男也是站了起來，在愛里身後看著海。

海水被染成了紅色。

幾隻線蟲，以及齊加年的頭，就浮在水面上。

應該是螺旋槳把齊加年的頭切斷了吧。這傢伙的運氣還真差。

「終於死了吧？」

「沒有。」

齟飩指著海面。

距離船尾五公尺左右的海面正翻騰不已。

紅黑色的肉塊，隨著海浪起起伏伏，每隔幾秒會冒出來一下。失去頭部的齊加年，像一隻青蛙一樣，大大地張開雙手游著泳。

「騙人的吧，怎麼可能！」愛里小聲嘀咕。「感覺他好像想回条島。」

牛男突然想起九年前在「大醉一場」吃的蟾蜍刺身。就是那個腹部明明都已經裂開了，卻還是可以捕食盤上蒼蠅的傢伙。

齊加年跟那隻蟾蜍一樣，夢寐以求的東西如果能夠到手的話，那麼失去生命也不過就是微不足道的小問題。

齊加年慢慢地遠離了。

牛男一直看著海面上的水花，看到幾乎都忘記呼吸了。

逆思流

無人逝去

（原名：そして誰も死ななかった）

作者／白井智之　譯者／李喬智
執行長／陳君平　榮譽發行人／黃鎮隆
協理／洪琇菁　國際版權／黃令歡
執行編輯／陳昭燕　美術編輯／李政儀
發行／英屬蓋曼群島商家庭傳媒股份有限公司城邦分公司　尖端出版
台北市南港區昆陽街十六號八樓
電話：（〇二）二五〇〇—七六〇〇（代表號）
傳真：（〇二）二五〇〇—一九七九
中彰投以北經銷（含宜花東）／楨彥有限公司
電話：（〇二）八九一九—三三六九
傳真：（〇二）八九一四—五五二四
雲嘉經銷／威信圖書有限公司　嘉義公司
電話：（〇五）二三三—三八五二
傳真：（〇五）二三三—三八六三
南部經銷／威信圖書有限公司　高雄公司
電話：（〇七）三七三—〇〇七九
傳真：（〇七）三七三—〇〇八七
香港總經銷／城邦（香港）出版集團有限公司
香港灣仔駱克道193號東超商業中心1樓
電話：（八五二）二五〇八—六二三一
傳真：（八五二）二五七八—九三三七
E-mail：hkcite@biznetvigator.com
馬新經銷／城邦（馬新）出版集團　Cite(M)Sdn.Bhd.
E-mail：Cite@cite.com.my
法律顧問／王子文律師　元禾法律事務所
台北市羅斯福路三段三十七號十五樓
二〇二二年十一月一版一刷
二〇二四年三月一版二刷

■中文版■

郵購注意事項：
1. 填妥劃撥單資料：帳號：50003021戶名：英屬蓋曼群島商家庭傳媒(股)公司城邦分公司。2. 通信欄內註明訂購書名與冊數。3. 劃撥金額低於500元，請加附掛號郵資50元。如劃撥日起 10～14日，仍未收到書時，請洽劃撥組。劃撥專線TEL：(03) 312-4212 ・ FAX：(03) 322-4621。E-mail：marketing@spp.com.tw

國家圖書館出版品預行編目資料

無人逝去 / 白井智之 著 ； 李喬智譯 --初版.
--臺北市：尖端出版, 2022.11
面 ； 公分.--(逆思流)
譯自: そして誰も死ななかった
ISBN 978-626-338-577-1(平裝)

861.57 111015333